天罚令

田七龙骨 著

民主与建设出版社

·北京·

图书在版编目（CIP）数据

无衣·天罚令 / 田七龙骨著. -- 北京 : 民主与建设出版社, 2018.3

ISBN 978-7-5139-1936-4

Ⅰ. ①无… Ⅱ. ①田… Ⅲ. ①侠义小说－中国－当代 Ⅳ. ①I247.5

中国版本图书馆CIP数据核字（2018）第 019513 号

无衣·天罚令
WUYI TIANFALING

出 版 人 许久文
著　　者 田七龙骨
责任编辑 程　旭
封面设计 巨阙视觉
出版发行 民主与建设出版社有限责任公司
电　　话 （010）59417747　59419778
社　　址 北京市海淀区西三环中路 10 号望海楼 E 座 7 层
邮　　编 100142
印　　刷 北京中科印刷有限公司
版　　次 2018 年 5 月第 1 版　2018 年 5 月第 1 次印刷
开　　本 880 mm × 1230 mm　1/32
印　　张 9.5
字　　数 190 千字
书　　号 ISBN 978-7-5139-1936-4
定　　价 42.00 元

注：如有印、装质量问题，请与出版社联系。

目录

第一章

边城雪

一大颗泪水沿着他的眼角滑落，温热触感告诉他自己还活着。

他转眼看向声音来处，原来自己并非身在九火盟中庭，

前方只有一片薄铁斜插在雪中，

只余一线铁锈色边缘，像是一只警醒决绝的眼睛。

德顺

四九已过，天还是冷得厉害。天地一片蒙蒙白色，风也冻住了，大地裂开了寸许宽的口子，地缝里结着冰霜。

德顺缩着脖子跑过前十字街，怀里的一沓拜帖用手闷子捂得紧紧的。福来客栈就在十字街口，远远就能瞧见房顶上挑着的酒帘子，冻得像块铁，硬邦邦地垂着。

嘴里呼出的白气蒙住了眼睛，德顺蹭掉睫毛上的霜花，一眼瞧见街角站着一个年轻道士，腰佩长剑，正犹豫不决地低头看着脚尖。

因为苏公子的事，这几日朝阳府来了许多陌生人。这个年轻道士也是生面孔，看那单薄的衣着，便知是外地来的，也许远至陕甘、湖广之地也说不定。德顺正要跑过去，又瞄了一眼，却瞧见他脚上穿着一双结梁麻鞋。

德顺摇头暗笑：果然是南蛮子，这大冷天来到咱们北直隶，还穿着单鞋。他便停下脚步，对那道士叫道：“喂！你那鞋不成啊！前面有鞋铺，去买一双换上吧，要不脚冻掉了都没处找……”

那道士闻言，抬头瞧了瞧德顺，微微一笑。他生得甚是白净，文秀的一张脸，眼睛也晶亮清澈。

德顺见他似有些犹豫，便认真瞧了瞧他的脚，只见裹着白色绑腿的脚踝处看着似乎与小腿一般粗，显然已经冻伤。德顺生就一副热心肠，旁人遭罪为难之事最是看不得，他犹豫片刻，顿足道："唉，你跟我来吧！"

说着不待那道士答应，上前搀住他手臂，将他扶进了福来客栈。

客栈里乱哄哄的，坐着许多人。跑堂的小五一见德顺，便笑道："德顺哥，你咋才来？我还以为你早上就能来呢！"

"你怎么知道我要来？"德顺一边答，一边扶那年轻道士坐在一条长凳上，蹲在他身前，不客气地脱掉他的鞋袜。绑腿落地，露出青紫肿胀的小腿，脚也现出紫色。

"昨日来住下的几位客官，跟我打听你们九火盟来着，所以我就知道——哎哟，这位道长冻伤了！"小五伸头过来看热闹，又打量那道士，"你是跟楼上上房里的老道长一起的吧？"

德顺到福来客栈，就是为了给海楼观王若虚道长送拜帖，此时听小五说，才回过神，知道这年轻道士是与王道长一起来的，想必是他的弟子。他便笑道："都是自己人！小五，你快去弄一盆雪来！"

小五应了一声，跑出门去了。

年轻道士双腿本已冻得麻木，此刻进入室内一缓，便觉疼痛不已。更奇的是，那痛越暖越烈，到后来简直令人无法忍受。德顺见道士脸色惨白，额上沁出细汗，便安慰道："别怕，疼是好事，不疼才糟糕呢！"

说话间小五已用一只大木盆盛了满满一盆白雪进来，放在地上。道士见状不解其意，德顺解释道："冻坏的人可不能泡热水，也不能烤火，必须要用冰雪来缓。现在，就要用雪搓！"

道士闻言甚是吃惊，只觉匪夷所思，可德顺却不等他说话，将他脚按进雪盆，与小五一起，一左一右用雪搓开了。

冻伤之处本就疼痛，二人用雪一擦，更如利刃切肤一般。搓雪又要力道十足，否则无法达到皮肤下的肌肉筋脉，道士在长凳之上痛得几乎坐不住，幸亏德顺力气大，死死抱住他的腿，硬给搓了小半个时辰。眼见青紫皮肤之下泛出血色，德顺才松了口气，笑嘻嘻道："好了，这就没事了！今日若不是遇见我，你少说也要丢几个脚趾！"

那道士受了德顺这样热心帮忙，脸上却仍是淡淡的，只对德顺点点头，道："原来如此。"

德顺为他忙了半天，才第一次听他开口说话，语言清晰，却听不出他是哪里人。德顺站起身，对小五道："他这鞋不成的。你去三叔鞋铺子里，拿双乌拉来！"

小五眨眨眼，小声说了句什么。德顺没听清，瞪眼瞧着小五，小五涨红了脸，只好大声道："十文钱！"

道士一怔，便要掏钱。德顺却一把将小五拉到一旁，从怀里摸出十文钱掷给他，皱眉低声道："你这抠门小子！我九火盟高德顺还会赖你的钱不成？这些都是我师父请来的侠士，怎么客气都不为过，拿一双鞋倒给我算计起来了！给你给你！"

小五被训斥得脸上讪讪的，拿着钱转身跑出去了。

道士见状，似是有些疑惑，却没说话。德顺见他有些呆呆的，似乎不大懂人情世故，便咳了一声，转移话题道：“王道长可在房里么？”

道士抬头看着德顺，眼中含笑，却没回答。德顺见他不语，忽地一拍脑袋，道：“我忘啦，刚才咱们一起进来的，你自然也不知你师父在不在。我上去瞧瞧！”

他跑上楼，四处敲门查看一番，王道长等人却不在房内。德顺悻悻地下楼，正看见小五拿了一双乌拉鞋回来，教那道士怎样穿。

乌拉是关外百姓冬天常穿的鞋。以一整张牛皮包起一团乌拉草，再将脚裹在里面，用带子在腿上系牢。道士初次穿这种东西，带子打不利落，不是这边松了便是那边紧了。德顺教了他半天，才勉强穿上。

见道士收拾齐整，德顺只觉满意，不想向外一瞧，天色更阴，仿佛已到了日暮时分。他这才想起师父还在等着回话，忙跳起身，将拜帖向小五怀里一塞，道：“这是我给上房那几位客人的拜帖，他们都不在，你代我放在他们房里吧！我可得回去了！”

小五点头答应。德顺又对那道士说道：“道长也请好好歇着，告辞！”

那道士点点头，道：“告辞……明日见！”

德顺一愣，才知他说的是明日群豪聚集长岭山口去接苏公子之事，便笑着应道：“明日见！”他出了福来客栈，仍是一路小跑，回盟里去。

此时天色更阴，早看不出云层形状，头顶只是一大片直压下来的铅色天穹。风也悬停凝滞，似在遥不可及的某处蓄积着势气，街上行人寥寥，大风雪就要来了。

德顺小心地踏着冰雪，边跑边想：送了一圈儿拜帖，见群雄都已到了。这一场大风雪下起来，不知要下到几时，也不知会不会耽误了明日护送苏公子的大事。若真的一个不妨，在咱们这地界上被奸贼曹狗的杀手得了手，那北直隶群雄也没脸在江湖上混了，师父也一样的面上无光……其实丢脸也不算什么，争的只是一口气，也要让那些满人鞑子和狗官们知道，我们的江山社稷虽毁了，志气却没死呢！

德顺越想越是气血翻涌。想起方才那文文静静的道士，冒着严寒来此，连一双冬鞋都没来得及穿，只为护卫忠烈之后不被奸人所害。有这般江湖义士相助，还怕什么？

穆冲霄

满人入关不久，江山甫定，江苏便出了一桩惊天大案。当世大儒苏镜中文章风流，名传天下。他的好友曹玉成本是前朝翰林院编修，见前朝大势已去，转而投奔清廷为官。苏镜中不齿曹之所为，当众割袍断义，与其断绝来往。曹玉成怀恨在心，故意将苏镜中著作一十三种上呈清帝。皇上读了他的《听微录》立时龙颜大怒，认定书中对前朝的追思属叛逆无疑，当即下旨将苏镜中下狱斩首，查抄苏家，彻查牵连之人，家人弟子全部籍没入官，发配宁古塔为奴。《听微录》一案拖了两年，牵连五百余人，严刑酷狱，令天下人闻之色变。而曹玉成却因揭发叛逆一路升迁，更放出话来，要斩草除根，杀死苏镜中独子苏嘉平。

苏嘉平流配极北，路上孤苦无助，要取他性命自是易如反掌。消息传开，南北群雄无不切齿痛恨。江浙一带豪杰率先发起义举，一路护送苏公子。到了山东，又由山东群雄接手，再入京师。眼下苏公子一行已到了朝阳地界，便该是北直隶的义士们出手相帮。

德顺的师父九火盟主穆冲霄德高望重，武学造诣深远，是北直隶武林公认的领袖。今日派德顺出来一一联络群雄，便是为了此事。

庭院寂寂无声。一朵轻雪在半空悠悠打转，绒毛似的，划过几株光秃的矮树，缓缓飘向糊着雪白高丽纸的窗棂，将要落下之时，被一声清铮的脆响惊起，复又向天际旋起，越来越高，终于消失不见。

德顺恰好踩着这一声钟鸣，跑进了中庭。只见众位师兄都站在廊庑下，齐齐整整，似乎在等着自己。这样大冷的天，师兄们怎么在院子里干站着？德顺正纳闷，却见大师兄齐振对他招招手。

德顺停住脚步，做个鬼脸悄声道："我回来迟了么？"说着话，雪白的呵气便喘吁吁地呼出来。

穆冲霄习练赤炎功四十余年，已到了无明火的至高境界。近三年来雷打不动的规矩便是在午未之交时午饭，饭后未时二刻开始打坐吐纳，直至夜中，不许任何人打扰。方才听自鸣钟响，正是未时二刻，德顺不由跺脚道：“哎哟，到底迟了！”

齐振做了个噤声的手势，笑道：“急什么！师父为等你的回话，把午饭时辰都推了，现在还没完……”他一边说着话，一边走上前，忽地提高声音，“小十七，仔细着！”

九火盟的弟子多是本乡本土，互相之间相处融洽，又是年轻好动的年纪，平素拆招互搏都是家常便饭。德顺是年纪最小的关门弟子，更常挨捉弄。他一见便知大师兄又要试探他，转身便跑。

齐振飞身截住德顺，笑道：“你急什么，不是要见师父么？我带你去！”说着伸手向德顺肘间一格。这一下松松散散，却是赤炎手七式中的“汉家烽火”。

德顺一见又气又急：好你个大师兄，闹着玩还下死手！他憋着气右脚一拧一提，恰恰踩上大师兄的棉鞋，迫他退了一步。大师兄嘿嘿一笑，右手刚觉落空，左手便紧随而至，二指骈击，出手飞快，戳中了德顺腕子的外关穴。

一阵剧烈的烧灼之感袭来，德顺泪花都涌出来了。大师兄的赤炎掌已入第四重，手上内力可挟燎原之威。德顺自知不能轻易在众师兄面前丢人现眼，便咬牙欺近大师兄身前，一把抓住他皮袄衣袖，让他无法出手。手还未抓紧，大师兄右手已劈至，指尖虚晃，也不知他要戳的是自己软肋还是手肘麻筋。德顺百忙之中偷眼一瞧，只见众师兄都笑不可支地瞧着自己，不禁气急败坏，左手猝然伸出，啪地一响，牢牢锁住大师兄的手腕，虎着脸道：“你还有完没完！”

齐振忍笑低声道：“好好，不闹了……”还未说完，蓦地痛呼一声，“哎呀，你这小子还真狠！”说着挣脱德顺的手，用力甩手，手腕上红通通一片印子。

“小十七还真厉害，已练成第二重烛灼火了么？”旁边有师兄眼尖，看了出来。

德顺再也扳不住，咧嘴大笑道：“哈哈，大师兄，你可别当我好欺负！”

本是想捉弄小师弟，却反被顶了回来，齐振面色尴尬，瞪着德顺道：“好你个奸猾的小子……”众师兄见状，不敢惊动师父，都憋着气暗笑。

正胡闹，却听正房内传来一声咳嗽，师父的声音道：“是小十七回来了么？快进来。”

有师兄忙上前掀开厚厚的棉门帘，齐振等人陆续进入房里，扑面便是一股沉甸甸暖融融的檀香气息。

师父所居是七开间的正房，房内未做任何隔断，极为阔朗。地上铺着一尺见方的黝黑地砖，以秘法烧制而成，地下架空，内里烧着木炭，房间四角各有一只赤铜香兽，嘴里缓缓吐出白烟。穆冲霄盘膝正坐在地毡之上。他已过了花甲之年，头发一丝未白，油黑光亮的辫子拖在脑后。他素日面沉似水，不苟言笑，只是双目中偶尔精气一闪，炯炯如灯，才可见其江湖上“赤炎神掌”的威名非虚。

德顺给师父施了一礼，笑嘻嘻道：“禀师父，我到城里客栈都转了一遍，各地群豪均已到达，师父的拜帖也一一送到了。”

穆冲霄点点头，道：“好。他们远来是客，又为着这样义气干云之事，今日到了朝阳府，我理应做东设宴，为大家接风洗尘，好好地热闹一番。只可惜此事非同小可，不能造出太大声势，只能悄悄送出拜帖，亏待了诸位江湖义士了。”

德顺知道师父素日慷慨好客，此时众豪侠明明就在城里，却抱憾不能相见，便笑道：“我把师父这个意思对诸位大侠都说了。他们都明白这个道理，说来日方长，等苏公子安全出关，咱们再聚也来得及。青冈剑徐大侠、诚康庄吕庄主和夫人还特意留我多说了几句话，说谢谢师父年前送的老山参呢。”

穆冲霄点点头，微露笑意。

自从三年前德顺拜进九火盟，也正经算个江湖人，却从未像今日一连气儿地见着这么多北地豪侠。上午的激动兴奋还未平复，此时见师父高兴，更是扯开嘴巴没完没了：“那个顺天府来的寒铁刀彭大侠，身材可真高，真是个丈二金刚啊！还有贺大侠，他的平山棍磨得光闪闪，像紫铜一样！还有……”

齐振摇头暗笑，打断他道：“你别啰嗦个没完，师父还有话要吩咐呢。”

德顺嘿嘿一笑，这才住了嘴。

房内一片寂静，时间似乎突然停滞下来，师父神情凝重，显然有极重要的事情要说。地面之下炭火甚旺，德顺在外头跑了大半天，脚本来冻得僵硬，此时一缓，脚心腾起热气，猫抓一般地疼。他默默在鞋袜里蜷伸着脚趾，觉得屋内檀香的气味黏稠得简直要糊住口鼻了。

据说这南方来的老山檀可凝神静心，稳定经络运行，对练习赤炎功极有裨益，德顺却只觉这个味道让人昏昏欲睡。也不知师父闷在房间里焚香打坐，怎么竟会不觉得困，练出的还是真力浑雄、激烈如火、精神抖擞的功夫。他正胡思乱想，忽听穆冲霄道："你们可知，明日要做何事？"

明日之事乃是江湖群雄共襄义举，九火盟有幸在北直隶带头，盟内弟子都满怀振奋，已准备了大半个月。此时师父突然明知故问，众弟子都有些不解其意。

静了片刻，有师兄迟疑答道："是……护送忠烈之后苏公子安然出关，不被奸人所害！"

穆冲霄点点头，问道："如何护送？"

护送一事的筹备联系多由大师兄齐振负责，见师父的问题似有深意，他忙答道："我已与诚康庄吕庄主确认完毕，由他接应上一站护送的京师豪侠。吕庄主已送来确切消息，流人车队明日凌晨从驿站出发，大约巳时二刻可至长岭山口，一入山口便由咱们接手。咱们一路护送车队，前有导引，后有押尾。先至长岭坡驿站休息，然后便一路沿驿道向东北而行，不过是半日的路程，至清河边门送人出关。明日之后，咱们江湖中人便可成就一段匡扶正义的佳话！"

齐振行事沉稳干练，又心思缜密，答得头头是道，众弟子听了更是跃跃欲试，恨不得马上就去接人。德顺笑道："听大师兄一说，便觉稳妥。师父还有什么不放心么？若说不放心的，大概只有天气不好，要有大风雪。"

穆冲霄微微叹气，道："大风雪？大风雪却是我唯一可以放心的。”

齐振一惊，不解道：“师父……”

“曹玉成为人心狠手辣，从他素日行事可知，他既然放言要害死苏公子，便一定不会放弃。”穆冲霄神色凝重，一一看过众位弟子，“苏公子千里流放，到朝阳已是最后关口。出了清河边门，便是盛京将军治下关外极地。他到了那里，才算安全。”

德顺闻言点头，心中却有一丝感慨。关外极地被清廷视为“龙兴之地”，严加防守。为隔绝与中原的联系，清廷建有一条蜿蜒千余里的边墙，墙上遍植柳树，民间俗称“柳条边”。边墙派重兵把守，除了戴罪流配者，汉人绝无可能随意出入。关外寒风如刀，热风如烧，苏公子一介书生被发配到荒蛮之野，不知将来要受多大的苦楚。可他只要到了那边，生计再艰难，也是保住了忠烈之后一条血脉，将来总有办法可想。

德顺叹了口气，听师父接着说下去：“也即是说，因各省群豪接力护送，曹玉成派出的杀手一路都未成功，此时到了朝阳，已是下手的最后时机。依他阴毒狠辣之性，必会在此地最后一搏。忠烈之后的性命，全然落在咱们手中！你们——”穆冲霄眼中似微微发红，看着面前的弟子们，“你们可准备好了么？”

穆冲霄平素对弟子颇为严厉，此时却有慈父一般的动情之态。众弟子只觉热血上涌，齐声道：“准备好了！”

德顺的激愤大吼也掺杂在这声回答之中。他心中怦怦直跳，想起师父总说侠士一诺千金，自己此时慨然应诺，明日就算真的碰上曹狗杀手，也绝不会害怕退缩！

老妇

风雪从二更时分开始，未有一丝稍停。寒风如鞭抽过迢迢北地，掀起泼天大雪。天地间一片混沌，山川河流都隐匿了痕迹。

雪深及膝，德顺捂住风帽，踩着前面师兄们留下的脚印艰难前行。虽只隔着几步，前方师兄们的身影却在风雪中影影绰绰，似乎稍不注意，便会被风吹去。

长岭山位于朝阳府西南，山势不高，却绵延有致，是进入朝阳地界的天然屏障。九火盟众人趁夜出发，到了长岭山口。群豪皆有信义，不多时，便按约定时间陆续出现。寒铁刀彭虎、海楼观王若虚道长、青冈剑徐青、诚康庄主吕驰夫妇等人都率众前来，与穆冲霄一一见礼。德顺看见昨日那年轻道士也站在人群之中，显是跟海楼观王道长一起来的，便对那道士笑着点点头。那道士瞧见德顺，眼中含笑，也微微示意。

狂风如号，穆冲霄昂然而立，黑貂皮袄细密毛针在风雪中乱滚。他抱拳与群豪施礼，事情凶险，一切皆在不言。时辰已接近巳时二刻，众人冒着风雪站在长岭山口，数十双眼睛望着远处杳杳驿路，那里白茫茫一片，幽深如井。

一声细弱的哭泣突然响起，旋即被风雪呼号声撕扯殆尽。德顺耳朵最尖，转头四下里一找，只见不远处树林中有个身影蹒跚走来，走得越近，哭声越清晰。

众人都听见了哭声，瞧见身影不免惊疑，更有弟子刀剑出鞘，做出防御之态。身影走近，却是一个狼狈的老妇人。她穿着破烂开花的男式大袄，手中拄着一根木头拐棍，花白头发在风雪里乱飞——这分明是个要饭花子。

她见山野雪地里站着这么多人，似乎也极为疑惑，左右看看，哑声问道：“请问，这里可是流人经过的驿道山口？”

风雪飞旋，立时卷走她的声音，众人却都已听出她话音虽嘶哑，吐字却软糯，一听便是南方人。众人惊疑不定，半晌，穆冲霄才接口答道：“正是！”

妇人冻得青紫的脸上露出激动之色，双手合十喃喃道：“阿弥陀佛，阿弥陀佛……小钟儿，你瞧，娘真的赶上了，总是不会迟……”

她双手干枯，手指却肿胀发黑，显然已冻伤坏死，她却浑然不觉一般，又问道：“你们可知……吴江苏公子可是从这里经过？”

“苏公子”三字一入耳，众人都是悚然一惊。彭虎性子急躁，眉头一横大声问：“你是谁？找苏公子何事？”

那老妇见状又窘又怕，强抬起头，颤声道：“我……我就是死，也要见上苏嘉平一面，我要他……偿命！”

“偿命？”德顺大吃一惊，心中暗道：“哎哟，这定是曹狗派来的杀手了！可是——怎会是个老太太呢……”

那老妇哀声道：“我千里迢迢从江苏赶来，别无他求，只想亲自问问苏嘉平，为什么……为什么他要害死我的小钟儿……我要他给我的孩子偿命……”

“你说——苏公子害死了你的……”穆冲霄微微一惊，沉声问。

“我的小钟儿，我的儿子啊！” 老妇激愤痛哭，青紫面容泛出不正常的暖色，德顺这才发现她大概四十多岁年纪，并不像初见那样苍老。

彭虎惊怒交加，喝道：“胡说！苏公子乃是苏老先生之子，书香世家，忠烈之后，怎会做这种事？你是哪来的疯婆子，无凭无据，就来胡言乱语？”众人闻言多是点头附和，对那妇人越发怀疑。

妇人闭目惨笑，两行泪水滑下皲裂的面颊：“真是盛名压死人……怎么，他是忠烈之后，害死我儿的罪行便可免了么？”

齐振从穆冲霄身后走上前，对师父低声道：“我来问问她！”

穆冲霄点点头。齐振便问道：“你说他害死了你儿子，有什么证据？通往塞北有多条驿路，你怎知苏公子要从朝阳府出关？你一介妇人，如何孤身一人从江苏赶来？况且，苏公子等流人由官差押送，一路车马快捷，你又怎么会赶到他们之前，先到了朝阳府？”

齐振一个个疑问接踵而出，德顺听来暗暗叫好，只觉得佩服。只见那老妇咬牙哽咽道：“苏家举家流放宁古塔，这是全天下都知道的事，我自然知道苏嘉平要出关。我从江苏讨饭而来，只怕追他不及，便一路赶到登州，乘船从海路来此，所以才到得稍早。”

她攥紧干枯的手，声音渐低：“其实……小钟儿不在，我活着也早已无趣……只是拼着一口气，要在那畜生死前亲自问问他，他为何如此狠毒，要对我的孩子下毒手！我的小钟儿本来在烟雨楼做堂倌，干干净净的本分孩子，却被他看中，勾引我的孩子，教坏了他，又下毒手给害死了……”

德顺瞪大眼睛，叫道：“啥？你说苏公子他……勾引你儿子？”

德顺正是血气方刚的少年，那些阔人大官好男风的事儿，隐隐约约地听说过一些，但还是不甚了了，更无法理解。此刻听说苏公子竟有如此癖好，简直以为自己耳朵出了毛病。

群雄本就对这妇人的来历甚是怀疑，耐着性子听她解释，却听她说得如此不堪，立时气得炸了锅。

风里一声鹰唳，诚康庄主吕驰肩头的海东青惊飞而起，翅膀扇得雪片飞旋。吕驰怒道：“胡说！什么疯婆子竟敢前来捣乱？”

“污蔑苏老先生的门楣，当我们北直隶众人是傻子么？”

“她定是曹狗派来的……”

王若虚亦将拂尘一甩，沉声道：“空口无凭，你莫怪我们不信！”

妇人颤声道：“我历尽艰辛来此，便是证据……”

“这算什么证据！血口喷人也算证据么？”

“我瞧她明摆着是曹狗派来的，想要混淆黑白，见到苏公子好下手！”

“说得对，她定是……”

风雪之声早已被吵闹压了下去，众人七嘴八舌，吵得一片混乱。齐振走向那妇人，道：“我来问你……”说着身子一低，探手托住妇人手腕。德顺初还不解，但仔细一瞧，大师兄的手指牢牢扣在她脉门之上，竟在试她内力。那妇人仍是一脸凄苦，对齐振的试探浑然不觉。

齐振面色一凝便放开手，神色稍安，对众人摇摇头。显然那妇人并无内力，不懂武功。

众人瞧在眼里，越发疑惑。平山棍贺恩堂一直沉默不语，此时突然厉声道：“不对！”他内功深厚，话音一出如鸣锣一般，震得身边树木枝头积雪簌簌而落。手中平山棍飞旋一指，定定对着那妇人：“你方才说什么？‘只是拼着一口气，要在那畜生死前亲自问问他’——你怎知苏公子一定会死？”

他话音一落，众人全都怔住了。

曹玉成一路追杀，江湖豪侠千里相护，两方如对弈一般见招拆招，只要未出边门，就谁也不知结局如何。这妇人为何一口咬定苏嘉平会死？

妇人定定站在地上，瞬息间身上已覆满积雪。她苍白干裂的嘴角露出一丝恐怖的笑意，抖抖索索地伸手，从破棉袄中摸出一物。

“因为我有这个。”

四周的风雪似是静了一静。一片赤褐色的薄铁板摊在她冻得发黑的手上，像一条凝固的血。

穆冲霄定睛一看，立时变了脸色。齐振蓦地惊呼出声：“天罚令！”话一出口便觉失声，忙紧紧闭上嘴，目光却不自觉地扫向四周，似是有什么极可怕之物藏在皑皑雪野，转眼便会呼啸而出，取走他的性命。

道士

“天罚令”是江湖中最神秘莫测的名字，总以恐怖传闻被人提起。它历史极为悠远，因有“天罚”二字，有人推测令名应是取自《墨子·天志》，“聚敛天下之丑名而加之焉，曰：此非仁也，非义也，憎人贼人，反天之意，得天之罚者也”一句，判断此令当可追溯至战国时墨家剑侠。岁月辗转、朝代更替都不曾磨灭它的踪迹，草蛇灰线一般绵延不止，有时会经数十甚至上百年方才现身。无人知晓它到底是一个门派，一个代号，还是一个人名，唯一可知的，是见令必亡，绝无例外！

今日天罚令骤现，要取的是谁的性命？

在一片惊骇沉默之中，穆冲霄缓缓伸手接过那铁片，只见铁片甚是轻薄，修长如剑，触手光滑，上面看似锈斑的痕迹，竟是日久磨损的错金纹理。手指摩挲之下，纹理中“杀”字隐隐凸现。

穆冲霄缓缓开口：“不错，这正是天罚令。你从何处得来？”

风声稍止，天地间只有撕棉扯絮一般的漫天大雪。妇人苦笑摇头，道：“这却是天大的巧事了。因我儿之事，我日夜在佛前哀哭，不想一日半夜，有人敲窗问我哭泣缘由，我便告诉了那人。那人一听便道‘这简单，杀了他不就得了？’我听他说杀人，心中不禁害怕，打开窗子一瞧，外面却没人。走回房里，那声音还是清楚传来。我不知这是神佛还是狐鬼，忐忑不已，哭得更厉害。那声音不耐烦道‘别哭了，我给你个法子！南城外竹林内有块一丈见方的大青石，石头下面有个铁牌，你拿些银钱去把那铁牌换出来，你拿这牌子给苏嘉平一瞧，他就会死了。’我半信半疑，但绝望之人总不肯放过一丝机会，便依言去做，果然拿到了铁牌！”

“这怎么可能？”诚康庄吕夫人诧异插言，瞪起一双凤目，“天罚令怎会如此轻易就出现，竟如从天而降？”

众人沉默不语，心中所想都与吕夫人一样。天罚令在江湖中威名赫赫，从前诛杀之人上至帝王下至枭雄，而今日为何竟这样不可思议地落在妇人手中？

“第二日我便拿着铁牌去衙门大牢，想见苏嘉平一面，将这牌子给他瞧。不想官差告诉我，《听微录》案犯皆已被连夜押解进京，不在江苏了！我闻言极为后悔，想来给我铁牌之人必是个骗子，我已遭逢大难，不想又受愚弄，心中万念俱灰，只望一死。”妇人絮絮说下去，“但仍有一丝刻骨之仇，支使我抱着必死之心，变卖家中薄产，一路追来。我走到山东登州找船渡海，不想登上的竟是一艘贼寇之船！”

德顺听得入神，叫道：“啊？那是劫财害命的！”

“不错，船一入海，他们便抢了我那一点盘缠，要将我沉海喂鱼……”妇人全身瑟瑟发抖，似马上便要被寒风吹倒，可声音又转而高昂，“我只当命已至此，不想那搜我财物的贼寇忽的一声惊呼，捡起这片薄铁，吓得说不出话——原来这铁牌子竟是真的！”

说到此处，妇人忽地跪倒，伏在雪地之中：“铁牌子是真的，是真的……我的儿啊，这是真的——”她声音嘶哑，哭号直如尖刀刺入德顺耳中。哭声中千里追索的艰辛折磨、萌芽于绝望仇恨的希望喜悦、苇丝般柔软却坚韧的舐犊之情，绝对不可能是假装。看着她恸哭的身体，德顺不禁眼中发热，连穆冲霄亦动容。

同是女人，吕夫人听到此处再也忍不住，含泪上前扶起那妇人：“然后，海贼便放过了你，还载你过了海，是不是？我明白了！”

妇人说不出话，只是放声大哭。

大雪纷扬，在脚下越积越深。穆冲霄看向众人，问道：“诸位看，此事该如何处理？”

见妇人如此，众人心中怜悯，却都沉默下来。半晌，青冈剑徐青迟疑开口：“这……这叫什么事？难道说，苏老先生竟生了个不肖的儿子么？本来曹狗的人就在一路追杀，现在天罚令也掺和进来！”

“天罚令又如何？”彭虎脊背一挺，身后阔刃大刀鲜红穗子在雪中飞扬如花，“咱们北直隶的汉子未必就怕了它！”

贺恩堂在一旁冷冷道：“彭兄所言差矣。事情还没弄清楚，天罚令与我们也未必是对头，你怕什么？”

“怕？老子才不怕！”彭虎瞪起眼睛，“谁怕，谁就去保定府当走狗！”清廷曾在直隶招抚豪杰，投奔者多在保定府总督署六科房下当官差，为江湖中人所鄙。

吕夫人为人爽利果断，却心肠最软，早将那妇人扶在身边，当做自己人一般。此时听了彭虎的话，顿足道：“彭兄弟怎么又扯到保定府去了？只说现在，咱们可怎么办？难道能眼看她受这天大的冤屈么？”

“娘子，你先别急。”吕驰在一旁开口相劝，“你只说她有冤屈，可护送苏公子才是天大的事，若出了岔子，咱们怎么跟天下武林交待？”

吕夫人没想到夫君想法竟与自己不同，眉头一拧便扭过头去，不理他。其他人此时也纷纷开口，七嘴八舌，吵得不亦乐乎。

德顺听听这个，再听听那个，都觉得挺有道理，一时糊涂起来。转头忽见那年轻道士离开了人群，孤零零一个人站在一块大石上，仗剑看着天际飞旋的雪花。德顺不知他的脚好了没有，便上前与他搭话：“你的脚怎样了？”

道士回头微笑，道：“好了。”

海楼观王道长嗓门洪亮，此时正与彭虎吵得热火朝天，门下弟子也多在帮腔，只有这年轻道士躲在一旁。德顺只当他与自己一样笨嘴拙舌插不上话，便道：“我被吵得头都疼了，到底是怎么回事！苏公子到底是好人还是坏人，怎会如此复杂！”

道士身上的青布厚棉道袍被风掀起，一下下拍着身体。他仍是含着笑，道：“无论是好人还是坏人，总是将死之人。”

“什么？”德顺瞪眼瞧着他，风太大，还以为自己听错了。

道士叹了口气，雪白呵气氤氲而出：“发出天罚令的那一刻，他的命便已不是他的了。”

“天罚令真有这样厉害？”

道士点点头。忽又想起了什么，袖子一展，手中现出几枚铜钱。

“这个给你。”

德顺不解其意，转瞬明白过来，这是自己昨日给他买鞋付的十文钱。他立时涨红了脸，双手乱摇：“啊呀，你这是干嘛？我不要我不要！你这不是瞧不起我吗？”

道士神情中现出不解之色，不懂德顺为何不要。“我没有瞧不起你。”他认真解释，“只是还你钱而已。”

德顺踩着雪壳子，躲出好几步远，叫道：“快拿回去，咱们都是朋友，你这是干嘛？”

道士神色迷惘，却不再坚持，缓缓将钱收回。

德顺松了口气，用手背擦去冻出来的鼻涕，笑道：“咱们认识了这么久，我还不知你叫什么。”说着眼巴巴瞧着那道士，只等他说出名字。

道士却抄起手，复又转头看着天际飞雪，仿佛德顺是隐形人一般。

德顺心中纳闷：王道长门规极严，弟子多不凡之辈，怎会出了这么一个不懂礼数的古怪家伙！却听师父的声音骤然响起：“诸位先不要吵，事情到底怎样，还不清楚，咱们不可以先自乱阵脚！”

穆冲霄一开口，众人便沉寂下来。

“这妇人所说，的确令人同情，但此时此刻，咱们听的都是一面之词！”穆冲霄声音不大，却沉郁逼人，穿过风雪，众人耳中听得清清楚楚。吕夫人闻言想要反驳，想了想，又觉得确是事实，便低头不语。

“事情真相如何，此时还算不上水落石出。若是苏公子真做了丧尽天良之事……”穆冲霄的声音渐低，显然也是心思纷乱。

寒铁刀彭虎叫道：“穆盟主，你但说无妨，兄弟们今日聚来，就是看着你的威名！”

“穆盟主几十年清誉，你若振臂一呼，我们自然愿意跟随。但千万千万，要慎重考虑……”吕夫人颤声开口，极为担心。

“不错！”齐振也在一旁插言，“师父，此事非同小可，非一时意气可为！”

穆冲霄缓缓道：“此事关乎性命名声，穆某多谢诸位青眼有加，先在此谢过！”他说着对众人抱拳一礼，“苏镜中文章风流，更兼铁骨铮烈，是汉人的楷模。他虽身死，却已成高扬之帜，容不得半点玷污！若有人给这面旗帜抹黑，哪怕他是苏先生嫡子，也断断不可！”

他神情刚正，众人都仰目瞧着他，德顺一时觉得师父身形高大至极，甚是自豪。

“此事虽复杂，却也容易解决。苏公子一行转眼便到，是非是直，当面对质即可！在场诸位豪杰亦在江湖沉浮多年，不敢说明辨秋毫，却也不是颟顸不明。真相未分之时，咱们仍护在苏公子身边，绝不可让曹狗手下和天罚令动他一根汗毛，直至出关；他若没杀人，自不必说，可他若真的杀了人，污损苏先生之名，咱们就要给天下人一个交待！换句话说，退一万步……”他双目炯炯，如火焰燃烧，“苏公子若真的要偿命而死，也要在咱们将他送到边门之后——再死在咱们手中！”

穆冲霄铮铮话音一落，雪野之上的静寂便分外刺耳。众人默默思忖，并无一人出声反对。德顺深吸一口气，心中如鼓狂擂。

风雪在四周盘旋，远处枯林间一群寒鸦惊飞而起，没入天际飞雪。白茫茫驿道上，车马之声渐渐可闻，十数个人影如白纸上渗出的墨点，在山口处一丝丝显现。

流人车队已经到了。

苏公子

冬日一入北地，押送流配之人的队伍便要换乘雪橇，这支队伍也不例外。队伍共有二十余人，除了数名押送官兵外，便是拖家带口、狼狈不堪的男女老幼。雪橇本是雪地行进最快捷的工具，但流放之人多要在宁古塔度过余生，便带着全部可用的家当，几十只大箱笼和杂物堆满了七架雪橇，压得橇板咯吱作响。

在队伍之后，远远地另有十数人的身影，皆骑马跟随。积雪极深，马匹已见疲态。吕驰见状，策马奔上附近山岗高处，撮起一声凌厉呼哨，臂上海东青振翅而起，向那十数人掠去，在他们头顶盘旋一圈，清鸣数声复又飞回。吕驰夫妇在口外养马贩马，拥有数处马场庄子，交游极广，与上一班江湖中人交接之事便是由他负责。

那十余人当是由京师一路护送而来的豪侠，听呼哨一起，见猎鹰现身，便立即勒马止步，不再前行。

流人队伍亦明白发生了什么。

为首的拨什库吆喝一声，队伍缓缓停下。那军官身材不高，走得满头大汗，帽子皮袄都泛出白霜，与眉毛胡须结的霜连成一片。他眼睛四下里一找，便认定了穆冲霄，远远喝道："是来护送的么？"

穆冲霄点点头，并未说话。

"好！诸位想来都是明白人，这是押送朝廷钦犯，责任重大，千里迢迢，未曾有失。望你们依守国法，莫要生事！"拨什库等兵士一路走来，已了解江湖中人护送苏公子之意，便开门见山说出要求，"你们须走在二十步之外，不得靠近。咱们大家井水不犯河水，相安无事，保流人顺利出关！"

穆冲霄再次点头，默默应允。

雪橇极为沉重，咯吱连声，艰难地移动起来，在雪地上划过深深的印辙，进入了长岭山口。远处跟随的十余骑呼喝一声，转身离去，消失在风雪之中。

那些京师来的侠士们，就这样一言不发地去了么？德顺有些失望地看着那些人离去的身影，他本以为今日可以开开眼界，再多见到几位大侠，不想却连那些人的身影都没看清。

却听身后有人轻声道："有趣。"

德顺回头一瞧，却是那年轻道士。他便问："怎么啦？"

那道士笑道："千里流放，还带着这么多破烂！七架雪橇都拉不动，这是有多沉？"

他说得刻薄，德顺听了便不高兴，忍不住道："出门在外，自然要多多准备，有备无患。难道都像你一般，穿着单鞋来北直隶么？”

道士却不生气，一本正经道：“我第一次来这里，不知会这样冷。”

第一次来这里？德顺心中嘀咕，少扯了！你们海楼观在锦西，紧挨着朝阳府，又比这里暖和多少？他哼了一声，转脸不再理他。

流人队伍走在驿道正中，群雄在两侧夹队相护，依那拨什库所言，走在二十步之外。风雪无休无止，吹得身体生疼，众人在大风里站了半天，几乎冻成冰柱，此时终于开始赶路，都觉庆幸。

德顺跟在大师兄身后，眼睛好奇地搜索那些流人。他们大多面色愁苦，踏着深雪蹒跚而行，皆垂首不语，似是害怕与人眼神交流。队尾有个小孩子为走路省力，只踩着雪橇印痕前行，不想脚下一滑跌在地上，德顺见状便要上前，却被大师兄叫住了。

“听那拨什库的话，莫要靠近流人！”齐振喘着白气，戒备地盯着雪地里的小孩。

摔了跤并非什么大错，可那小孩眼中却充满恐惧，抖得牙齿相叩。德顺不知他为何如此害怕，正纳闷，便有一位流人老者上前，扶起了小孩。

德顺松了口气，对那小孩安慰地笑笑，忽听前方一阵喧哗，一个身影飞快从群雄队伍中奔出，冲向那些流人。

“苏嘉平，你还我儿命来——”妇人嘶哑的声音像是寒鸦哀啼，划破白茫茫雪野。她一跤跌在雪地里，连滚带爬扑向前，扑向流人中的一个瘦弱青年。那青年已吓得呆住了。

这一下大出意外，拨什库大叫一声，拔出刀来，其余兵士也立时长刀出鞘，迎向那妇人。白雪之中刀光闪烁，眼见妇人就要命丧于此。

吕夫人见状娇叱一声，手一抬，袖箭破开风雪，当的一声荡开拨什库的长刀。袖箭刚一出手，她人已奔向前，扶住那妇人肩膀，对拨什库道歉："这妇人不懂规矩，还请官爷不要怪罪！"

不想那拨什库颇有些功底，右手刚觉长刀失控，身体便如弓一般向外一张，消去了袖箭之势，长刀瞬时折返，向吕夫人及那妇人扫了回来。

德顺见状惊叫出声，声音还未落，便见两条人影疾驰而至，一左一右冲向那拨什库。一人伸手格住他的胳膊，一人拉起吕夫人及那妇人，退至安全之处。

德顺定睛一瞧，竟是大师兄齐振与吕驰。他立时放下心，长出了一口气。道士在一旁笑道："咦，玉帐分弓！这拨什库真是好身手！"

德顺听他叫出招式之名，心里也略吃惊。拨什库皆是满人，骑射本领自是一流，但汉人功夫却极少有人懂得，看来此人还真是蛮有本领。

齐振放开拨什库的手，笑道："得罪！"

那拨什库脸色变了一变，似是知晓了对方的斤两，方才凶暴的神情立时消失，嘴上却还硬气："你们是要造反么？护送的规矩我方才说得明明白白，难道她是聋子？"

"她不是聋子，只是流人中有她熟识之人，见面一时激动，这都是人之常情。”吕夫人彬彬有礼，语气却不卑不亢，说着话，眼睛便向那瘦弱青年望去。

众人一时都瞧着那青年。他甚是腼腆胆小，低头躲避众人目光，身体也在瑟瑟发抖。

妇人哭道：“苏公子，你不认得我，你认不认得我的小钟儿？他才十七……”

那青年不敢答言，只是一味垂着头。众人一见这情形，心中都是一沉。德顺目瞪口呆，心中暗道：完了完了，看来苏公子真的害死了人，这可怎么好……

“你承认啊！你做了为什么不敢承认？”妇人还要上前，被吕夫人紧紧拉住。她挣扎不开，忽地抬手，将铁片向苏嘉平掷去，可惜手中无力，铁片轻飘飘地在寒风里翻个身，落在苏嘉平脚下，被雪埋没了。

天罚令在江湖中盛名鼎鼎，众人见状，都倒吸了一口气，只当会有什么可怕之事发生。可四周仍是寒风怒号，雪花纷飞，并未异状。

站在一旁的拨什库忍耐不住，对穆冲霄叫道:“你是领头的么？这么闹下去，你还想不想让他们出关？这是押送囚犯，不是给你们啰嗦申冤！”

穆冲霄略一思忖，道：“我们绝不耽误行程，只想问这位公子一句话。”

拨什库神情极为紧张，怒道：“这是要造反么？你们朝阳府的人都活腻了？”

齐振对穆冲霄低声道："师父，已接到苏公子，问话也不在这一时。现在风雪太大，前方就是驿站，不如去那里……"

吕驰也附和道："不错，荒郊野外还要防着杀手和天罚令，不如去驿站慢慢商量。"

"什么慢慢商量？就是一句话，还等什么？"吕夫人毫不客气反驳夫君，转身看着那青年，"苏公子，众人都是仰慕你父亲而来护送你，你也别折堕了苏先生的志气，你有没有害死小钟儿，爽快给个话！"

苏嘉平神色惊恐，连连摇头，畏畏缩缩地要躲到雪橇后面去。

众人一见大失所望，彭虎难掩鄙夷，道："苏先生的儿子就是这般胆色么？"

见苏嘉平不肯开口，妇人绝望至极，滚爬上前，从雪中挖出铁牌，转头向天："天罚令，你怎么不显灵呢？你答应过我，要杀那奸人！现在他就在我面前！你给我杀了他，杀了他——"

大雪飞旋，风声尖啸，挟着她凄厉嘶哑的哭声，犹如鬼号一般，听得德顺汗毛直竖。众人一时怔住，被她招魂似的号啕大哭弄得手足无措。

忽有一个声音清朗传来，带着懒懒的倦意："别叫了！我杀他便是！"

众人还未回神，天际便似暗了一暗。一片青影悠然飞起，猎猎衣襟抛飞雪花，速度如电，动作却舒缓至极。一线锐光在青影中一闪，直刺苏嘉平。

这一下大出众人意料，群雄立时奋起反击。贺恩堂一根平山棍如龙蛇摆尾，咬向青影，王若虚亦已手持静水剑尾随而至，更有青冈剑破风之声骤响，劈天裂地而下。耳边脆响连声，轻功稍差的其他人纷纷射出暗器，一连串袖箭、飞蝗石、铁蒺藜叮叮当当噼里啪啦打在青影掠经之处，却并未射中那影子一丝一毫。

转眼之间，青影已飘至苏嘉平面前。身形游鱼般一晃，堪堪避开贺恩堂等人天罗地网的攻击，一缕剑光猝然折返，精准凶狠，正对苏嘉平心口。

剑尖破开苏嘉平胸前棉衣，棉絮激飞飘散，就在刺入的刹那，蓦地止住。那人稳稳落地，青布道袍在风里扑扑打打。在众人瞠目结舌的注视中，他向妇人微笑道："你要问他什么话？"

德顺倒吸一口冷气，只觉整个世界都模糊了。

是他，天罚令竟然是他！

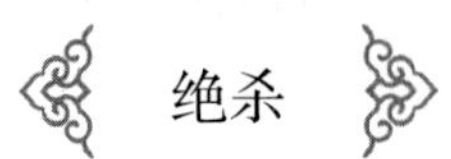

绝杀

寒风穿过雪原，挟着触之成冰的凛威，刀一般刮过惊呆的人群。

妇人颤抖着爬起，一步一步走向苏嘉平。众人呆看她破烂的布鞋咯吱咯吱踩着积雪，一时都说不出话。半晌，彭虎忽地收刀大吼："老王，你搞什么？你们海楼观这是要干嘛？"

王若虚猝不及防，惊道："什么？"顿了顿，他才明白那人一身道士打扮，竟被彭虎误认是自己的门下，立时怒不可遏，“他并非我海楼观的人，我不认识他！”

众人闻言更是惊疑交加。德顺想起遇见道士的一幕幕，不由悔恨不已，自己一副傻乎乎的热心肠，一直以为他是王若虚的弟子。其实，他根本就是混在众人之中，伺机下手！

妇人走到苏嘉平面前，嘶声道：“你为何要杀我的孩子？”

苏嘉平眼睛只盯着胸前利剑，双腿一软跪倒在地，抖如筛糠。寒风中一阵骚臭传来，他竟已尿了裤子。

“不是我，我没有……”他哀声开口，缩肩对那妇人俯地而拜，头顶肩膀沾满白雪，“你放过我……放过我……”

“你……还不承认？”妇人挣扎而前，拼尽全力举手，一个耳光狠狠劈在他脸上。二人都是激动难抑，又筋疲力尽，一击下去，都摔倒在地。

苏嘉平发出一声绝望尖叫，打个滚爬向那拔什库，口中含混叫道：“救命……救命……快来……你们快出来……”

众人万万没想到苏镜中一身铁骨，儿子竟是如此懦弱之人，心中只为苏先生不值。却见那道士嘻嘻一笑，手中长剑一转，对雪中爬走的苏嘉平直刺而下。

苏嘉平虽胆小，却仍旧未承认杀人之事，不能就这样不明不白被天罚令刺死。彭虎大吼一声：“住手！”话音未落身已飞起，沉甸甸一柄大刀呼啸着横劈过来。他的刀锋未至，王若虚的静水剑亦已抖出一团剑花，与贺恩堂的平山棍齐齐袭向道士。

这三人皆成名多年，各有拿手的武学绝技，知道面对的是天罚令，一出手便都是十足功力。刀、剑、长棍并头而至，汹涌内力撕扯风雪，道士棉袍衣襟鼓荡而开。

道士出手极缓，似等了片刻，才挪动剑尖。身体忽地向下一顿，如一截白蜡融化成泥，柔可绕指，但在这柔软之中有尖刺陡然突起，脱颖而出迎向贺恩堂，在他长棍末端一扎。贺恩堂立时双手不稳，平山棍如一根搅入激流的船篙，得得乱抖，全然失去了控制。

道士微微一笑，手腕一扭，贺恩堂惊呼失声，长棍已然横走，扫向一旁的王若虚。

王若虚身手极快，忙后撤半步变招去挡，不想那一棍还未袭近，又忽地一跳，在空中弹出一声风响，正中彭虎的寒铁刀。

彭虎素以勇力闻名，贺恩堂的棍法亦有开天裂地之威。二人刀棍相击，立时都觉海潮轰击一般的大震，兵器双双失手。耳边一声脆响，平山棍竟被寒铁刀硬生生削成两截，上半截远远飞去，下半截却蓦地弹回，疯狂飞转，击向王若虚。

年轻道士的剑法已令王若虚惊疑不定，方才见他以剑缠住平山棍，还未解其意，便见彭贺二人失手。他正自惊骇，却见飞雪之中一道黑影，另半截棍子竟莫名向自己打来，忙提气向后一跃，飞出战圈。

这道士不与他们硬碰，以四两拨千斤之术智退三人。德顺看得眼花缭乱，心中又是佩服又是愤怒，只觉得这道士真是狡猾至极。

却听风里呜——嗡——一声轰鸣，半天的雪花一时消融殆尽。

德顺立时心潮汹涌，欢呼道："师父！"

穆冲霄旁观片刻，知道这道士身手绝非泛泛，此时再不出手，北直隶群豪声名便有折损之危。他双掌半握，手指弯曲，结了个燎原火的手印，全身上下有火焰跃动之声不绝，一掌“焰起云萝”如火轰击，向道士袭去。

道士举剑来挡，立时被掌风震开，踉跄退了数步。见赤炎掌威名不虚，群雄立时哄声叫好。不想那道士一剑失手，身子忽向下一沉，不知怎的竟倒转过来，姿势极为古怪，贴着地面积雪滑了开去。穆冲霄掌风追踪而至，如火咬噬，紧紧不放，所经处冰雪无不消萎而融。

道士见甩不脱，嘿嘿笑了一声，翻身而起，闪向驿道外的树林。彭虎大叫：“别让他跑了！”

穆冲霄怎会放他逃走，略一凝神，众人耳边的火焰抽打之声便消弭无踪，一层淡淡白光却自他掌心散发而出。

“无明火！”齐振与德顺同叫出声。赤炎掌第五重，穆冲霄正是凭此名扬天下！

穆冲霄身形一晃，人已射至树林边缘，一招“不生不灭”，掌中薄明光焰拂过道士后背。道士微微一惊，挥剑上扫，护住身体。这一剑看似速度极慢，剑身却兜着劲风，无明火炽热内力触及冰冷剑刃，发出一阵尖锐的咔咔脆响。天气酷寒，剑刃冰冷，与无明火热冷相激，又兼掌力一摧，那柄剑竟啪的一声崩裂，碎片劲力如箭，四散迸飞。众人忙缩身躲避，却听钝响连声，又有数声闷哼哀叫，碎片击断树枝，雪片纷落，亦有数名弟子无辜受伤。

道士停住了脚，神色茫然地看了看光秃的剑柄，甩手丢进雪地，对穆冲霄道：“看来只好肉搏。”

他剑法出神入化，若是肉搏，不知会有什么高妙功夫。穆冲霄冷冷道：“好，穆某奉陪，请！”双掌一错，再向他拂去。

道士却无心恋战，一翻身躲开追击，忽又鬼魅般飘回，刚要触及穆冲霄，再次转身而去。他轻功极佳，惊鸿掠水一般往复数次，毫无交手诚意，看得众人怒不可遏。穆冲霄亦皱起眉头。

德顺看得着急，只想放声骂他厚脸皮。道士面上微微带笑，一脸从容之色翩然飘回，众人都以为他会再次飘走，穆冲霄也立即截住他去路。可他手中精光一放，一片碎剑从指尖脱出，如电下劈，正中苏嘉平后心！

这一下大出意外，众人没想到他竟再次耍诈，指东打西，不禁失声大叫。只见苏嘉平吐出一口鲜血，被钉入雪地之中，立时气绝身亡。

穆冲霄一见亦惊骇止步，面如死灰。

“你！”德顺上前一步，指着道士大骂，“你这恶人！你这个骗子！”

可他的叫喊却淹没在一片混乱的嘈杂里。

流人多是苏氏亲族，见苏嘉平猝然暴死，立时大乱，老弱妇孺瑟瑟发抖聚成一团，哭喊尖叫不止。而北直隶众人更是被道士彻底激怒，持刀仗剑冲向前去。拨什库和士兵们又惊又怒，持刀左右防御，却不知该防着谁。

道士轻轻一跃，跳出众人包围，站在一架雪橇顶端，脸上仍是笑嘻嘻的。

彭虎吼道：“他一定是曹狗派来的！他和那老妇人是一伙！

他们两个……”

道士摇头道：“什么曹狗？我不认得。我在吴江慈恩寺里睡觉，她在隔壁哭得令人厌烦，我便帮她办这事。”

天罚令的千里追杀之事竟被他说得轻巧平常，众人又惊又怒，瞪眼瞧着他，一时不知该如何是好。

不想妇人呼号之声再起，这次却是惨声大笑。“小钟儿，娘给你报仇了！小钟儿，你等着娘，等着……”她瞪眼看着苏嘉平倒地之处，张嘴干笑，双目赤红，半晌，眼中流动的生机陡然一顿，便再也不动了。

吕夫人上前一探她的鼻息，竟已气绝身亡。

“苏公子已死，你们别费事了，还是快回家去吧！”道士的乌拉鞋轻轻拍打脚下的樟木大箱子，眼睛扫过众人，说到“回家”二字之时，对德顺一笑。

德顺啐了一口，恶狠狠瞪着他。

他却并不生气，还是淡淡一笑，身子一转便跃向森林之中。只见一袭青影飘移，雾气一般隐没，身后只余枯枝上落雪簌簌。众人的轻功，竟无一人可与之匹敌。

飞雪连天，尸布一般渐渐覆上两具尸体，众人不禁默然。半晌，王若虚喟然长叹：“时乖命蹇，技不如人！这么多人没挡住一个毛头小子，罢了罢了，还是回去闭门练功，潜心修道，少来掺和江湖之事罢！”说着对众人一拱手，便要离去。

“一个也不许走！”拨什库怒冲冲举刀对着众人，“谋杀钦犯，你们……已犯下了滔天大罪！现在凶手已逃，你们都得跟我走，在都统大人面前，把这事说说清楚！”

王若虚哼了一声，对拨什库冷笑道：“贫道就住锦西海楼观，若要找我，尽管上门，我必在观中相候！”说罢转身带着众弟子径自离去。

贺恩堂本就性子沉郁孤僻，因平山棍被毁，神色更是难看。他瞧也不瞧众人，亦转身沿驿道离开。

吕夫人叹了口气，对吕驰道：“咱们也走罢。”

吕驰瞧了瞧面色铁青的穆冲霄，迟疑道：“还是……听穆大侠的。”

彭虎徐青等人也看着穆冲霄，只等着听他吩咐。可穆冲霄受此打击，神色黯然一言不发。齐振见状忙道：“前方便是驿站，先去避避风雪再做计较。”

众人无法，只得将苏嘉平与那妇人的尸身抬上雪橇，冒着大风雪，策马向前。

齐振

长岭坡驿站只是森林中的数间草房，仿佛盖着雪被沉睡，只有房顶烟囱里飘出的烟气可证明它是活着的。

众人一进驿站，立时打破了宁静。狭小草房内挤得满满当当，拨什库大声吆喝着要茶要饭，又吩咐人照看马匹雪橇，支使得几个站丁团团转。士兵争抢火炉边温暖位置，大声吵闹不休。流人们聚在一处低声哭泣，想来还是在为苏嘉平之死而忧惧不已。

这场面令北直隶众人心中愈加羞愧痛悔。

护送苏公子的义举，居然在千里流放的最后一程，败在他们手中。那妇人虽指责苏公子杀人，但无凭无据，苏公子亦没有承认，就仍有可能是冤枉他。而天罚令来得不明不白，轻而易举击败众人，这奇耻大辱更是难以面对。又或者，那妇人与天罚令都是曹玉成的诡计，在众人放松警惕之时，伺机得手……

众人越想越是沉重，默不言声坐在一旁。穆冲霄脸色灰败，似是突然之间老了十岁。齐振与吕驰精神稍强，还张罗着安置众人及车马。德顺见不得师父这般模样，心中郁痛不已，便起身要推门出去。

有师兄在身后叫道：“小十七，你去哪？这么大风雪，可别乱跑！”

德顺低声道：“我……”他心烦意乱，并不知要去何处，一时怔住。

一名老站丁抱着一摞茶碗走上前，一边为众人倒水，一边插言念叨：“别出去了，眼看要起‘大烟泡’，三步之外不见人。去年这时，新来的一个兵出去撒尿的一忽儿工夫，就没回来！开春雪一化，嘿嘿，这才看见尸首，就冻毙在院子两丈开外……”

德顺土生土长北地人，怎会不知风雪的厉害。只是房内憋闷逼仄，众人又都神色阴郁，他实在坐不住，应了一声，还是推开了门。

一开门便是海潮般倾天覆地的大雪，抽得面颊生疼。驿站迎风面已被雪掩盖，德顺在背风处站定，闷闷看着天地间搅成一团的琼花玉屑。

众人的马匹都被牵入马厩，由站丁及几名诚康庄庄丁照管。那七架雪橇停在院内，在茫茫大雪中如同蹲伏的黑色巨兽。德顺站了半天，凛冽寒气充塞胸口，心中火烧火燎的郁痛才减了几分。

他看着雪橇，突然想起那枚天罚令，它是个江湖传奇的珍贵见证，此时仍在妇人手中，已是无用了。他毕竟年少，心中不免痒痒，想着若拿来做个纪念，倒可以给师兄们显摆显摆。

德顺用皮袄袖子蹭了一下鼻涕，趟过没膝的大雪，走向放着两具尸体的雪橇。寒风已将两具尸体冻结，妇人躺在一只大木箱上，双目中结满冰霜，定定看着虚无之处。

德顺心中默念："大娘啊你莫要怪罪于我，反正你要这物件也没用了，不如就给我做个纪念……"

妇人手指僵硬，死死攥着那薄薄铁片，德顺用力去挖，怕拿不出，又怕掰断了她手指。手中猛地一挣，铁片从她手心脱体而出，她的尸体却碰在箱子上砰的一响。

德顺吓了一跳，惊觉冰冷的铁片贴着手心，带着阴郁的死亡气息。耳边寒风回旋，仿佛是妇人的灵魂仍在号哭。他大口喘息，却见面前的尸体忽地动了一动，向他转过了身。

德顺头发都炸了起来，呆呆看着那僵硬尸身，双腿发软。那尸身转向德顺，停了片刻，忽地滑落在地，箱子盖一掀，露出一张胡子拉碴的脸来。

那张脸与德顺面面相觑，二人都呆住了。有人厉声问道：“开始了么？”又一个人从那大胡子身边冒了出来。

德顺脑中一片空白，仿佛另有一场大雪飘洒于心，将全部神智都淹没了。

寒风里骤然响起一声尖哨，锋利如刀，血淋淋地划过德顺的耳朵，直至多年以后，这哨音的割伤亦在暗夜之中隐隐作痛，许久不曾愈合。

随着哨音，雪橇上十几只大箱笼纷纷掀开，越来越多士兵跃出箱子，扑入这充塞天地的大风雪。马厩里传来惨叫嘶喊，驿站之内亦有茶碗摔碎及刀剑相击之音。数人全身浴血，踉跄冲出驿站，扑入雪地，德顺刚认出那是两名盟内师兄及吕夫人，便又听见砰的一声巨响，驿站木窗破碎成片，一柄沉甸甸大刀飞射而出，猛地扎进雪地。刀身颤动不已，血红长穗猎猎随风——那正是彭虎的寒铁刀。

德顺面前的两名士兵冲身而起。他二人皆穿着棉甲，甲上泡钉刮着樟木箱口，哗啦啦脆响连声，每声都如利刃接连不休刺入德顺心底，令他惊痛得迸出热泪。

驿站、雪橇内都藏有伏兵——原来这是一个埋伏！

眼前刀光一闪，那大胡子兵士举刀迎面砍来，德顺震惊至极，全然忘了反抗，眼见那刀就要砍到头上，忽觉自己身子一轻，悠悠后退数步，这一刀当的一声砍入雪下冻硬的地面。

年轻道士的声音在身后懒洋洋道：“提醒了你多少次，你却浑然不觉，简直笨得令人伤心！”

德顺惊魂未定，几乎不知该如何回答，眼见那大胡子士兵拔刀再起，向自己冲来。道士哼了一声，一手拎着德顺后衣领，身子微侧，脚下一踢，一蓬飞雪便迎着那士兵泼洒过去。那士兵眼前全是白雪，步子一滞，道士早已欺身上前，一扭便掰折了他持刀的手腕。

士兵滚倒在地，放声惨呼，这长长嘶叫终于唤醒了德顺。他回过神，大叫一声去推道士的手，拼命挣扎，眼睛死死盯着驿站之内。

师父师兄们还在里面，彭虎、徐青、吕驰夫妇等许多人都在里面！

“放开我！”德顺又踢又咬，脸上热泪结成冰霜，又瞬时被寒风掠走，只余干裂血痕。

“他们没救了。”道士的声音不带任何感情，在咆哮风雪里镇定如山，“那茶里有毒。”

一股冷气沿头顶直下，德顺惊骇地转头瞪着他。他既然知道有埋伏，为何见死不救？他既然见死不救，为何又独独救自己？忽又想起就是他杀了苏公子，令北直隶众人蒙羞，更是气得头晕目眩。

“你放开我！别管我！你这恶人……都是你！你……你……我又不认识你，你为何拉着我不放？”

道士正色道：“因为我要还你十文钱。”

这答案把德顺后面的吼叫全噎了回去。道士一手拎着德顺，一手从怀中掏出钱来，用手指一五一十点数，德顺看着他专注脸庞，觉得他根本就是个疯子。

马厩后再无声响，只有驿站内传来令人揪心的嘈杂呼喝。德顺见道士数钱分神，蓦地提起内力，双掌一拍，使了个“汉宫传烛”，以烛灼火向道士划去。

道士眉头一皱，将德顺扔在地上，德顺立时连滚带爬冲向驿站。在他身后，道士隐入风雪，仿佛消失了。

驿站门口早已被士兵团团围住。见德顺冲来，有兵士挥刀来挡，德顺已是急红了眼，左手一招“西窗剪烛”，火辣辣一掌砍在他肋间，将他击退。身子一跃而起，落在驿站门口。

地上的吕夫人瞧见他，挣扎抬头，对他叫道：“这里都是鞑子兵，快……快跑……”她话音未落，身后一声鹰唳，吕驰的海东青掠风而下，铁喙一敲，竟啄出她的一只眼睛，立时鲜血狂喷。

这是吕驰的猎鹰，为何竟会袭击吕夫人？

德顺惊叫失声，不及多想，忙上前挥掌驱赶。那猎鹰凶悍异常，铁翅飞扑，利爪乱抓，专门袭向人眼，德顺脸上身上都被抓开数道血口子。德顺看准鹰隼，蓦地右手高举，以“持烛赏花”之势捉住它颈背，手中真气一催，那猎鹰哀鸣连声，挣扎得羽毛飞落。

周围士兵趁此机会刚要涌上来，便听驿站门内有人喝道：“且慢！”

德顺艰难喘息，一手抓着那毛羽披血的猎鹰，瞪着黑洞洞的驿站之内。他不敢相信自己听见的声音。

大师兄齐振负手缓步踏出大门，吕驰与那押送流人的拨什库跟在他身后。大雪如纱罩下，齐振的面容模糊不清，笑声却熟悉如昔："小十七，你倒机灵，躲了出来。"

吕驰喝道："快放开我的海东青！"

变故太过猝然，德顺后退一步，不解他二人为何好端端地与拨什库站在一起。他心里似乎明白发生了什么，却仍抱着一丝希望，干巴巴开口："师父……"

齐振嗤笑一声，道："师父他老人家武功最高，自然要优先对待，否则，我可对付不了他的无明火。"

德顺几乎不解他的意思，忽地丢下猎鹰，冲入驿站之内。吕驰刚要上前拦阻，齐振却道："他是小孩儿，不用理他。"说罢径自走向马厩，去查看后面情形。

驿站里一片狼藉，满地都是倒伏的尸体。穆冲霄跌坐在地，口鼻都有黑血流出，手掌还结着无明火的手印，身上数处刀伤，都在致命之处。师兄们倒在他周围，有人手中还拿着茶碗。徐青与彭虎皆是目眦尽裂，显然至死都在反抗。

愤怒惶惑悲伤令德顺不知所措，他腿一软跪坐在地，呆看着师父的脸，连哭都不会了。身旁有人小声哭道："莫杀我们，莫要杀我们……"

德顺转过头，看见流人们挤在一处瑟瑟发抖，那个小孩正恐惧地看着他。"都是他们做的……山东、京师那里也是一样，都是他们……不关我们的事……"

小孩身后的老者忙掩住他的嘴巴，惊骇地看着德顺，乞怜地摇头，希望德顺谅解孙儿的失言。

德顺摇晃着站起身，不知为何突然记起幼时有次踏破结冰的城西河，落入寒冷静寂的水中，几乎溺亡，那感觉竟与此时一模一样。

只不过，缓缓没过头顶将他吞噬的，那时是冰水，此时却是杀意。

伊里布

“此事至此已完满，伊里布大人可放心了？”

士兵们在风雪中跨过尸体，仔细清查，为重伤未死之人补刀，并将尸体堆至角落。齐振饶有兴趣看着，对那拨什库笑言。

那拨什库姓伊里布，本是京师四品佐领，此时恢复了身份，腰板挺直威风凛凛，早不是方才低等武官模样。他哼了一声道：“放心？我从江苏一路而来，每站都极其顺利，无一尾漏网之鱼，只在你这朝阳府出了岔子！回京去曹大人若问起，那些跑了的该怎么算？”

“王若虚跑不了！明日雪停便可以提兵去捉他。”吕驰脸色阴沉，手中紫金鞭的鞭梢向下缓缓滴着血，“贺恩堂倒是居无定所独来独往，不过这样大雪天，他也走不了多远！”

伊里布沉吟道：“只是没想到苏嘉平竟背着人命，好好一桩事，险被那妇人毁了——那道士又是什么来头？”

齐振笑道：“管他什么来头！曹大人深谋远虑，运筹帷幄之中，决胜千里之外。再加上伊里布大人您智勇无双，只此一计，便将这些江湖余孽一一击破，一路肃清江苏至北直隶悍匪顽贼，为圣上免除后顾之忧。那道士功夫再高，将来也总是您两位大人的瓮中之鳖！”

伊里布闻言脸色稍和，道：“此事其实也甚是凶险，你们二位暗中布局，忠心可鉴，亦立下汗马功劳。待我回京复命，曹大人答应二位的事，绝不会食言。保定府那边，曹大人已打好了招呼，总督署自不会亏待二位。”

三人相视而笑，眼光却都有些飘忽闪烁。

驿站院子角落的尸堆转眼便高如柴垛，那些人皆是师友、手足、妻子。以他们尸身为阶踏上坦荡通途，任是再心狠手辣之人，也难免心思不定。但大丈夫行事自当果断决绝，既已痛下杀手，便无须再多想其他。

事情已经了结，三人说话亦不避人，德顺走出门口，听得清清楚楚。想不到一路护送苏公子的义举，竟是曹玉成阴毒的连环计，各省英豪满腔热血，皆被奸贼利用，尽数白白抛洒。而大师兄……

德顺眼中含泪，看着齐振背影，想起他素日对自己的关爱照顾，心中痛不可当。但终是将心一横，大叫一声踏雪而上，向齐振扑来。

他满心只想杀人，这一扑并无招法。齐振一怔，闪身躲过。伊里布冷哼一声，道：“这小子想死？”话音未落，身子已滑至德顺面前，一掌搅起飞雪湍急如涡，向德顺当胸拍落。

这一掌来得极快，甫一推近，德顺便觉全身血液嗡地一响，烧开了一般沸腾起来。千钧之力轰然而至，德顺自知不好，拼死向下一沉一挺，做出蹲踞以待之势，双掌交错顶在胸前。这正是赤炎掌中的杀招“玉石俱焚”，是在危急之时将内力集中于头顶胸口，以全身之力抵抗对方攻击，以硬碰硬以死相搏。

伊里布见状一惊，不愿被这小子拿命伤到自己，身子一转便滑向一旁，来攻德顺侧面。德顺见他闪开，立时左手箕张，又出杀招“芙蓉红泪”，向伊里布胸腹之间狠狠抹去。

耳边一声闷响，伊里布一掌打在德顺肩头，将他击飞出去，自己却也痛呼一声，倒退数步踉跄站稳。低头一瞧，只见胸前毛絮纷飞，棉甲、皮袄、夹棉内衣一层层被撕开，露出血红一大片烧伤般的皮肤。

齐振见状不禁一惊，德顺这一掌速度、力度、角度几乎完美，所幸他内力尚浅，不过刚刚懂得第二重烛灼火的皮毛，否则，这一掌下去，伊里布大概早已肠穿肚烂。他心中又忽地窃喜：伊里布自幼便延请汉地名师教授武功，身手绝非寻常，此时却被德顺一个无名小子一击而中，可见赤炎掌果然威名不虚。穆冲霄已死，自己便是赤炎掌顶尖高手，若是用心经营，有待时日，前程必定不可限量……

他在一旁想得入神，却听伊里布厉声喝道：“齐振，还不快收拾了你们九火盟这小崽子？”

齐振一愣，笑道：“这小子么？不足为虑……”可眼见伊里布衣襟狼狈，面色极为难看，忙一跃而出，落在德顺面前。

德顺跌落在地，咳嗽着吐出口中的血，雪地上红白分明，梅瓣一般。他擦了一把嘴角的血，抬头对齐振笑道：“怎么？大师兄又要试探我么？”说着挣扎站起，比出赤炎手对战之势。

齐振一怔，想起昨日也正是此时，二人还在九火盟中庭里过招玩闹，如亲兄弟一般。不想一日之后人事皆非，自己竟要下手杀他。德顺年龄最小，又纯良热情，齐振平日对他的关照疼爱亦是出自真心，念及此，他不禁心中一软。

德顺见他犹豫，心中更是切齿痛恨：你若真的念及情义，又何必为了自己的飞黄腾达，设计杀死师父师兄们！他大声喝道：“齐振，你还等什么？”手臂向前一举，手心向上，四指微曲，正是昨日齐振使出的那招“汉家烽火”。

伊里布在一旁喝道：“快杀了他，难道你下不了手么？”

吕驰嘿嘿笑道：“他是齐振的小师弟，只怕真的不忍心呢……”

伊里布声音里满是怀疑及不耐烦，吕驰阴恻恻的笑声中又暗藏杀机，齐振猛地一凛：吕驰本就一直与自己暗中较劲，在曹大人面前争功。为表忠心，他更是连结发妻子都杀了。已到了这种地步，还有什么下不了手？难不成要为一个毛头小子坏了大事？

他不禁暗恨自己妇人之仁，右手虚晃，左手杀招立现，却是方才德顺用来击退伊里布的那一招。

赤炎掌招式复杂，更依内力悟性高下而分星炙火、烛灼火、烈焰火、燎原火、无明火五重境界。而掌法中有七招可称杀招，被称为赤炎手七式，因境界不同而名称各异。德顺内力不济，这一招以烛灼火使出名为“芙蓉红泪”，微有火苗毕剥之音；而此时齐振手掌过处初为呼呼蹿动的烈焰之声，继而轰然一响，如火药爆燃，正是从第三重“野火烧桥”进入第四重“火云满山”，如万丈火云倒灌而下，直向德顺拍了过来！

齐振处心积虑使这一招，正是要一掌击毙德顺，对伊里布表示忠心，同时也要让伊里布看明白，同样一招自己与德顺使出全然不同，高下分明如渊，正可显示自己的能耐。

德顺面前忽地一亮，漫天飞雪一时都被炽热掌风融化，现出薄明空气。大师兄的面容如此真切清晰，却又如此陌生狰狞。他身体微侧，下意识地以“风怜残烛”之势向后躲去，想避开这一掌，但终究内力不继，被齐振掌风捎在胸口。热风窒息，全身如焚，德顺仰天而起，远远落在驿站院子另一头积雪之中，立时失去了意识。

眼前皆是纯白之色，德顺以为自己已经死了。他怔怔看着那一片洁白，慢慢才见到白色之中有细小轮廓显现，竟是冰晶剔透，雪花六出。耳中渐渐恢复听觉，知道有士兵咯吱咯吱踩雪走来走去，还在收拾驿站残局。远远地传来模糊笑声，又有焦煳烟味，但这些转瞬便被寒风撕扯成条，渐渐远去。

愤恨与不甘在此时都化为冰冷的平静，德顺嗅到了死亡的气息。

有人上前一脚，将德顺踢得翻过身。那是一名收拾尸体的士兵，念叨着听不懂的鞑子话，将德顺拖向尸堆。焦煳味道越来越浓，士兵们已点着了尸堆下的木柴及松明，更多的人聚在一起，在雪地上瓜分尸体上扒下来的值钱之物，皮袄、兵器、银钱散落一地。

士兵探手在德顺怀里乱翻，掏出他怀中零碎东西，将银钱收起，其他丢在地上。

耳边铮的一声脆响，令德顺茫然地恢复了些许神智。

中庭的自鸣钟响了……他模糊地想着，心中一阵安心适意。这声音美如天籁，让他知道一切安好，师父在房内打坐，师兄们在厢房说笑或是后院里练功……老山檀焚香气息……这便是家的声音气味……

一大颗泪水沿着他的眼角滑落，温热触感告诉他自己还活着。他转眼看向声音来处，原来自己并非身在九火盟中庭，前方只有一片薄铁斜插在雪中，只余一线铁锈色边缘，像是一只警醒决绝的眼睛。

大风雪里妇人嚎哭召唤的情形突然闪入脑海，德顺蓦地想起那个道士，那个天罚令的执行之人。他在何处？他可否会听从……召唤？

德顺瞪大眼睛，看见自己的手伸向那薄铁，颤抖却坚定，仿佛那只手有了自己的意识。他看着那只手一把握住天罚令，然后，听见一声凄厉哀号划破了驿站灰蒙蒙的天空。

“天罚令，天罚令！你怎么不显灵？快出来，出来！你出来给我杀了他们！给我杀了他们，杀——”

雪花飞转着落入德顺的眼睛和疯狂张合的嘴，寒风从万里天穹疾落而下，卷起这撕心裂肺的呼号，揉进鹅毛大雪，复又向四面八方飞驰开去。

决战

风越来越大，在林间一过，树木断裂摧折之声不绝于耳，仿佛天神雷霆之杖划过头顶，要将一切都碾杀殆尽。寒风劈头盖脸直击而下，雪片打在身上砂石一般疼痛，十步之内已无法视物。这已不是普通风雪，北方山民俗称的“大烟泡”已经来临。

德顺回光返照般的大吼一起，夹在风声之中，竟如野兽与鸣雷争吼，士兵们一时都吓住了。

伊里布从驿站内快步冲出，在大风中眯起眼厉声喝问：“是谁？”齐振及吕驰也神色惊恐，对这鬼哭狼嚎的叫声甚是惶惑。

一名士兵指着德顺回道：“是他……他还没死透……”

伊里布面色铁青，夺过那士兵的长刀，上前便要砍德顺。

风里一声呼哨，道士的身影破开茫茫雪幕，如青鸟掠出飞瀑，激起万点水光。他悠然落在德顺身边，甫一落地，便喝道：“别叫了！”

德顺嘶声笑了起来，胸中抽气之声如风箱一般。

道士皱眉道：“我最讨厌哭叫之声！”

德顺呵呵抽气，笑道：“我知道你会来……也知道你会帮我，否则，你早就走了。”

“我自然会来。我来不是想要帮你，只是来还钱。”道士伸手入怀，摸出一把铜钱。还没开始数，德顺便道：“我不收。”

道士怒道：“你要收！”

德顺笑得全身颤抖，哑声道：“我不收。你收了我的钱，我有你的天罚令，你便要为我杀人。”他抬起手，将天罚令软绵绵地朝伊里布等人一丢，“我要你杀了这些人！”

道士气得一怔，旋身而起在空中一捞，便将天罚令夺回手中：“你……你耍赖！天罚令不是我给你的！你以为我招之即来挥之即去，有这么好使？天罚令不是这样玩的！”

二人自顾自说话，只当旁人都不存在。伊里布怒不可遏，厉声喝道：“还听他们啰嗦什么，给我拿下！”

众士兵闻言呼喝一声，立即向道士扑去。道士手无寸铁，亦不还手，只在刀丛中悠游躲闪，如一尾鱼在水草里婉转穿梭。众士兵本就被大风吹得站立不稳，再被他一耍，累得气喘吁吁，连他一片衣角也没碰到。

道士武功高深莫测，德顺先是看得解气，忽又觉得愤怒，嘶声骂道：“你这疯子！明知此事有诈，为何对众豪侠见死不救？”

道士以二指夹住一名士兵的长刀，轻轻一带，便将他推向对面数人，自己轻松闪开，哼了一声道：“什么豪侠，关我什么事？”

“江湖中人当以……”德顺气不够用，却还努力挤出话来，“行侠仗义为己任！你见死不救，不算个侠士！”

“我本就不是侠士。”

德顺知道他行事古怪，见他一身道袍被刀光雪光映得青碧如洗，便叫道：“旁人你不救也罢，可海楼观王道长与你……同是修道之人，你也该提醒他……”德顺本想接着说，提醒了王道长，王道长便会提醒众人，总不会被暗算。可后面的话再也无力喊出，一头扎在地上，只是干喘。

“修道之人？”道士闻言一拧身，飞身跃出士兵包围，“你误会了。我不是道士。”

什么？不是道士？

德顺甚是吃惊，无力开口，只以眼光发出疑问。

道士向伊里布一指：“现在到处都是他们的人，一定要给人剃头，否则便找麻烦。剃头很丑，我只好做道士打扮。”

他答得极认真，那种纯然无辜与理所应当杂糅的古怪神色，反令他全身都散发出一种神秘的可怖之意。伊里布再也忍耐不住，沉声对齐振与吕驰道：“此人必杀！咱们一起上！”说罢，脚下一蹬，高高跃起，向道士飞扑而来。

道士与穆冲霄等人交手之时，伊里布在一旁看得清清楚楚，知道此人武功莫测，心念极快，擅于以一敌十。他交待一声便猝然出手，齐振与吕驰也不敢怠慢，一起冲了上来。

不想道士大叫一声，伸手制止道：“等下！”

伊里布势力如疯虎，一刀砍下哪里还能收手，见道士叫停，心中惊疑一闪，手上力气便泄了三分。道士见他不停，身子忽地向后一退，没入风雪之中，完全消失了踪影。

大雪泼天盖地，转瞬便将德顺埋了起来。他拼命抬头，让眼睛露出积雪，寻找着道士的身影。却听他的声音从风里传来，大叫道：“高德顺，我不给你杀人，我还是要还你钱！”

众人听他说得一本正经，都觉得脑中发昏，简直为他的古怪而绝倒。

德顺鼓起一口气，尖声叫道：“你是傻的么？现在还看不出，不是还不还钱的事！是他们一定要除掉你！”

道士闻言沉默了一会儿。片刻，风雪某处又传来他的声音：“若是如此，这样不公平！”

四周朦胧一片，天地都被大雪充塞，道士举止又怪异如鬼魅。伊里布与齐振、吕驰背靠背站立，凝神盯着风雪，防备他突然冲出袭击。伊里布向风中大吼：“什么不公平？”

吕驰嚷道：“此人诡计多端，不可以常理度之，大人不必与他对话！”

他话音刚落，道士忽地在吕驰面前现身，正色道：“为何不能与我对话？”

吕驰猝不及防，手腕一抖紫金鞭爆出脆响，一招“惊蛇入草”向他卷去。道士脸色一沉，探手捉住鞭梢，喝道：“你听不懂我说话么？”手上微一用力，吕驰长鞭脱手，呼的一声遁入风雪，再无踪迹。

紫金鞭鞭梢内编有精钢细刺，吕驰内力亦是不弱，这一鞭下去足以开碑裂石。三人见他空手夺鞭，更是心惊胆战。不想道士却耐心解释道：“我是说，我一个打你们三个不公平。你们所有人……”他抬手向驿站院子里一比，画了个包括所有人的大圆圈，“一起上吧！”

众人闻言只觉脊背发寒。伊里布强自镇定，喝道：“好，一起上！”

道士微微一笑，右手一摆，便见他脚下起了一阵怪风。那风卷着雪缠绕上他双腿，继而攀爬向上，如龙蛇附着一般蜿蜒扭动，忽地探头一摆，一颗巨大的雪龙头伸展而起，须发可辨，面目狰狞，向伊里布等三人袭来。

齐振本已紧张至极，见他似有神鬼一般的驭风之术，不由心胆俱裂，大叫一声使出一掌“怒火烧天”斩向那雪龙。龙头遇此一掌，立即如烟花爆燃四散，而道士却蹈风而舞，在三人面前消失。三人惊魂未定，耳边便骤然一声呼号，一个影子从雪里直飞出来，扑向伊里布。伊里布一刀“云横秦岭”将那影子斩为两截，尸体落地才发现那是一名已死的士兵。

他一惊，还未站稳，雪中又是一道影子袭来。伊里布不知这是否仍是尸体，心念一钝，便觉肋间凉飕飕地锐痛，低头一瞧，竟有一片破碗插在自己腰上。

那是方才用来毒杀群雄的陶碗，而且……碗里有毒！

伊里布心胆俱裂，大吼一声冲向前去，对着前方大雪挥刀乱砍。雪雾里破开一蓬血色，他心中一喜，只当砍中了道士，不想一张脸猛地从雪中浮现，却是齐振恍惚地睁大眼睛，满脸都是难以置信。

伊里布心魂大震，收刀而回才明白过来：这道士飘忽来去，趁众人在风雪中视线不清，四处偷袭，挑拨混战！

他张口欲呼，要叫出心中所想。可话未出口，忽觉胸口灼烧难耐。赤炎掌风喷薄如火，正中胸膛，令他口中鲜血狂喷，而发出这一掌的齐振却踉跄退去，胡乱奔入风雪，原先站立之处只余一大摊红色血迹。

这些汉人一个也靠不住！伊里布耳中嗡鸣如吼，眼前亦阵阵发黑，他明白碗上剧毒已发，心中激愤欲狂，咬牙提起一口真气，举刀追去。齐振伤得极重，雪地上红色痕迹逶迤向前，伊里布追了几步，看准他的影子横刀一劈，风里一声哑然嘶喊，却仿佛是吕驰的声音。

大雪遮天蔽地，风声、树木断裂之声、众人惨呼之声搅成一团，这小小的驿站院落已如一个白色地狱。德顺努力睁眼，虽什么也看不清，可心中却有着极强烈的信念，知道那道士一定会赢！

他正想着，忽觉腿上一紧，身体便慢慢在雪地上滑了起来。他定睛一瞧，纷飞雪片之中可见一个模糊人影，正是道士拉着他的腿向前爬。

——他为何在这里爬？

德顺稀里糊涂地回头去看白茫茫的驿站。道士在这里向外爬，那么那边殊死搏杀的又是谁呢？他模模糊糊地想着，觉得困极了。身下积雪像是柔软的被子，让他舒服得不想再睁开眼睛。

但道士用力扇了他一个耳光，让他清醒过来。两人躲在森林巨大横倒木形成的空隙之下，可以听见不远处驿站内传来的惨叫，一声声被风雪撕扯模糊。

“你不该逼我，我打不过他们。”道士颓然道，翻开衣襟让德顺看他血肉焦煳的后背和手臂，“你师父的无明火已把我打伤了。没办法，为吓唬他们我只好使诈，强抓那条鞭子，又催动内力搅雪龙。”

德顺一怔，心中生起愧疚不安。“抱歉，我……我不知……”

“还好有这场大风雪。”道士说。两人一起抬头看着外面洁白而狂暴的世界。

“现在我能还你钱了么？”道士又问，有点小心翼翼，怕德顺耍赖。

“我不要！”德顺断然拒绝。

道士脸上现出惘然的怒色：“你……到底要怎样？”

德顺指着驿站方向：“万一他们没死……”

“我爬出来时，他们三个都已身受重伤，这样大雪天，他们必死无疑。”

德顺眨眨眼，想起这一切杀戮的开端。

“我还是不要，除非……”

尾声

大人喜欢太平猴魁，不要泡得太浓；大人喜欢歙县松烟墨，不要磨得太淡；金星玻璃笔架要放在案上前端九寸之处，挨着便是黄杨木雕渔家乐笔筒、青玉松鹤笔洗；邸报按顺序放在案头左侧，旁边依次是一沓洒金笺、一沓连史纸。窗前文竹的影子要恰好投在案边。案上须擦拭得纤尘不染，光可鉴人。

见几名下人收拾完毕，笔帖式皱眉上前审视一番，又亲自将笔洗的位置移动寸许，再仔细瞧瞧，方放下了心。

此时已散朝，大人即刻便会回来，若有一丝不满之处，所有人都难辞其咎。

门外响起一片轻微匆忙的脚步声，有人在廊下低声传道："大人回来了！"

笔帖式忙闪身侍立在一旁，门外帘子立时被人挑起，大人快步踏入门内，边走边伸开双臂，早有下人上前轻轻捏住貂裘领子，将大衣从他身上脱下，蹑手蹑脚退至一旁。另有两名下人去脱他的顶戴朝服。下人用雕漆小茶盘奉上了茶。

大人落座，揭开盖碗吹了吹浮沫，眼睛微微向下一扫。笔帖式及下人们会意，便行礼退了出去。

房内静悄悄的，大人呼了口气，似在想着什么，神色变幻不定。片刻，他拿起了最新的邸报。朝政他是一清二楚的，但总怕有什么一时想不到之处，邸报也算可以补漏。

铮的一声轻响，有什么从纸页中掉到了地上。

大人皱起眉，第一个念头便是下人竟敢如此大意，未将书案整理妥当，对他们定当严惩不贷！

他低头一瞧，地上是薄薄的一片铁，在窗外夕阳照耀之下，冷光一闪。

第二章

京邑麦

他略一疑虑，却见顾卿河清澈眼中爆起星芒。
二人对视一眼，如燧石相击，
心中立时燃起战火，深沉杀意弥漫而出。
只因全心信任，一切思虑都可抛诸脑后，
德顺再无挂碍，一瞬间反升起渴战之心。

哑蝉

京城的繁华是超出想象的。

前朝倾覆虽只过了十年，却似乎早已是史书中杳杳难觅的一页黄脆旧纸，再无人思及提起。这里街闾仍然笔直、楼殿照样堂皇、集市还是繁庶、人群依旧熙攘，一切都在六月的热风里汲汲求取生机，以惊人的健忘和自我修复力弥合着亡国丧乱的伤痛，仿佛这里从未被兵戈铁蹄一次次踏碎。离乱不过暂驻，繁华才是永恒。

内城西的这所宅院，便似是京师特色的一个缩影。它地广数十顷，府邸虽华丽高深，倒有一多半的面积都是园子。园内疏落地点缀着厅馆台榭，众树参天，池水蜿蜒，颇有野趣。宅院主人本是前朝宗室，灭国之际南下逃遁，新主人不多时便搬了进来，这绝佳之处倒丝毫未损。此时坐在园内“云荫堂”中的人，是一位妙龄少女。

还未到中午，天气已极热。鸣蝉在树梢高唱，让风愈加火燥。少女手拿一柄团扇缓缓摇着，那象牙扇柄被她皓腕衬得色泽微暗。她仰头瞧着树梢，皱眉自语道：“我不喜欢这蝉声。”

她身后有数人随侍，态度极为恭谨，为首者俯身道：“下官这就命人去，把蝉都捉下来！”

少女脸上颇不耐烦："早上不是捉了么？昨日、前日、大前日，每天不都去捉了？难道你们真能捉得尽？"

侍卫们听她语气不快，脸上不禁变色，只是垂首不语。

少女哼了一声，道："捉蝉就有能耐，让你们去跟的人，却跟不住！"

她话音娇脆，那几名侍卫听在耳内，却如鸣雷一般震动，立时双膝跪地。为首者低声奏道："他二人从关外至京师，一路本都在我们掌握之中。只是没想到，他们来京师居然不是南逃路过，而是……"

"而是去琉璃厂杀了曹玉成！"

少女咬牙接口，让一地侍卫再也不敢抬头。蝉声嘈嘈如网，笼罩着这华丽堂馆，几可令人窒息。她缓缓站起，抬脚踩住侍卫首领的肩膀。侍卫首领身形劲悍，一身功夫也少有敌手，却不敢稍加反抗，任少女微一用力，将他踢翻在地。

"多冈，你跟了我阿玛这么多年，多少也该知道他的脾气！老曹本是我阿玛的一手好棋，能写会算又有奴才的良心，丢了这一着，我阿玛怎能不生气？"她厉声叱问，又是一脚踩下去。她每一脚如幼童玩闹般并未加力，可正因踢得不痛，尤显羞辱更甚。多冈面色发白，一声不吭。

清廷刚入中原，新朝初定统治未稳，正是急需汉臣之际，曹玉成已是官至四品的大员，又谙熟江湖豪侠及文人士子诸多情况，景亲王早已将辖制江湖反清势力一事全权交予其办理。而他也真够手段，以一个近于完美的连环之计，大挫江苏直至关外反清豪侠。

最后一站虽有意外，整个计划却也庶几成功。他这一死，确是极大损失。

少女转身走到檐下，举起团扇遮着日头，半晌忽地一笑，道："算了，这事儿也不能全怪你们。谁能想到这两个关外幸存的无名小子竟不是急着逃命，反而直入京师，敢在守卫森严的曹府下手呢？"

侍卫们听她笑声轻软，却越发害怕，恨不能将脑袋都扎进磨花地砖下面去。她是景亲王骄纵的爱女，素日行事偏僻乖张，兴头一起便要生事。景亲王身在朝堂公务繁冗，无暇分身前来处理这些江湖事的细枝末节，曹玉成一死，她便向景亲王讨来了这个差事。

多冈沉吟片刻，鼓起勇气道："他二人还在京师，尚未离开，有我们的人一直跟着。郡主若是下令，下官这就去将他们……"

"放屁！"少女焦躁骂道："姓高的小子也就罢了，可是那姓顾的却不能动！天罚令到底是何物，至今还没一点谱。现在好不容易得了这个线头，难道还要自己掐断了不成？"

多冈听她怒骂，不知怎的倒是心中一松，抬头应道："郡主计虑深远，下官万不能及，如何对付那二人，但请吩咐！"

少女以扇遮面，长睫在面颊投下淡淡阴影。曹玉成一计之后，最大收获便是突然现身的天罚令，有这样莫测的力量隐于世间，不能不令人日夜悬心。那二人早已落入网中，一举一动都有手下盯着，她只须动动手指收网，便可将其擒获，可是，她并未下手。

她嘴角浮起骄傲一笑："放燕雀之入江海，难不成还真能把两只小雀儿养成鸿鹄不成？咱们且慢慢瞧着，我就不信，寻不到你的巢穴……"

她身形秀丽，微风掀起裙裾，翩然如飞花。多冈怔怔瞧着，黝黑面上竟是一红。不妨少女忽地低头看他，笑道："你可知阿玛在南边儿又给我找了几个帮手？"

多冈猝不及防，仓促垂头："下官不知。"

"汉人里头竟有这么多好手，可怎么会败了呢？"她喃喃说着，目光向堂前那几株大树流连一望。一片闪亮银光乍起，忽有凉意袭来，多冈一惊，这才发现四周密不透风的混乱蝉声猝然哑了。寂静来得太过突然，倒显得蝉从树顶跌落的簌簌微响清晰无比。那些蝉身上各都扎着一根银针。

少女收手而立，凝目注视多冈，微笑道："你瞧，不用你们，我自己也收拾得了这个。再不济，还有阿玛给我找的帮手。你们这么没用，不如每人也挨上一针？"

她笑意殷殷，说得真心真意，几名侍卫伏地打战，不敢说一个字。多冈却呆呆瞧着她的脸，视线无法挪开一分，心里有种隐约念头：若是死在她言笑晏晏之下，那一针的滋味，也定是甘之如饴的吧？

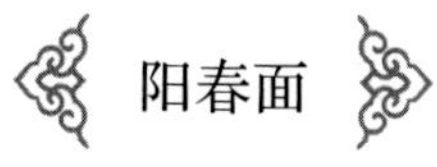

阳春面

德顺轻手轻脚探出头，扒着青砖墙角向外一瞧，正看见顾卿河从玉皇庙走出来，身后背着鼓鼓囊囊的一个包裹。

送他出来的小道士眉欢眼笑，一路殷勤叫着“道友好走道友好走。”顾卿河冲小道士摆摆手，大咧咧地离开了。

德顺见他去得远了，忙跑出来，对小道士作了一揖：“请问这位道长，方才离开的那位，到您这上宫来是做什么的？”

小道士皱眉瞧着德顺，上下打量，并未回答。

德顺见他有些怀疑，便搬出早编好的一套说辞：“是这样，我有个表兄，沉迷道家方术，去年离家出走做道士去了，就此失踪。我瞧方才那人倒是有些像，却又不敢上前相认，还烦道长……”

小道士恍然地点点头，见德顺一口一个道长叫得恭敬，便道：“他是个云游道士，走到京师这里，天儿太热，没有换季的衣裳，便在我这里借了二十套羽纱道袍去了。若真是你表兄，就快去追罢！”

二十套羽纱道袍！

那可不能白给，要花多少钱？看小道士笑得满脸开花，一定没少黑他！

德顺心中火烧火燎，却装出一副感激模样，对小道士道了谢，转身去追顾卿河。

天气极热，没有一丝风，半空里腻沉沉地浮着黄尘，每跑一步路，脚下便腾起一蓬土沫子，鞋袜早已看不出本来颜色。德顺习惯了关外凉爽短暂的夏日，不喜京师的燥热，每次在熙攘人群中穿梭，都让他觉得喘不过气。

前方的顾卿河走得极慢，隔着人群，德顺也能看见他悠然甩开的道袍下摆，也能想象出他的表情——淡漠眼神之下，古怪诡异的性子。

他重重叹了口气，不明白自己为何还要替他操心，他们两个明明已分道扬镳了。

几个月前，他们从塞北来京师，都是身上带伤，又要躲着官兵，一路颇吃了些苦头。顾卿河武功虽高，却是个生活白痴，于人情世故懵懵懂懂，若不是德顺与他患难相帮，只怕他早冻死在风雪里了。德顺天生一副滚热心肠，已将这道士打扮的古怪少年视为挚友，不想顾卿河除掉曹玉成，一离开曹府，便神色淡漠地说要从此各走各路。

德顺觉得极其受伤。

虽说他们同行的唯一原因便是来京师刺杀曹狗，但事成后就这样猝然分开，几个月来的兄弟义气难道都是假的不成？他心中不舍，还想挽留，可顾卿河瞧也不瞧他，道声告辞转身便走，只留下德顺站在原地，气得全身发抖。

街上人多，德顺只走了会儿神，便不见了顾卿河的影子。他忙快跑几步，站在街口左右张望，一眼瞧见街边有座华丽酒楼，挂着“醉仙楼”的金字大匾，在周围一片民居之中极为出挑。

此时已近傍晚，那家伙是一顿饭也省不得的，必定钻进酒楼去了，德顺恨恨想着。他也是饥肠辘辘，身上虽有点钱，却舍不得进这奢华之所，在街角转了转，索性蹲在酒楼下的街边，果然听见头顶二楼上顾卿河点菜。

“笋丝下的阳春面。”顾卿河声音清朗，一开口果然就是这个。

德顺不禁咬了咬牙。

只听店小二的声音道："哎哟客官，阳春面倒是容易做，可这笋丝……"

顾卿河道："你们这么大招牌，还没笋么？"

"客官说笑了。咱们京师富庶之地，笋虽珍稀，倒是有的。不过，这价儿……"店小二见顾卿河道士打扮，只当出家人没钱，可话音未落，便听砰的一声，楼下的德顺也不禁身子一颤。

想必是顾卿河用一块大银子砸在桌上，店小二忙道："好好，我这就吩咐厨下去做。客官还要来点什么？"

顾卿河不语。店小二便大声叫道："二楼雅座笋丝下阳春面一碗——"

吆喝声还未落，便听顾卿河打断他："两碗！"

德顺闻言微觉纳闷，却听头顶传来声音："你还不上来，要蹲在街边吃么？"他抬头一瞧，顾卿河正从窗口探头出来看着他。

原来自己一路跟踪，他都是知道的。德顺尴尬地站起身，扭扭捏捏走上楼，坐在他对面。

顾卿河手里早早攥着一双筷子，只等着面上来，并不招呼德顺，也不问他为何跟踪自己。二人沉默对坐片刻，面便送来了。

"客官慢用！"店小二笑嘻嘻地放下碗。那笑容里有种德顺熟悉的什么东西，他刚刚还在玉皇庙小道士的脸上看见过。

——一种宰到了冤大头的洋洋自得。

店小二转身要走，德顺却叫道："慢着！"他板起脸，"这两碗面多少钱？"

“不多不多……”店小二笑道，“不过是十两银子。”

一股又凉又热又强横的气流从丹田升起，直冲头顶百会。若不是自己知道这是怒气，德顺会以为任督二脉被打通了。

“十两——银子！”德顺大吼，恶狠狠瞪着顾卿河，“你点菜不问价？十两银子能买十石米你知道吗？十石米是一千多斤粮你知道吗！”

顾卿河置若罔闻，挑起面专心嗅着香气。

“哎哟，客官不要动怒嘛。”店小二阴阳怪气地开口，“我刚才已经跟这位道长说过了，咱们京师可没笋，要千里迢迢从江浙运来，又要新鲜水灵，这中间的曲折可多，物以稀为贵，五两银子一碗也是该当的。”

“你这分明是讹诈！”

“客官你可不能乱讲……”

桌上又是砰的一声，却是顾卿河将碗顿在桌上，喝道：“别吵了！我最讨厌吵闹！”

德顺一看，他的碗已吃得空了。

顾卿河拿起银子，瞧也不瞧，向店小二一丢。店小二极为得意，挑衅地瞥了一眼德顺，转身下楼，倒把德顺气得一怔。半晌，他才想起兴师问罪：“你为何要买二十件道袍？”

顾卿河百无聊赖地瞧着窗外街景，淡淡道：“天热。”

“热的话，有一件羽纱就够了啊。”

顾卿河对德顺的愚笨感到不可理喻，耐下性子解释道：“天热便会出汗，湿溻溻的衣服穿着难受。”

德顺深深吸气，拳头在膝上握得紧紧的，生怕自己控制不住，一掌“芙蓉红泪”扇过去。“这世上有种事叫做洗——衣——服。”他一字字道，忽地一拍桌子，“你这样乱花钱，银子怎么够用？”

顾卿河毫无反应。

看着他若无其事的脸，德顺突然一阵泄气：他本就是个不通人情的怪物，自己为何还要苦巴巴地追来，跟他说这些吃穿银钱的世俗之事？就算说破了天，他也是连眉毛都不会动一下的。

“吃面吧。”

见德顺气得脸色一阵红一阵白，顾卿河只是将那碗面推给他。

跑了大半天，德顺也确实饿了。眼前这碗天价面虽让他生气，可看着青绿笋丝拌着雪白细面，肚子里也不禁一阵翻腾。他叹口气，拿起筷子开吃，一边吃，一边知道自己再次败给他了。

顾卿河默默看着德顺吃面，半晌才道：“分开是为了你好。”

“我也是江湖中人，自然知道你的意思。”德顺边吃边说，声音含混，“你门里规矩多，不能跟外人混在一起。我也不缠着你！可你……人情世故啥都不懂，哪能这样乱花钱呢？到处被人骗……”

顾卿河脸上现出一丝若有若无的笑意，并未反驳。

见他似有愧意，德顺声音也软了下来：“我跟踪你，就是因为不放心。回吴江的路还那么远，江湖险恶，你多长些心眼，别再被奸人骗了。朝廷一定还在追查北直隶的事，你路上可小心些。唉，这回吃完面咱们就分手，你这么傻乎乎的，不嘱咐你这几句，我都觉着不踏实……”

“你日后打算去何处？”顾卿河打断他问道。

德顺一怔，他这两天都在为顾卿河担心，却还未想过自己。此时杀了曹狗，大仇得报，他已毫无挂牵，却也无处可去。九火盟已毁，师父师兄们都被清廷鹰犬所杀，朝阳府定是回不去了，他也没什么亲戚可投奔，至于将来……

一阵莫名的悲戚突然涌上心头，手中小小的面碗似有千斤重，竟端不动了。

天际晚霞红彤彤地燃烧着，暖风吹进窗口，二人对坐无言。街上远远地传来一阵断续哭叫，声音越来越近，直至整个街面都喧哗起来。

春安堂

哭叫的是一个年轻少女。

她穿着半旧的丁香色衫裙，跌跌撞撞地从街口一路跑来，头发散乱，脸上都是泪痕。跑几步便拉住人哭叫救命，可行人却都惊怕地远远躲开，仿佛她生了恶疫。少女无奈只得继续向前跑，一声声哭得令人心酸。

“这是怎么了？”德顺起身向外瞧着，“怎么没人帮她？”

顾卿河扬了扬下巴，道：“惹不起。”

德顺转头一看，只见十余壮汉气势汹汹推开行人，正快步追来。为首的身材高大，穿着织金石青长袍，正是旗人服色。街上众人见状哪个还敢上前，都避之不及，转眼便让出一大块空荡荡的街面。

少女踉跄前行，步子虚浮，已是跑得全无力气。一边跑，一边凄声叫道："救命……谁来救救我……"她声音原本清脆，却已变调嘶哑，眼睛四顾求助，脸上满是绝望。

德顺看不下去，一拍桌子便要起身。顾卿河道："你又要管闲事么？"

"这也太欺负人了！"

"你我本就被官府通缉，还敢往上凑？算了罢。"顾卿河提起包裹，起身要走，"咱们就此别过，后会有期。"他天性古怪，说走便走，德顺只能瞪眼看他走下楼梯，径自去了。

窗外少女的惊叫陡然拔高，德顺探头一瞧，只见那些人拥上前，正将她捉住拖走。少女拼命挣扎，哭得喘不过气，只是叫道："我不去……"

德顺见状再也按捺不住，一拍窗栏，从二楼一跃而下。

"放开她！"他振声大喝。双拳一握，内息流传，赤炎掌真气在手心灼热起来。

少女一见德顺出手，立时尖声叫道："救救我！我是良家女子，从未犯法，是他们要我去给贝勒爷做妾，我不要……"

德顺闻言大怒："原来如此，光天化日欺负弱女，你们简直是禽兽不如！"

为首那人一愣，没想到竟有人敢出头阻拦，二话不说，抬手便是一推。德顺的武功虽不算精深，对付他却还绰绰有余，一掌将他击退。

那人怒不可遏，厉声叫道："都给我上，抓住这小子！"

众人蜂拥而上，转眼便把德顺围在中间。德顺一时心慌，转头大声叫道："你真不帮我么？"

行人早已躲光，空荡荡的街上只有一个背着包裹的道士，正若无其事地越走越远。那旗人一眼瞧见，便对他背影喝道："你们是一伙的？给我站住！"

顾卿河仿佛没听见，自顾自向前。

那旗人挥拳疾行向前，一声大喝，追着顾卿河冲了过去。

德顺叫道："当心后面！"

那人一出手便用了十足力气，见顾卿河毫不躲闪，更觉有八分把握。可眼见拳头就要挨上后脑，顾卿河身子却鬼魅般侧滑，反肘轻轻一抬。

众人眼前一花，只见旗人庞大身影忽地翻了起来，如一只巨大风筝，在空中舒缓地打个转，重重落地，摔入尘埃。

他的手下呆了呆，立时发一声喊冲上前，有的去救他，有的去对付顾卿河。德顺见状双掌一拍，赤炎掌搅起热风，将身边几人打得东倒西歪。他身子一沉，从他们之间钻出来，对那吓呆的少女叫道："快跑啊！"

少女回过神，忙跟上德顺，脚下却踉跄不稳。德顺只得拉住她的手，跑过顾卿河身边又大声道："快跑！"

顾卿河白了德顺一眼。

他平素面色冷淡，此时不过是一转眼眸，于他却已是极生动有力的情绪表达。德顺知道他在生气。自己爱管闲事，惹祸却上他身，估计这也是顾卿河早早要与自己分道扬镳的原因之一。

慌乱之中，德顺竟生出一丝报复的喜悦——让你这家伙也尝尝被气得发昏的滋味！

顾卿河身子一转脱离包围，追着德顺跑过来。身后那些人乱成一团，紧追不放。为尽快脱身，他们只捡小巷胡同乱钻。街巷狭窄，更有许多死路，三人跑进一条小巷便无路可走。巷子口只有一家门脸，石鼓砖雕甚是华美，门上挑着两个大红牛角灯笼，门斗上写着“春安堂”三个大字。

德顺喘吁吁道：“是个有钱人家，能不能让咱们避一避？”

顾卿河还未回答，那少女便道：“不成的，这里是……”

身后的呼喝之声突然近了，仿佛就在街角。德顺一急，推着顾卿河与少女进了院子，顺手在身后掩上了门。

少女脸色通红，顿足道：“这里……”

德顺一把捂住她的嘴，不许她出声。门外那些人声音嘈杂而近，胡乱吵嚷着又渐渐远去。德顺松了口气，这才放开少女，低声道：“抱歉。”

少女眼中泪光盈盈，似是极为委屈，转身便要开门离去。德顺急道：“等一会儿啊！他们还没走远！”

“这里……这里呆不得的，这里是堂子……”少女垂下头，声音细如蚊蚋。

德顺眨眨眼，没听清她在说什么，背后忽有一阵丝竹之声伴着说笑喧哗，他转头一瞧，不由吃了一惊。

天色未黑，院子里却点起了灯。院内青砖铺地，院中是一幢二层卷棚顶小楼，檐下挂着红艳艳的灯笼，映着廊下养的海棠石榴，花影摇曳，一派富贵喜乐。院内与中厅有许多男女，都在忙着打情骂俏，楼上更有穿红着绿的姑娘倚栏而坐，轻佻的笑声一直飞进蓝紫的暮色里。

原来这里是妓院。

德顺一时面红耳热，想起师父从前总教导他要做个正派之人，骗、赌、帮、烟、娼五毒一样也不许沾，可今日阴差阳错地竟跑进了这里。他与少女站在门斗内，不敢进院子，四下瞧了半天，猛地吃了一惊：顾卿河那家伙怎么不见了？

却听楼内传来一阵嬉笑，德顺定睛一瞧，只见中厅之内，一群花团锦簇的姑娘正拥着顾卿河走上楼梯。

德顺脑袋一阵发胀，也不敢上前，远远地叫道："喂，你在干嘛，快出来！"

他不叫还好，一叫立时有几名姑娘蹁跹而下，向他扑来。德顺躲闪不及，与那少女一起陷入软玉温香之中，稀里糊涂被拉上了楼。

顾卿河大咧咧坐下，接过身边姑娘递上的茶碗，揭盖吹吹浮沫，微微一嗅："好香！碧螺春么？"

"这位道爷真识货，这可是今年新茶，前几日才到的。"鸨母忙得四面打转，见顾卿河坐下了，便过来招呼。她脸上浓妆艳抹，笑得极为出格，招呼德顺道："小爷快来坐呀！"

德顺见状全身一抖，与身后少女撞在一处。

鸨母咯咯笑道：“哎哟，我春安堂开了这么久，还从未见过道爷带着大姑娘家来逛的，今日可真是头一遭！”

一时厅内姑娘都笑了起来，一片燕语莺声叽叽呱呱，如羽毛乱拂心头，德顺面红耳赤，汗毛直竖，少女畏缩地站在他身后，不敢抬头。再瞧顾卿河居然还腆着脸一丝羞惭也没有。

鸨母笑道：“三位到我们这里，可算是有眼光。我们春安堂的姑娘艳冠京师，三位既然来了，先叫一台花酒如何？”

顾卿河点点头：“好啊。”

鸨母心花怒放，立时转身去招呼人准备。德顺趁机对顾卿河怒道：“你要吃花酒？”

“有何不可？我还没吃过。”

德顺被他噎住，气得瞪眼。那少女却再也呆不住，上前对德顺福了一福道：“多谢二位救命之恩，姬兰来日定当结草衔环相报！我先走了！”说着转身便要离去，想必对救命恩人居然是两个嫖客也觉丢人现眼。

德顺急道：“先别走，万一他们还在外头怎么办？先忍一会儿！”

姬兰一脸为难，低头想了想，终于还是坐下了。

侍女穿花一般来去，转眼就安置好了一桌酒席。身边的姑娘香息馥郁，靠过来娇声笑道：“小哥是想听曲儿呢，还是想行个令呢？”

德顺被她熏得头昏脑胀，一个字也说不出。顾卿河拿起酒杯闻了闻，皱眉放下，似是嫌酒不好，随口道：“唱个曲子罢！”

那姑娘怀里便竖起一把琵琶来，玉指一拨，乐声潺潺流出，唱起来了：

“熨斗儿熨不开眉间皱，

快剪刀剪不断我的心内愁，

绣花针绣不出鸳鸯扣，

香肌为谁减，罗带为谁收。

这一丢儿的相思也，

哥，

何日得罢手……”

这曲子风情万种，可惜唱给桌面上三个客人听，无异于对牛弹琴。

德顺脑袋嗡嗡直响，心中混乱不堪，只盘算着外头情况如何、身上的钱也不知够不够付账、顾道士这是抽的什么风、唱曲的姑娘能不能别在桌子底下踩自己的脚……抬眼见姬兰也面红耳赤，一副恨不得钻进地缝的模样。顾卿河却毫无表情，眼睛瞧着面前虚空，也不知在想什么。

那姑娘唱了半天，抛出去的眼风全落了空，自己也觉无趣，忽地放下琵琶，扭身嗔道：“不唱了！你们怎么都不喜欢听人家唱呢？”

顾卿河一怔，似是刚回过神来，问：“你说什么？”

那姑娘气得语塞，刚要发作，便听有人冷笑一声，道：“她问你话，你怎么不喜欢听她唱？”

姐姐

窗檐之上白影一翻，飞入一位少女。她肤白如雪，腰间佩着长剑，一双眸子闪亮如冰，清泠泠向众人一扫，窗外热风都褪去了几分。

少女稳稳落地，桌边坐着的姑娘们一见她身手打扮，便知情形不对，惊叫数声起身避开。德顺心中一紧：难道她与方才那伙贝勒府坏人是一起的？忙转头去瞧姬兰，可姬兰虽吃惊，却只定定看着这持剑少女，并无害怕模样。

顾卿河面色一喜，叫道："烟姐姐！"

少女脸上一沉，斥道："还有脸叫我姐姐？"

"我……"顾卿河笑意不减，却带上了一丝孩童般的赖皮。

少女冷哼一声，站起身走到他面前，伸出右手。顾卿河微微一惊，低头看着她凝白掌心，脸上的笑渐渐消失了。

德顺在一旁等了半天，见顾卿河也没有给自己和少女互相介绍认识之意，便尴尬地咳了一声，问道："这是你姐姐？"

顾卿河怔怔瞧着少女的手，并未答言。德顺不知他二人有何古怪，可顾卿河既叫她姐姐，那定是极为亲近的。他本就是自来熟的脾气，便对那少女呵呵笑道："既是姐姐，我也跟他叫一声姐姐……"

少女眉峰一挑，对德顺喝道："住口！谁是你姐姐？"

她声音清脆却锋利，德顺吓了一跳，忙闭上了嘴。

顾卿河沉默片刻，缓缓伸手入怀，掏出一物放在少女手中。德顺看得真切，正是天罚令。这还是德顺离开塞北后第一次见到这片薄铁，自从顾卿河吃了德顺那十文钱的亏，就把它藏得死死的，再没让德顺看见过。

一股奇异感觉从脊梁悄悄爬上来，德顺突然意识到从未见过顾卿河神情如此古怪。这家伙平素虽没心没肺，眼中却总有笑意隐现，此刻他双眼却干巴巴黑沉沉，深邃如井，似乎那些笑意都沉入井底，再不会浮起。

少女收起天罚令，道："是要杀了你的。"

顾卿河并不惊讶，点点头，忽又抬头道："还好是姐姐来。"

二人的话说得没头没脑，那个"杀"字德顺却听得清清楚楚。他一惊：杀了他？谁要杀他？为何要杀他？他还未回过神，便见少女一抬手，骈指如玉琢一般，挟起凌威如剑，向顾卿河直刺过去。

她竟是要杀顾卿河！

德顺心念一起，本来顶着桌腿的膝盖向外一张。桌子横行滑向少女，桌沿刚要撞上她身子，少女已拔地而起。

在满楼姑娘们的尖叫声里，少女浅云色裙摆飘飞，如彩云舒卷，德顺一时看得怔了。就是这一分神的工夫，她已稳稳站在桌面之上，双脚一错，俯身再向顾卿河戳下去。

德顺叫道："住手！"

脚下一踢，一张春凳翻飞而起向她砸去。少女抬腿便是一踏，春凳落地粉碎，纷飞木屑之中，德顺挺身而进，一掌“冷烛无烟”格住她手腕，左手再向她小臂上一拍，内息翻腾滚烫，将少女的手牢牢锁住。少女一惊，怒道：“赤炎掌么？”说罢肩膀一耸，指尖硬生生向前，竟是要突破德顺的拦阻。

见她竟识得自己的功夫招数，德顺不敢怠慢，咬紧牙关，死也不肯放手。少女的指尖几乎碰上顾卿河的脸，却被德顺一寸寸推了开去。

二楼上的姑娘与客人们一见有人动手打得稀里哗啦，早大呼小叫起身逃走，片刻之间走了个干净。姬兰也害怕地躲在一旁，只有顾卿河一动不动，仿佛没瞧见德顺与少女角力，神情黯淡。

德顺见他呆头鹅一般坐着，不禁有气，转头叫道：“你傻了么？任人宰割？”

少女冷笑一声：“你管得倒宽！”左手向腰间一探，去抓剑柄。

德顺瞧在眼里，大喝一声催动内力，赤炎掌热力蒸腾，把少女向自己拉过来。少女吃痛，腰身一拧，身子向上翻起，一个筋斗化去手臂的纠缠，越过德顺头顶落地，将他甩向一旁。

德顺再举掌向前，脖颈忽地一寒，面前正横着一道剑锋。少女拔剑极快，德顺连她的动作都未看清。

顾卿河道：“姐姐，不干他的事。”

“你还护着他？”少女怒气冲冲一翻手腕，剑气寒冷透骨，德顺的脖子几乎被冻结，连呼气都是冰的，“不是他用十文钱骗你出手，你怎会有今日之事？”

“是我坏了规矩。”顾卿河站起身，走到少女面前，轻轻推开她的剑锋，“甘愿受罚。”

“好！”少女话音未落，身子已疾电般转向他身后，抬手便是一击。顾卿河毫不反抗，任凭她手指戳在脑后风池之上。

一声骨裂脆响，轻如风过，在德顺心中却重如锤击，他不禁惊呼失声。

风池位于枕骨后，两条上肢大筋于此发起，更是两条全身经脉足少阳阳维之会，是气血发散的要穴。以少女的指力，这一下子顾卿河不死也要残废。

顾卿河仍定定站着，神色未变，身上整洁道袍却现出数道褶皱，沿衣襟流淌而下，脚下地板啪啪连声，绽出数道裂纹。德顺不解他身上到底如何，却也知少女已将他重伤，立时怒意爆发，左手使肘如枪，右掌内托起灼热内力，正是杀招“澜火飞焰”，踏步而前推向那少女。

少女身子一旋，剑鞘在德顺手臂上一敲，立时卸去德顺手臂劲力，掌风扫向窗栏，将那扇雕花木窗拍得粉碎。她冷冷瞥了德顺一眼，分明是不屑与他交手，飞身跃出窗子，几个起落便消失了踪影。

德顺怒冲冲转头，问顾卿河道：“她到底……”他话还未说完，便见顾卿河眼中神采一散，心中惊道：糟糕！

一丝鲜血从顾卿河嘴角流下，他软软向前扑倒，德顺忙上前扶住，一探他手腕，惊觉脉象沉迟，内息全无，竟是毫无武功的大病之象——他一身功夫已废！

热血涌上头顶，德顺惊怒交加，声音都变了：“她是谁？你怎么不出手反抗？”

顾卿河咳嗽一声，低声笑道：“夏烟……终究是我姐姐……”

“姐姐？姐姐也不能白挨她的毒手！”

顾卿河说不出话，喘息都极为艰难。

德顺心慌意乱，一时不知该如何是好。姬兰也上前扶着顾卿河，手臂颤抖，吓得不轻。却听窗外人声嘈杂，有人叫道：“就在楼上，快拿住，别让他们逃了！”

院内乱哄哄的，德顺探头一瞧，只见几队兵士分开人群，正向楼里走来。德顺急道：“糟了，定是咱们打架，有人去报了官！”

“不是报官……”顾卿河瞥了一眼楼下，便深深垂下头，再也无力抬起，“这是……正蓝旗的兵……”

德顺一惊，只见那些兵士多穿着蓝色行褂，果然是正蓝旗服色。他来京师半个月，也见了些世面，知道掌管京城九门守卫与治安的是步军营，掌管京师城区外围治安的是巡捕营，若有人打架闹事，也该是这两支军队出兵捉拿。蓝旗驻防京师，打架斗殴根本不在他们职权管理之内，既是如此，他们为何出现？

“德顺……”顾卿河声音弱如蚊蚋，“他们是冲着塞北截杀之事，你快走……”

德顺脑中轰地一响，这才明白过来。官府对他们的追捕从未中止，而官兵来得这样快，只怕也与前日他们杀死曹玉成有关！

姬兰急道：“怎么办？怎么办啊？”

瞧着她一张俏脸急得通红，德顺只觉抱歉，自己原本是要帮她脱离恶人，不想却将她拖累进了更险的境地。可转念一想，既已身临绝地，帮了她就一定要帮到底。若是大家都被捉住，自己和顾卿河送命不说，官府权贵沆瀣一气，姬兰也定会落入那什么贝勒爷之手。今日哪怕拼尽一身热血，也不能让这种事发生！

他心一横，咬牙将顾卿河扶起，大声道："你们别怕，咱们一起走！"

一阵细细声响传来，断续如哨音一般。德顺转头一瞧，却是顾卿河双肩颤抖，在半死不活地嘶声发笑。

看着他毫无血色的脸，德顺一直压抑的愤怒突然在这笑声里爆发出来：这小子傻乎乎地被人骗钱、逃命的时候非要吃花酒、被那个什么姐姐下毒手也不知反抗，终于落个武功全废的下场，在此性命攸关之际成了累赘——他帮不上一点忙居然还有脸笑！

德顺怒道："你笑什么？"

"果然……你还是不肯自己走……"

"我自然不能丢下你不管！现在怎么办？"

"走一步看一步……"

楼梯之上闷响连声，转眼已有许多兵士涌上了二楼，手执长刀弓箭，对准了三人。

多冈

楼板被众多兵士踏得砰砰作响，四周一片刀光乱闪。德顺扶着顾卿河后退一步，眼光四面打量，却想不出什么脱身法子。一名士兵早已不耐，挥刀上前砍来。

眼见钢刀明晃晃斩下，德顺不敢硬碰，步子一错便闪了过去，左手扶着顾卿河，右手一翻，拍向士兵身侧。

士兵一刀未中，忽觉肋间火辣辣的一片热风，他忙回刀去挡，可刀身长大，还未收回便被德顺一掌拂过，腰肋之上如泼了滚油，惨呼一声滚倒在地。旁边一名千总模样的人见状大怒，身子一晃扑了上来。他身形劲悍，拔刀出鞘动作流丽，刀法熟练至极，定是从龙入关，经历过战场杀伐之人。

德顺见状不禁一阵发毛，却听顾卿河低声道："右脚稳住，抬左脚。"

这是指点自己应敌招数么？眼见刀锋劈至，德顺不及多想，忙依言去做。可顾卿河与姬兰两人的重量全都靠在他身上，他左脚一抬，立时站立不稳，身体向右栽了下去。

德顺心中一慌，只当定要摔倒被擒。眼前却忽地一亮，千总的刀锋贴着头顶平平扫过，竟被惊险万状地躲了开去。

千总一刀使出全力，猝不及防劈了个空，立时踉跄向前，一只脚恰好撞上德顺抬起的左脚。德顺顺势一勾，借力恢复平衡站稳，耳边却听刺啦一声清晰的裂帛声响。

千总身子前冲，一条腿却被德顺勾绊，立时劈了个叉，撕破了裤裆向地上跌去。他反应极快，察觉不妥便一个旱地拔葱跃起，在空中翻了个筋斗落地，这才勉强站住。

这一下又快又滑稽，看上去竟像是他莫名其妙地卖弄了一手功夫，所有人都是一怔。顾卿河忽地说了句什么，德顺没在意，转头问道："啊？"脚下便觉一轻，在姬兰惊叫声中，地板碎裂成片，三人笔直漏了下去，重重摔在楼下，砸得烟尘四起，桌椅翻倒。

方才夏烟出手废掉顾卿河，内力已将地板击裂，再被一通乱踩，三人恰好掉了下来。德顺摔得头晕脑胀，却还知道拼命爬起，扛上顾卿河，拉着姬兰便向外跑。身后一阵乱响，士兵们纷纷下楼追了过来。

德顺撞开春安堂大门，冲到街上，心忽地向下一沉。巷口对着的大街一片寂静，路人已被清空，街道两端都有官兵把守。他们狼狈前行，却已无路可逃。

一股热流顺着额头淌下，德顺却无暇去擦。肩上的顾卿河早已半昏过去，二人鲜血一滴滴落入街市尘埃。一丝苍凉自心头升起：也许今日要葬身于京师街上了。

若真死在此处，也算够本……德顺一边走一边漠然想着，我已为师父师兄们报了仇，为江湖豪杰除掉了奸贼曹狗，没什么遗憾的。若说遗憾，倒是顾卿河这家伙……他被我用十文钱骗得只身犯险，身受重伤，又被什么夏烟姐姐打成废人，就这么死了，才是不值。还有姬兰姑娘，方才她不过是被抢入贝勒府做妾，尚能保命，而今她面对的却是死亡。

德顺看着她，抱歉地一笑："若是我们没有救你就好了……"

姬兰抬头望着德顺，紧紧咬住下唇，片刻才道："不。"她声音颤抖却坚决，"我宁可这样，也不愿意被他们捉去受尽侮辱……"

她眼中泪花轻颤，嘴角却勾起决绝笑意，面容如瓷，脆弱而精致。德顺心中一颤，呆呆瞧着她，只觉生平从未见过娇靥若此。

身后嘈杂突然停息，转而被急速轻捷的嚓嚓声取代，是许多人的薄靴底飞快摩擦地面。

德顺缓缓转身，看见官兵突然整肃队形，飞快在街道两侧分开，持刀而立。远远的街道尽头，有一匹黑马笃笃地踏着蹄子，马背上之人腰背笔挺，身着黑色织锦琐纹绣蟒战袍，手里紧紧收着马缰。黑马脾气甚是暴烈，似乎知道将有杀伐，发奋欲奔，却被缰绳勒得口沫直流。长街之上一片死寂，只有那黑马躁动不安的鼻息呼哧之声清晰可闻。

长街悠远，那一人一马身上凌厉的威压之气却直迫过来，德顺微微眯起眼，知道遇上了强敌。

那人停驻片刻，忽地将马一纵，黑马长嘶一声甩开四蹄，踏得街石火星四溅，向德顺飞驰而来。转瞬之间人已逼近，右手空握，探向腰间长刀，显然是要一刀将他们斩于马下。

他来势太快太急，德顺一时无法腾挪闪避，仓皇之间只得向外躲，不想那人早已算准，等的便是德顺这一下子，微一提缰，高大黑马直撞过来。他手微微一动，便听极清冽的一声擦响，长刀出鞘，雪光如渔网撒开，向他们当头罩下。

此人出刀之法与方才那千总一比，正如猛虎之于蚍蜉，德顺两手都扶着人，全无招架之力，心中一凉，暗道完了。

可头顶忽响起锵的一声，那人的刀被一击荡开，奔马之势亦被拦阻，马匹惊怒交加，嘶鸣一声长身而起，前蹄在空中乱蹬。

德顺眼前一花，只见烟云般的身影亭亭而立，一身浅云色衫裙与高大的黑人黑马对比，颜色斩截分明。

正是夏烟。

她长剑一震，对德顺道："你们快走！"话音未落，剑锋已疾电般斩向马腿。

德顺怔了怔。他本觉夏烟狠毒，对她全无好感，万万没想到她竟会回来出手帮忙。他还在犹豫，只见黑衣人一收马缰，那马竟后蹄踢踏，以人立之态后退数步，避开夏烟。黑衣人冷峻面容略现讶异，提缰喝问："何人竟敢阻我？"他口音生硬，听在耳内似有千钧之力，阴沉沉直压下来。

夏烟却不回答，反嗤笑一声道："怎么不敢阻你？景王府多冈纵有声名，却也不过是条走狗！"

她语声清脆，词句在口齿中迸发如珠，以此悦耳之音斥骂那人，更有一种如剑如枪的锐意。

景王府？

德顺大吃一惊，景亲王佳辉协助正蓝旗旗主阿尔津驻防京师，是清廷内炙手可热的实权人物，怎么他的人竟会来捉拿自己？

多冈勃然大怒，长刀复起，卷起干热烟尘，一刀斩下几如雷霆，夏烟衣裙鬓发都被刀风吹得向后飞去。德顺不禁失声叫道：“当心！”

翻腾黄尘之中清风掠过。只听“叮叮叮”三声飞快连击，多冈的长刀蓦地失去准头，滑向一旁。德顺看得清清楚楚，夏烟自知无力硬碰，只以剑尖三次点刺刀背，动作轻疾如蝶落浮花，每一下只令长刀偏离寸许，最终破了刀势。夏烟身子一旋，裙裾飞扬，再次去斩他的马腿。

她出手既快又准，破敌方式与顾卿河极为相似，都是在对方出招之时看准力道破绽，以毫末之力拨开对方重击。而她身形娇小，即使手持长剑也难以伤及高高在上的敌手，便全力去攻马匹，多冈显是战将出身，对坐骑极为珍爱，竟被她几剑逼得无暇出手。

多冈口中厉声呼喝，黑马极为神骏，腰臀一振向半空跃起，从夏烟头顶掠过，跨越丈许，轻巧落地。

夏烟趁机又对德顺叫道：“快走！”

德顺这才回过神，一推姬兰，扛起顾卿河撒腿就跑。身后传来一阵暗器飞射之声，夹杂着兵士惊叫，马蹄声响。

前方出现一条小巷，德顺立刻钻了进去。最后回头瞧一眼夏烟，只见她又撒出一把什么暗器阻挡追兵，自己翩然飞上屋顶。多冈轻松挥刀磕飞数枚暗器，纵马追来。

头顶脚步声轻捷如风，正是夏烟飞快跳过屋脊瓦片。德顺抬头一瞧，见她蹲踞在一角飞檐之上，冷冷向他看来。

德顺一惊，不知她到底有何用意，却听她轻声道："快逃罢！"说完身形一晃，向另一个方向掠去，隐入月色，再也没回头。

原来她只是回来助他们逃离官兵的。

既然能对弟弟下毒手，怎么还要帮他？

德顺心中纳闷，却一刻也不敢停留，与姬兰一起钻出小巷又进胡同，只捡最窄处逃命。街巷狭窄曲折，繁复如蛛网，堆着许多箩筐杂物。他们慌不择路地乱跑，忽地惊觉眼前开阔，竟已跑上了另一条大街。

街上仍是人流熙攘，叫卖之声不绝于耳，一片安生景象。德顺喘息着四面打量，不知该去何处，正犹豫，却听天际传来"咚——"的一声，苍凉雄浑，仿佛暮色都颤了几颤，正是鼓楼的鼓号，已到鸣典撞钟之时，要关城门。街上行人的步伐都快了几分。

这鼓声敲在德顺心头，令他忧急不已。若是自己一个人撒手便跑，也不是逃不了，可现在肩上扛着个道士，身边还领着个姑娘，简直是步履维艰。又听远远街道尽头有喧闹响起，显是多冈带着官兵包抄而来，伴着一通通催命般的鼓声，越发近了。

正焦急，身后传来一阵辚辚声响，一辆马车在德顺身边停了下来。

这是一辆简陋的两乘马车，车篷上悬着补丁摞补丁的破布帘子，后面还堆着许多稻草。车夫腰背佝偻，留着一把花白胡须，一见便知是饱经风霜的农人。他将鞭子一甩，纳闷地看着姬兰道："兰姑娘怎么在这里？"

姬兰又惊又喜，声音却带着哭腔，"九叔！让我们先上车再说！”

车夫见状不敢怠慢，忙掀开帘子让她上去。德顺见是熟人，便将顾卿河向车里一抛，自己也跳了上去。

后面的吵闹越来越近，车夫向后瞧了一眼，已明白了几分，沉声道：“放心，咱们这就走！”说着甩开一声鞭响，马车飞快向前奔去。

车厢密闭，街市上声音听来便觉朦胧。狭窄车厢内三人紧紧挤在一处，呼吸在喉间窒住，德顺的身子全然呆滞，一是因为薄薄车壁外搜查的官兵，一是因为那近在咫尺的美丽面庞。

顾卿河发出一声微弱呻吟，醒了过来。

盲谷

马车虽颠簸，速度却极快，他们终于在城门关闭前顺利出城，向京郊而去。夜色渐深，道路两侧麦浪翻滚，映着月光如湖如海，风里都是新鲜的麦香。乡路宁静，只有马蹄踢踏与车轮滚动之声。

见脱离了危险，车夫掀起车帘，问姬兰道：“兰姑娘，这些旗人咱们可惹不起，到底怎么了？”

姬兰见了亲近之人，一直忍着的眼泪便流了下来，抽噎道：“九叔，原来表舅说要我去贝勒府帮佣，是骗人的！他是要卖了我呢！

我……我……若是我爹娘还在世，我总不会这样被人欺负……”

德顺吃了一惊，方才只觉她的刚强令人敬服，想不到她的身世更是令人怜悯，心中一时柔软起来。

九叔叹了口气，缓缓道：“唉，你表舅定是赌钱又输了……”

姬兰沉默不语，只是暗自垂泪。

半晌，九叔转头看着德顺与顾卿河，问道：“这两位……”

姬兰擦了一把眼泪，笑道：“是他们两个救了我！要不是他，我就给抓进贝勒府里去了。他们的功夫可高了！”她明明是答九叔的话，却脉脉瞧着德顺，闪烁泪眼中全是倾慕感激。德顺气也不敢喘，自觉就要溺毙在她一漾一漾的眼波里了。

“原来是救命恩人！”九叔转身对德顺拱手而谢，“兰姑娘虽命苦，却也是咱们石桥庄数一数二的好姑娘，多谢二位少侠！”

德顺咳嗽数声，憋了半天只说出一句：“哪里哪里。”

他与顾卿河虽从贝勒府恶奴手中救了姬兰，却又落入了多冈所率旗兵包围，几乎送命。若不是姬兰遇见九叔的马车，他们今日才叫危险。其实，倒是姬兰救了他们二人才对。

九叔问道：“敢问二位少侠尊姓大名？”

德顺被他一声声少侠叫得轻飘飘的，忙自我介绍：“我叫高德顺，”又指指身边一动不动的家伙，“他叫顾卿河。我们……”

“你们都是我的大恩人！”姬兰接口，仍是笑吟吟地瞧着德顺。德顺被她瞧得心跳如鼓，只好低垂着眼睛。

“高少侠，那个武功高强的少女是怎么回事？”姬兰瞧了瞧静静躺着的顾卿河，疑惑地发问，“她为何要伤顾道长？又为何要救我们？若不是她，我们也逃不出来。”

德顺想了半天，摇头道：“我不知道。”

从傍晚至此时，不过是两三个时辰的时间，变故却接二连三，德顺几乎来不及理清到底发生了什么。他们自知会被官府捉拿，可怎么出动的竟是八旗兵？还有夏烟——德顺想起她便觉身上一冷——又是怎么回事？他叹了口气，皱眉看着半死不活的顾卿河，心里只是为他担忧。

却听顾卿河嘿嘿一声，声音低弱，也不知是笑还是呻吟。

德顺忙俯身问道：“你怎样？”

顾卿河努力半晌，方积聚起一点儿力气，轻声道：“她是我姐姐……”

德顺一怔，这才明白他是在回答姬兰的问题。姬兰也甚是忧心，凑过来瞧着他的脸。

“我们是……盲谷中人……”

他们二人相识半年，除了顾卿河这个名字之外，德顺对他尚一无所知。这还是顾卿河第一次主动说起自己的来历，德顺不禁瞪大了眼睛。

“盲谷？”姬兰疑惑地喃喃念着，显然并不理解江湖中的门派名头。德顺也是闻所未闻。

“是暗杀组织……”顾卿河喉中气息嘶哑，“成员之间见面不得相认，称之为‘盲’。若是见面相认……”他忽地咳嗽起来，嘴角流出血沫，“便是有成员被组织除掉之时，姐姐便是来除掉我的……”

德顺心中一紧，忙拭去他嘴角的血：“你先别说了！好好休息，等养好了伤再慢慢讲不迟。”

顾卿河缓缓摇头，瞧着德顺：“我已是不行了……”

他话音飘渺，似乎每个字都要随着郊野中息息不绝的麦风而去。德顺怎么也想不到这古怪家伙竟会说出如此一句将死之辞，在他心目中，顾卿河总是武功高妙、无所不能的。德顺呆怔片刻，喉咙里忽地哽咽起来。

“咱们两个既为挚友，临死前，总该要你知道我是什么人……”他面色惨白，“我便是盲谷中持天罚令的杀手，因任务失败，要被除掉……”

原来他如此情意深重，面上虽冷淡，心里却认为我是他的挚友！而这样的肺腑之言，想必他也是临死才会说的吧？德顺心如刀绞，一抹眼泪大声道：“谁说你任务失败？你君子一诺，为江左老妇除去杀子凶手、为江湖群雄除去反骨奸贼、为天下百姓除去鹰犬狗官！你明明做得极为完美，哪里是失败？”

顾卿河闭目摇头，缓气半晌，才接着道：“我的任务不是这个……我是盲谷‘樵人十咏’之一，我们十人同聚京师，要杀景……”他说到最后，已是气若游丝，最后一个词德顺根本没听清。

“别说了！”德顺按住他胸口，想以自己真气渡给他，手却抖得不听使唤，泪水噼啪落下，溅湿了顾卿河胸前衣襟。顾卿河长舒一口气，似乎再次失去了知觉。

身边忽地一空，却是姬兰钻出车厢，对九叔道：“瞧着那位道长不太好，快点赶车！”

九叔鞭子甩出一声爆响，两匹马立时疾行起来。不多时，便拐入一条狭窄村路，尽头一座老石桥，许多农舍黑黝黝地在夜里潜伏着。这里便是石桥庄了。

庄头是一片平整的打麦场，连着四周百里麦浪，仿佛是海上浮着的一片枯叶。打麦场边有一间简陋木楼，本是风干粮食、存放农具之用，此时便成了德顺二人的藏身处。

姬兰跑前跑后，将二人安顿下来。她忙得冒汗，月光映着微湿的肌肤，如丝一般。她既有无私相助的大勇，又有无微不至的温柔，德顺瞧着她，只觉她身上一阵阵地放光，正大仙容简直如观音菩萨一般。

姬兰离开片刻，不多时便拿回一些吃的。虽是些家常饭菜，却热热地令人心暖。德顺接过碗，刚要开口道谢，却听顾卿河在身后轻咳一声，缓缓道："我想……"

"什么？"德顺没听清，转头问他。

"想吃阳春面。"

德顺手一抖，饭碗差一点丢到地上去。他怒目瞪着顾卿河，还没说话，便听姬兰道："这个好说，既然道长想吃，那我去做！"

顾卿河仿佛没听见，自顾自道："醉仙楼的那碗笋丝阳春面，真的很好吃……"

姬兰一怔："道长是想吃醉仙楼的么……"

"别理他！"德顺把饭碗向顾卿河身边一摔。居然还敢提那五两银子一碗的面！人家姬兰姑娘一片盛情收留，又是吃又是住地忙着张罗，现在饭菜都端到面前，他居然能好意思挑肥拣瘦？

"唉——"顾卿河长长叹了口气，"我伤成这样，也不知以后还能不能吃到。"

德顺想不到他竟会腆着脸以垂死相挟，怒道："想吃就吃，胡扯什么？不就是想要我出去跑腿给你买回来么？"

顾卿河气息奄奄地微一点头。

姬兰阻拦道："不成的。你们本就惊动了官府，现在回去，不是送上门？况且城门也关了，根本进不去。"

"你不懂……"顾卿河一边喘息一边对德顺招手。德顺不知他又有何古怪，不情不愿地走上前，凑到他身边。

他眼神闪烁，低低道："找一条白布，在醉仙楼屋顶的角檐上挂起来……"

德顺一怔，先是不解，继而恍然大悟，立时双眸炯炯用力点头。顾卿河猛地一阵牵心扯肺的咳嗽，仿佛整个人都会碎成几片。德顺拍他肩膀，安抚道："放心！我这就去！"

姬兰见德顺竟答应了，慌道："你……"

"这是他联系同门的手段！"德顺低声对姬兰解释。

姬兰茫然地睁着乌溜溜的眼睛，不解其意。德顺见她一副小女儿家天真娇怯模样，立时雄心高涨，更觉自己是个智勇双全的男子汉无疑。他沉声分析："'盲谷'强大神秘，现在他陷入困境，自然要寻求同门帮忙！他是"樵人十咏"之一，一人的功夫就已高深莫测，这一下再来九个，还怕什么官兵，怕什么多冈？"他说着转头对顾卿河一笑，"是不是？"

"你果真聪明……"顾卿河艰难点头，又是一阵咳嗽，"挂白布，是告诉他们我已失败，要他们马上下手……”

德顺来了精神，起身便要走。姬兰忙道：“你这样去，我可不放心。我——与你一起去！”

她话音一落，三人都有些发怔，德顺更是耳中嗡嗡直响——她……竟不放心自己？她竟如此在意自己么？姬兰忽地红了脸，低声道：“天太晚，我已让九叔回家，不能再麻烦他赶车了。我赶车送你，总会快一些罢。”

德顺本想拒绝，顾卿河却道：“这样也好，快去快回。”他顿了顿，又补了一句，“只是要当心官兵。”

麦风

夜色已深，天上星河灿烂，冷森森地放着凉意，风也褪去了燥热，拂过脸上舒适无比。德顺与姬兰坐在车上，看着前方灰蒙蒙的夜路，大半天都没说一句话。

出了石桥庄，德顺才惊慌地意识到要与姬兰独处一段长路。方才有九叔和顾卿河在身边，他与姬兰说话还觉自然，而此时的寂静他根本不知如何应对——他本是瞧她一眼，都觉窒息的。

姬兰白皙手指握着粗糙缰绳，眉头微皱，似是满怀郁郁心思。德顺见状更不敢出声，无数要冲出口的话语都在喉咙里风干，变成了卡住下一句的硬痂。

“你怎么不说话？”姬兰忽地转头，笑问德顺。

德顺张了张嘴，然后便红着脸去瞧路边麦田。姬兰见状了然一笑，问道：“高少侠，你从哪里来？”

“我……”德顺艰涩开口，脑中浮现出家乡倾天覆地的大风雪，心中忽地一紧。他离乡千里，还真是怀念那凛冽雄浑的苦寒之地。

“我是关外朝阳府人。”他低声道。

“你想家了！”姬兰鼻子一翘，露出顽皮笑意。

德顺诧异道：“你……怎知道？”

“你就如一张白纸一般，别人一瞧，就看穿你心思啦。”

姬兰声音里带着得意。德顺嘿嘿一笑，也不知这是夸赞还是奚落，可无论什么，从她嘴里说出，总是好的。

“我也觉关外很好。京师气候我可不喜欢。”

德顺惊喜道：“怎么，你也去过关外？”

“是啊。”姬兰轻抖缰绳，“去年正月十五，我还在凌河过的滚冰节呢！”

滚冰节是关外民俗，这一夜无论男女老少都要去结冰的河面上滚去晦气。德顺闻言只觉亲切无比：“凌河？离我家很近！还有慈恩寺、海楼观、望江台，都是很好玩的地方，你去过没有？”

“去过啊！”

二人越说越是投缘，争相说出自己所知关外风物。德顺本为顾卿河受伤之事烦闷于心，此时被姬兰笑语引导，一时也觉释怀。

说了半天，姬兰便总结道：“白山黑水，穷岭莽原，挽刀引弓纵马奔驰才叫快意，谁耐烦被关在京师这大笼子里，入夏酷热难耐，蝉声嘈杂，简直连……”

“——连气也喘不过来！”德顺想也不想地接口。二人对视一眼，同时大笑。灵犀只通一瞬，却足以感心撼骨，德顺还从未与女子有过如此感觉，一时全身似被五色泡泡充满，轻飘飘的。

德顺有种朗朗朝气，欢喜起来更如朝阳般煦暖可亲。姬兰笑着，眼中光芒微闪，似是一惊。德顺也怔了怔，这才回过神，觉得她方才的话奇怪，不像出自一个乡村女儿家之口。他喃喃道：“挽刀引弓？”

姬兰见他神色迷惘，噗嗤一笑：“我是说你啊！你是关外豪侠，不就过的是这种日子么？”

德顺挠头笑道：“哪有……”

沉默突如其来，马车疾行，头顶星潮如海，乡路两侧亦是麦浪翻涌。一种沉沉的怅然突然升起，实心眼如德顺，还从未有过如此缠绵的情绪。他心中忽有个糊涂念头，若是今晚长夜无曙，道路绵绵不尽，就这样驾着马车，辚辚地走到永恒里去，该有多好。

姬兰也似遥遥有感，长叹了口气，气息悠悠散入星夜，让眼前一切笼上一层微甜的绯色。德顺屏息不语，只怕自己稍微一动，便打破这绝美时分。

夜风吹过，掀得德顺衣襟飘扬，姬兰缓缓伸过手来，抚平德顺膝上衣褶。她笑靥如酒，又体贴亲昵，德顺只觉她摸过的膝盖连血都不过了，一颗心在腔子里跳也不是，停也不是。

“那位道长说的‘盲门’，到底是什么？”她笑问，眉眼间流光婉转。

德顺强捺心跳，不敢去看她的眼睛，乖乖答道：“我也不知，这还是他第一次说起他的事。我跟他走了一路，他也只不过告诉了我他的名字，至于他的身世么……我一点也不知道。”

“那他知不知道你的事呢？”

“知道啊！我的身世很简单，几句就说完了，他都知道的。”

“这算什么朋友？”姬兰嗔道，“这样做朋友不公平！”

“朋友之间哪里有什么公平不公平，难道还拿戥子称一称不成？他那样古怪，却拼着重伤杀尽清廷走狗，为我报了大仇。若友情真能称量，也该是我欠他的才是。”

姬兰微微一怔，似乎没想到德顺竟会如此回答。她沉吟半晌，笑道：“他那个姐姐，你也是第一次见么？”

德顺“嗯”了一声：“以前从来没见过——她下手真是狠！”

那轻微而短促的骨裂之声仍旧时时在德顺耳边回响，仿佛是心上的一块刀疤，令他触及便觉痛悔不已。顾卿河为守盲谷门规而不能躲避，可自己竟也如此窝囊，眼睁睁看着夏烟重创于他！这个“盲谷”的门规，怎会狠毒如斯？德顺攥紧双拳，皱眉看着前方暗夜，朦胧星光之下，京师城墙黑沉沉的影子已隐隐可见。

空气里似乎有什么变化了，仿佛是巨大城墙的暗影压碎了方才的轻松适意，姬兰望着那高耸城墙，渐渐挺直了脊背。

他们在偏僻处停下马车，抬头望着巍巍如山的城墙。方才来时，德顺只凭着一股血勇，要马上帮顾卿河找到同门，却并未想过如何进城。此时站在城下，看着高峻巨墙黑沉沉威压而下，被星空一衬，竟有泰山将倾之势。雉堞排列如齿，马面箭楼下临宽阔的护城河，流水之声哗然作响。墙上城砖砌得甚是光滑，可攀缘处极少，别说是他，就是顾卿河那样的轻功高手，若找不到凸凹处借力，也根本无法翻越。

“这样高的城墙，你怎么进去？”姬兰问。

德顺怔了半天，一咬牙甩去外衣，又开始脱鞋。“我不懂轻功，只有笨法子，爬上去！”

姬兰一怔：“爬？城墙总有三丈高，失手摔了怎么办？况且城上有巡兵，万一被他们瞧见——不如还是等天亮开城门……”

“成不成总要试试，”德顺有些不好意思地背过身，“早些发出信号，便早些脱离险境。那小子的伤可不能拖。”

姬兰便不再说什么，看着德顺瘦韧腰身一展，噗通跳下护城河，向对岸游过去。

德顺水性不错，很快便湿漉漉地爬上河岸，擦了一把脸上的水。京师城墙内为夯土，外面包着厚大城砖，缝隙勾抹极为细致，他看准扣手之处，用力抓紧，慢慢向上爬去。城墙壁立，德顺爬得极为艰难，刚爬了丈许，手一滑便重重摔了下来，几乎背过气。

“还是算了！为了他，你连摔死也不怕么？”姬兰在身后幽幽问道。

德顺没有回答。他艰难起身，凝神运起赤炎掌真气，但觉指力如火，抠住的砖缝里有尘沙簌簌而落，他咬牙一攀，再次贴上墙面。粗糙砖墙磨砺皮肤，他呼吸深长，潜息运气，一步一步爬得极为扎实，身下地面越来越远。

夜风吹过，送来麦香气息，德顺竟生出一种不真实之感。就在不久前，他还安然生活在塞北冰雪笼罩的小城，在师父师兄们的照护下，怀着渺茫的驰侠之梦。而此时此刻，他却是一只攀爬京师城墙的壁虎，本已陷入危险，却还要向着危险的更深处潜行。

他在半空停住，稍微歇息流血麻木的手指。头顶有微弱人声传来，拖沓的脚步声更因城墙传导而极为清晰。德顺静静等着巡逻士兵走过头顶，然后再次蓄力，向上爬去。

身后的姬兰再也没出声，德顺全神凝注，也无暇回头去看她。仿佛经过了极漫长的时日，他终于攀上城头，触到平坦城垛。手臂发力猛地跃起，稳稳站在女墙之上。

终于爬上来了！

德顺压抑着高声欢呼的欲望，看向夜色中的城市。面前是一大片鳞次栉比的房舍，深远广阔，宫城暗金色屋顶在星光下微光浅浅。这无数屋檐之下，就有他要去的那座醉仙楼。

他转过身去找姬兰，想与她分享喜悦。可从城墙上看下去，方才停着马车的地方空无一物，广阔田野上只浮着一片淡淡烟霭，仿佛是个迷惘的梦境。

德顺一急，第一个念头便是她遇到了什么危险——莫不是官兵来了？可转念一想，无论遇见什么，她总该张口呼救，自己与她只隔着护城河，也不是遥不可及，她怎会消失得无声无息？

他探身向外，眼光一寸寸扫过城下原野，忽听身后有人沉声问道：“在找她么？”

德顺猛地回头，只见姬兰正沿着马道一步步走上城墙，身后押着她的正是多冈。他下意识地后退一步，身后空无一物——他正站在城墙边沿。

多冈冷笑道：“当心，可别摔下去，变得与你朋友一样半死不活。”他说着便一抬长刀指住姬兰后心。姬兰眼中现出痛苦之色，却咬牙不语。

德顺见状心中一痛，怒火猛地在掌中燃起，可顾及姬兰，却不敢稍动。

多冈双目狭长，恨意流露，盯着德顺的神色似是要剜出他的心一般。德顺心中微微纳罕，就算自己是朝廷钦犯，也不至于这样仇恨，这莫名的恨意是从何而来?

可这疑惑只是一闪而过，马上被愤怒与焦虑吞噬。德顺紧紧盯着多冈手中长刀，生怕他手上加力，让姬兰受到伤害。姬兰被捉，自己无法挂出求援的白布条，而顾卿河却身受重伤，还在那打麦场里痴痴等待……德顺心中如煎如沸，一时不知该做什么。

多冈黝黑的脸上现出冷酷笑意，左手轻轻一弹刀锋。那刀制式普通，不过是三尺二寸的军中长刀，但一弹之下嗡鸣如龙，锋刃颤起一团暗蓝光晕，显是经特别锻造。

刀尖正抵着姬兰后背，随着弹响，姬兰再也忍不住，痛呼出声。德顺虽看不见她背后到底伤势如何，但这一声呼喊已令他无法忍受。他大声叫道：“住手！”

“你的同伴在何处？”多冈的目光毒蝎一般紧紧咬住德顺。

德顺攥紧双拳，半晌，他低声道：“我带你们去……”

郡主

夜色沉沉，只有寥寥的梆子声在森严城墙内回荡。

他们出了城门，再次走上那条乡路。一小队官兵跟在身后十余步之外，多冈却长刀入鞘，全无防御地走在德顺身边。这举动是对德顺无声的羞辱，明白显示德顺已被他牢牢掌握，一入他手，再无机会反抗或逃走。

他恨极了这个关外无名小子。

不过是条漏网小虾，哪里值得郡主这样的金枝玉叶抛却身份、大费周章地伪装民女与他们周旋？方才他一路监视马车，车上德顺与姬兰言笑的一幕幕更令他怒火万丈。若不是姬兰有令，他早一刀将德顺斩毙于城下。

不过姬兰的伪装确实有所斩获，得知了“樵人十咏”前来刺杀景亲王之事。事关危急，他已调兵回护王府，姬兰更令那几名南方来的高手前去保护。天罚令的秘密亦被逐一揭开，除了道士打扮的顾卿河之外，夏烟、樵夫十咏、盲谷等线索已越来越集中，相信不久便可抽丝剥茧，彻底掀开这个神秘组织的面纱！

多冈冷冷瞥了一眼德顺，只见他双拳紧握，面容郁怒，偶尔一瞥姬兰，脸上便尽是忧心之色。他显然已为郡主倾倒——以郡主之姿，这是理所当然——可惜他并不配。多冈低头哂笑，心中极尽蔑视。

就在这一分神之机，面前热风乍起，德顺已欺身上前，右臂平伸格住多冈胸口，左掌自肋下刺出，掌缘如锋淬火，激电般切过多冈右手。夜风中但闻“喀”的一声骨裂之响，多冈面容大变，仓促间沉肩撞向德顺。

德顺心中憋了半天怒气，这一招“朱蜡照水”蓄势已久，目的就是要伤了多冈持刀之手。他见多冈反击极快，喝道：“来得好！”内力一催，掌心火焰蹿动之声呼呼作响，凛威大振，手掌角度一转，抵住多冈肩头。

德顺掌心内息太过灼热，多冈一触之下竟先有冰冷错觉，然后才是烧灼之痛。他怒吼一声抬脚飞踢，德顺转身避过，又是一掌挟着热辣劲风挥下。

德顺天资原不出色，只凭着师父严授与自己苦练，才在短短几年之内达到赤炎掌第二重“烛灼火”的境地，在九火盟弟子中进境最快。没想到一入江湖才知天地之阔，原来自己这手功夫根本不算入流。倒是他来京师路上的几个月里，顾卿河曾有意无意对他指点一二。以顾卿河旁观之眼瞧来，德顺对赤炎掌的许多模糊不解处竟一点即开，德顺潜心琢磨，已有不小进境，懵懂之际，似已触到第三重“烈焰火”边沿。

这几下本是出其不意，一击即中，伤了多冈右手。德顺信心大涨，直逼多冈身侧。走在后面的官兵一见不对，忙冲了上来，多冈也终于回过神，拧身避开德顺掌风，一拳也是破风直捶过来。德顺看准时机，一把扳住多冈腕子，反手拉住姬兰，沉声道：“你快走！”

他眼中满是少年决绝意气，更有澜火微闪，温柔如萤。虽只一瞥，却如日光投入净水，姬兰立时读透他清浅心底。她只觉脚下一轻，身子蓦地腾空而起，正是德顺借多冈一拳之力，顺势将姬兰向数丈外的麦田远远甩了出去。

头顶群星涌动，身下麦浪翻滚，这失重的一瞬漫长如夜，照彻这夜的竟是那电光石火的一瞥。姬兰微叹一声，任身体沉入厚重的麦芒之海，她突然有种酸涩的怯意，也许自己就该藏身于无垠麦海之底，别再去面对那单纯如纸的少年。他心思简单得不经一读，自己却要在不久后将它撕破。

她伏身于麦垄之下，眼前皆是黄绿的整齐麦根，那颜色像极了自己穿过的第一件柳芳绿缂丝满地花袍子。袍子上繁复地绣着兰花和蝴蝶，压在身上沉甸甸的，却又有着水样的凉滑。那时她还不适应这华丽衣衫，身子绷紧，站得直挺挺的，听见阿玛拊掌大笑："瞧我们的小格格原来也是这么美丽！"

乱哄哄的厅内有人接口笑道："哪里像是捡来的格格，倒真像是王爷嫡亲的女儿！"

笑声在十年前的夜色里轰然响起，却久久不散，弥散至今时今地。姬兰咬牙忍住眼泪，恨不能捂住耳朵，不再去听那夹杂着讥讽、猎奇、谀谄、刻毒的哄笑。

他们瞧不起她，一开始她便知道。

所以，她定要做到最好，让他们明白阿玛对她的宠溺不是毫无缘由。

她深深吸气，抬起了头。

“高少侠……”她哑声叫着。看见德顺与多冈激斗的身影，她声音里浮现一丝迟疑，但她又马上咽下这微现的仁恻，再次开口，“高少侠！我……”

德顺正全力对付多冈，一心不让他使刀。以多冈的刀法，只要刀锋出鞘，别说是德顺，就是已被抛出好远的姬兰也未必有逃生之机。他双掌狂击，热风飞卷，一套赤炎掌使得如火如荼，趁多冈右手已伤，紧紧缠住他近身，数次将他已拔出一半的长刀硬塞回去。这时忽听姬兰叫他，略一分神，便被多冈窥得破绽，将他一脚踢开，腾出空来左手反手噌地拔刀出鞘。

“你大概还不知，我两手皆可使刀！”

刀一入手，多冈便如战魂归体，狂吼一声，幽暗刀锋映着耀目星光，向德顺呼啸而来。德顺耳边全是姬兰凄婉叫声，正自担心，心慌之际惊见长刀已至。多冈左手使刀果然精纯如右手，刀势沉猛迅疾，杀气随刀锋四溢而开，德顺只觉全身冷沁沁的，汗毛都乍了起来。

躲闪已根本不及。

德顺惶然转头，眼光向身后一扫。这一眼扫过姬兰，也扫向黑沉沉的远方——麦浪尽头的石桥村。顾卿河正奄奄一息地躺在那里，等待着永远不会到来的希望。

这是德顺此刻的全部牵挂，却只能用这一眼来最后抚摸。

长刀斩落！

就在这一刻，姬兰突然尖声叫道：“不要！”

德顺最后的眼神多冈全都看在眼里，那掠过姬兰的眷恋一眼在他看来简直是僭越亵渎至极！他怒意勃发，一刀裹满嫉恨呼啸而下，不想姬兰突然开口制止，他下意识收刀，可那一刀已如野马脱羁，再难收手。

但郡主之言怎能不听？多冈嘶声大吼，瞬间调起了全身筋脉中流转的内息，百闸同开，狂潮奔涌，飞踯奔逐灌入左臂，而这搏命般的一鼓作气竟不为全力毙敌，只是为了遵从她说的那两字“不要！”

刀势硬生生被扭转。刀锋一错而开，擦过德顺后背，凛冽刀意摧破短衣，在赤裸脊梁上带起一大片可怖的青紫淤痕。德顺踉跄前扑半跪于地，听见身后闷哼一声，却是多冈喷出一口血来。

他竟不惜反噬自身以全部内力运开这一刀！

他为何要这样做？

德顺惊痛交加，模模糊糊似乎明白了什么，转头向姬兰看去。只见她慢慢站起身，展颜一笑。“灼若芙蕖出渌波”是洛神出水的真容，可她脱去苦命农家女子的伪装，麦海分波而来，现出的却是德顺绝不能接受的本相。

胸中似有什么被抽走了，心空落落地一沉，坠入茫茫幽冥。德顺定定看着姬兰，目光如火，却说不出一个字。

原来她——都是骗人的！

姬兰扬着脸瞧也不瞧德顺，径自走上前，劈手给了多冈一个耳光。多冈内伤极重，却毫不躲闪，任凭她一掌将自己打倒，脸上立时红肿。

“我没下令，你竟敢杀他！”她厉声斥道，“他若死了，拿什么让盲谷那个道士开口？”

众官兵一见郡主盛怒，立时齐齐跪下，空旷野地上只有姬兰一人挺身而立，夜风掀得衣裾飞扬。她眼光冷冷瞟过众人：“咱们去石桥村。”

官兵们忙站起身，有人上前来架德顺。德顺却猛地甩开他们，怒道：“想去石桥村？我——还在此！”他一腿前踏，比出杀招“火起龙阙”扑击之势，双掌炽热滚烫，呼吸都要喷出火来。

姬兰仍不瞧他，垂首笑道：“就凭你？”

话音未落人已迎上，右拳握起在德顺眼前一晃。德顺只觉眼前爆开一片璀璨光点，仿佛万里长空的星河都坠落眼前。一惊之下仰头避过，才见到那是一把银针扣在姬兰手中，险险从他鼻尖上划过。德顺仓皇变招，腰身一拧闪向左侧，左手去攻她后心，不想一掌还未使出，眼前又是一亮，姬兰玉腕一翻，那簇银针又戳上他的鼻梁。她动作极快，德顺脚下急退，可那几根针仿佛已经钉上了他的鼻子，一寸也没有挪开。

她一直将德顺逼至路边，退入麦田之中，这才闪身后撤，在挺直银针上拨起一声清冷之音：“我这灵羽针可是有毒的，你还是乖乖听话罢。”

数招之下，德顺已知自己非她对手。他气结半晌，才憋出话来：“你既是这样的高手，又已伪装得到我的……信任，全无防备于你，为何不那时便杀了我？”

“我要的是天罚令的秘密，至于你，是生是死谁会在乎？”

她着意将“你”字拉长，将话中的蔑视放大至极限，虽并未看他，却也知他变了脸色。手中一把银针尖簇冰冷，颤颤抵着掌心，仿佛她缭乱的心绪。

她停了一停，带众人向石桥村而去。

骗术

与他们离开时一样，顾卿河还是躺在打麦场边的木台之上，有气无力地靠着一堆干草。听见众人走近，他微微睁眼看着他们，笑了一笑。

德顺面目狼狈，衣履不全，被官军押着，姬兰与多冈却并肩而行。这一幕对顾卿河来说本该吃惊，他眼中却只有云逝月出般的明晰笑意。

德顺怒火盈胸不得纾解，此时见到他的笑容，突然心中一凉，似有冰雪浇顶而下，嘶的一声烟熄火冷，只余寂然平静。他们二人偕行数月，辗转千里，曾遇夺命之险，亦曾有琐屑之争，此时一同再入绝境，反有种莫名的安心。

不过是联袂赴死，又有什么可怕？认清最坏底线，便再无摧心之忧。只是临死之前——德顺脸色一沉，缓缓打量身边官军众人——不知能赚几条性命同去！

姬兰见顾卿河神色宁静，微微诧异，问道："原来你是知道的？"

顾卿河点头："我已等不及了。"

二人话中都是意味深长，德顺这才回过神，原来他早已察觉不妥。可是，他为何不早些戳穿姬兰的诡计？正自猜疑，却见顾卿河眼巴巴瞧向自己，问道："面呢？"

德顺一时哑了，张嘴半晌，忽地怒道："还要吃面！你是傻子么？都死到临头了，他们是来抓咱们的你不知道？"

"知道……"顾卿河倦倦垂眼，"我怎会不知？我一见她就觉不对劲，正要在堂子里想办法试探，却不想遇上了姐姐……"他摇头叹息，"然后我在马车上醒来，听见杨九一声鞭响，就知道进了清廷罗网了。"

众人一惊，想不到他心念竟如此之快。德顺又是哑了片刻，讷讷道："什么？什么杨九？你又怎会知道……"

"'揄扬九重'杨九那样的高手，作伪可远不如姬兰姑娘，他的杀气太难掩饰，连我都怕。"

"揄扬九重"四字一出，德顺便觉惊骇，他是听过这个名字的！

从前在关外之时，他曾问过师父："是不是武功越高，杀人越容易？"

师父摇头道："功夫是否为杀人之技，全在本人心念。武功高手专于武功，杀人高手却专于杀人。武功与杀人之术本是并行不悖，可若两者皆精，譬如剑之两锋交汇成尖，便是绝顶的杀人高手。当今江湖之中，堪称杀人高手的仅有三人……"

惊骇之下，德顺不知不觉将师父的话念了出来："天汉星渚韩宿、揄扬九重杨九、黑云压城乌铁关！”

原来赶车的九叔便是“揄扬九重”杨九！

“盲谷中人果然好眼力。”计策被揭破，姬兰毫不尴尬，反笑吟吟夸赞，“不错，这三人现都已入我彀中，为我做事！”

“哦？他们现在何处？”

姬兰笑道：“自然在他们该在之处，等着他们要等之人。”

顾卿河缓缓抬头：“是不是在景王府等着‘樵人十咏？’”

他神色再次现出那种古怪的认真无辜，就如数月前关外那个血腥的风雪之日一般。德顺一凛，似有什么在心底缓缓探头，如春草初生根须悸动，还未顶破地面，却有翻覆天地之力即将萌发！

——这个家伙又在搞什么？

姬兰甚是得意，嘴角一抿刚要回答，却也忽然意识到了顾卿河眼中的揶揄。她面色一变，厉声喝道：“你！”

顾卿河眨眨眼：“不错。”

二人一时静默，打麦场之中再无任何声音，只有夜风掠过，卷起麦浪逐波。

德顺虽憨直，此时却也慢慢想通，似乎……顾卿河又把他们骗了。

若他一上马车便认出陷阱，那他说的话就一定是鬼扯。盲谷……不就是芒谷？也即是麦子，这家伙一眼瞧见路边麦田，想必就编了这个名字。而樵人十咏，也许是出城时看见卖柴的，为显声威凑成十个，好令姬兰调杨九这头猛虎离山而去……

德顺慢慢咧开嘴，放声大笑：“原来……原来你都是骗人的，什么盲谷、樵人十咏都是你编的！哈哈哈哈——”他忽又想起什么，转笑为怒，“既然没有‘樵人十咏’，为何还要我进城？害得我爬城墙！”

“要你进城是为了买阳春面，你忘了？”

他竟还敢提那碗面！德顺简直无语。却听姬兰冷冷道：“他算准了我们不能任你挂布条为号，定会拦阻。他让你进城，是为迫我们现身——真是好骗术！”

顾卿河自谦道：“我骗术其实远逊姬兰姑娘。如此成功都是因为你……”他笑望德顺，“你那时哭得掏心掏肺，不由得她不信。”

德顺一怔，脸一直红到脖子。

姬兰咬紧牙关。她万万没想到顾卿河竟如此狡猾，将所有人都算计在内，更以寥寥几语使自己中计，不但调走身边高手和重兵，还不得不现出真身。她心念电转，眼光四面打量——既然他能设计骗人，只怕也能在这块打麦场上动什么手脚。她抬手一拍，便见打麦场周围草丛之中站起数名官兵，是她早埋伏于此的。

见她探寻目光望来，便有守兵禀报道：“我等一直守候于此，他并无异动！

姬兰略放下心，当下冷笑道：“好个顾卿河！你虽能骗我一时，却逃不出我的天罗地网！你们两个在朝阳府撅了我阿玛的锋头，还以为能逍遥法外？”

“既有天罗地网，你何至于还要乔装打扮来接近我们？”德顺听她说起“阿玛”，已知她是满人，心中一阵冰凉酸涩，话里也带上从未有过的刻毒，“想不到你那么会做戏，若不是八旗宗女，去坊子胡同想必也有出人头地的一日。”

顾卿河还从未听过德顺竟有如此快捷锋利的口吻，怔了怔，猛地咳嗽起来，也不知他是笑是喘，几乎背过气去。

姬兰一怔，涨红了脸，反手向德顺脸上扇来。德顺忙向后躲，却不及她手快，啪的一声，火辣辣一掌正挨在脖子上。

二人怒目而视，德顺竟瞧见她眼中似有泪花一闪。可这闪烁也像是幻觉，姬兰忽地一扬脸，转怒为笑道：“只要我捉住了你们这些反贼，不让你们祸乱天下，便是做戏又如何？就算是江湖中人闻之色变的天罚令，不也被我缚住了手脚？我劝你还是乖乖的，说出你门中秘密。”她眼光流转，又露出在马车上套取德顺信任的柔婉神色，“你二人也算少年豪侠，我倒可以在阿玛面前替你们美言几句，留你们为朝廷效力。战乱渐息，天下平靖，我们的江山已越坐越稳，我劝你们……”

“住口！”德顺听她说得离谱，愤声大喝，激怒之下面容扭曲，声音满是鄙夷。姬兰惊怒瞪着德顺，心里蓦地一闪，这才回过神：自己与他原是各处世界两端、划天为壑之人。

她微一恍神，竟有莫名的委屈涌上心头——怎会是这样？

却听多冈在她身后低声叫道：“郡主！”

他的声音似劝诫也似警醒，姬兰一挑眉，已恢复镇定，厉声道：“我瞧你们死到临头还能硬气多久！”

“死到临头的还不知是谁呢……”顾卿河笑意渐收，冷冷向姬兰看来。他虽重伤垂死，可这一眼中的杀机却如箭激射。多冈见状不由一惊，闪身挡在姬兰之前。

姬兰愤怒不已，一把推开多冈，喝道："就凭你们两个，也敢与我叫板？"

"敢！"

顾卿河话音低弱，语气中却悍勇突显。德顺闻言全身一震，双眸炯炯瞧向他，对上他悠然笑意："你信不信我？"

你——信不信我？

德顺一时恍然，竟不知如何应答。自己原本是全心全意信任这个世界的，这世界却多报以欺诈。曾深信不疑的大师兄恶毒设计，毁了自己拥有的一切；身边少女的关爱体贴，竟也皆是虚假。可自己的信任便再也无从交付了么？这世界上，总还有那么一个人，是值得自己以性命相托的吧？

——虽然他来历不明、身世神秘、性情古怪、言行莫测，自己对他几乎一无所知。以上任何一条，都不是值得信任的理由，但德顺心潮一起——我信他！

我信同仇敌忾、信袍泽之谊、信二人同心其利断金，信绝境联手迸发的悍勇，亦信目光交错之时激发的默契！岂曰无衣，与子同袍！

"我！信！"德顺咬金嚼铁慨然应答，两字勃发如鼓点，满身血液都烧了起来！

"好。"顾卿河点头，抬手向姬兰等人一指，"现在，你我一起，击败他们！"

姬兰哂笑："你这莫不是死前的胡话？你一介废人，他的功夫又只算个半吊子，有何能耐对付我们？"

顾卿河却不理她，只对德顺道："你可记得春安堂里那名千总？"

德顺立即明白了他的意思，在春安堂内，顾卿河以话语指点德顺对敌，一招便将那千总击退。

"你我两人那样联手，便是天下无敌！"

这话说得未免太过托大，众人都是一怔。姬兰冷哼一声："果然已在说胡话了！"

顾卿河神色自若，自顾自说下去："杨九既已被我支走，便再无可惧。咱们与他们之间实力差别太过悬殊，为表公平，先让他们三招。"

让三招？

德顺瞪着他，几乎不相信自己的耳朵。

虽说是两人联手御敌，但出手的只是我。我的一套赤炎掌使得平平，打出花来也无法抵御姬兰一人，更何况还有多冈及一群官兵？

他略一疑虑，却见顾卿河清澈眼中爆起星芒。二人对视一眼，如燧石相击，心中立时燃起战火，深沉杀意弥漫而出。只因全心信任，一切思虑都可抛诸脑后，德顺再无挂碍，一瞬间反升起渴战之心。

"好，我就先让他们三招！"

相思

这二人已是疯了。

看着瘫倒半死的顾卿河和面目狼狈的高德顺，姬兰怒冲冲一翻手腕，将灵羽针夹在指间。她生平最恨被人瞧不起，此时两个无名小子竟也敢声言相让，他们当她是什么？

“你让不了三招。三招之内，我必将你拿下！”她一声娇叱跃向德顺，挥手向他扎去。多冈见郡主出手，忙抽刀随上，攻向德顺身侧。

姬兰身法灵动，多冈刀势凛冽，二人夹击之下，德顺几无逃生之机，连连后退亦不能避，只得就地一滚，狼狈不堪地躲了过去。

顾卿河道：“第一招。”

姬兰嗤笑：“满地乱滚也算让一招？”足下一蹬，身子悠然升起，灵羽针璀璨一闪，凌空击下。

德顺一滚之后还未站稳，便觉银光迫近，耳边又闻风声呼啸，多冈刀锋挟开山之威斜斩他肩背。这一招是万万躲不过了。姬兰身形飘忽难以对付，相对而言，还是有伤的多冈可冒死与之一拼。德顺一招“蜡垂兰烬”左掌后击，一把托住多冈手肘，屈膝蹲身闪过这一刀，顺势将他向前推去，扰了姬兰的一击。

德顺旋身后撤，喘息不已，后心已全是冷汗。多冈一刀劲力极沉，饶是他负了内伤，托他手臂也已耗尽德顺全身之力，但——这一招还是成功让过！

“第二招。”顾卿河又道，抬眼看着德顺，“只需再让一招，我们便可联手。”

绝地之中，唯有这悬于眼前的希望能令德顺鼓起勇气。他喝道：“好！”衣襟一甩，身形微侧比出“秉烛夜游”的起势，这却是赤炎掌中少有的游走闪避招数。多冈怒意勃发，刀光放出一团冷冽幽蓝，向德顺笼罩而下。德顺蹑足而闪，迎头遇见姬兰银光点点的双拳，他全身已经被封得毫无退路，唯有提掌前推，咬牙迎了上去！

他明知灵羽针有毒，却还拼死而上？

电光石火之间，惊诧在姬兰脸上一闪而过。这转瞬即逝的犹豫立即被德顺窥破，他忽变掌，指尖向姬兰手背一戳。辣痛爆起，随之而来的却是姬兰狂潮般的羞恼。

他是故意迎上来的。他——赌的就是自己不会对他下毒手！

——他以为他是谁？

——难道自己真不会对他下毒手？

姬兰眼眸一冷，心中某处似有冰霜层层覆盖上来。她手指一捻，两根银针激射而出，直奔德顺双眼。德顺忙催内力，一掌“芙蓉红泪”拂过，热风拍落银针，可身后却蓦地一痛，正是多冈长刀划过后背，立时热血飞溅。

德顺负痛闷哼，缩身踞地，冷汗颗颗滴落。却见顾卿河一挺身，飞快说出一大套话来：“辽东燕塞刀沉稳厚重，套路不多，却颇实用。

多冈使来杀气飚扬，想是经沙场磨砺，竟将这平常刀法再上层楼，不过，不足为惧！”他转向姬兰，“倒是你的身手费了我不少脑筋。”

众人一时怔住，都呆呆看着他。

——原来他要德顺让招，是要在三招内看出对方的套路根底！

天下门派招数何止千万，他怎会有三招内便识出门派招数的能耐？他究竟是何人？他已如此厉害，而他身后的天罚令又会深邃何如？

姬兰更是吃惊。她瞪着顾卿河，惊惧地看着她绝不愿被提起的三字从他口中说出：“琤瑽韵！”

“八旗宗室女，会的竟是一手齐鲁之地南官戏班子里的功夫，个中缘由真是耐人寻味。”

姬兰面色一变，低喝：“住口！”

“琤瑽韵的功夫果然飘忽难定，一定要让德顺扛了一刀，才换来这价值高昂的三字。”他笑容微露苦涩，又一挑眉，露出昂扬之色，“但我知道了你们的根底，便必胜！汉宫传烛！”

德顺一惊，立时明白是在说给自己，当下想也不想，一招汉宫传烛使出，炽烈掌风扫开姬兰手臂，返身挡在二人之间。多冈长刀尾随而至，只听顾卿河道：“星陈帝子！”

这却是赤炎掌第一重“星灸火”的招数，习武之人都是一心求索高深，对敌时更是招数越高妙越好。可顾卿河却叫出这威力尚小的一招，德顺虽纳闷，也照使不误。

他内息微敛，左手划过胸前，护住胸腹要害，右手平平向外一伸，恰好拍上多冈的刀身。炽热手心触及冰冷金属，竟如此纹丝合缝地制住刀势，二人都觉意外。

顾卿河又连声叫道：“冷烛无烟、朱蜡照水、手扪星辰、芙蓉红泪！”他挣扎坐起凝神识别招数，额上已沁出汗来。

他一开口，便招招可认，简直如开了慧眼一般。德顺信心大涨，浑然忘了背上伤口，披血怒战，招数使得旋风一般。而内息在第一重星炙火与第二重烛灼火之间吞吐切换，也令他且惊且喜——原来赤炎掌竟是可以这样使的！

可这初始的惊喜也渐渐平息，姬兰二人疾风骤雨般攻过来，德顺勉力周旋，终于明白顾卿河使招再精妙，惜乎自己功力有限，仅能抵御，还是难以击败他们二人。认清这一点，他却不慌张，只是全然相信顾卿河，知道他定有办法。

“西窗剪烛！”顾卿河声音微微颤。

德顺依言出左掌，恰好避过姬兰满把银针，一掌拍在多冈肋间，将他击退。恰在此时，顾卿河忽又提高声音：“右腿斜踢，弹腿！”

德顺一怔：这是什么？赤炎掌哪有这两个腿上招数？这斜踢，又踢向哪个角度？但他无暇细想，心一横，向右侧胡乱踢去。

此时多冈退至一旁，姬兰却在德顺前方，这两脚凌空踢出，毫无目的，一时看去古怪至极。姬兰正自喘息，见德顺这样一踢，恰在自己面前空门大开。这转瞬即逝的良机诱惑太大，姬兰迎身而上，银色激电破开黑夜，直向德顺刺去！

多冈瞬间识破这是诡计，大声叫道：“不要！”

几乎就在同时，顾卿河厉声道：“焰起云萝！”

这是赤炎手七式之中的杀招！德顺踢出的右腿已来不及收回，

仓促之间左脚一拧，旋身而下，竟头朝下倒劈出这一掌，激动之下内力一催，竟也真的使出了第三重烈焰火之威!

火焰猎猎爆响，扑的一声向外燎去，眼见便要击中姬兰。多冈目中凶光怒涨，持刀回撩去接这一掌，却听一声尖利刺耳的嗡鸣，正是德顺掌风沿他刀背摩擦而下，重重击在他腹部。多冈口中鲜血狂喷，长刀呛啷一声脱手。

多冈委顿于地，德顺与姬兰对视一眼，都怔住了。

德顺不敢相信自己竟突破了第三重烈焰火，并能将多冈击倒；而姬兰却满心满肺的愤懑——原来他竟真能处心积虑、要一掌击死自己!

她面色骤变，双腕一扭，满把灵羽针就要向他放出。一直围在周围的十余名官兵也不待命令，立时冲了上来。

德顺见状不待顾卿河指点，飞身上前，以“冷烛无烟”锁住她手腕，还未抓紧，却见顾卿河长出一口气，向后倒了下去，胸口虽还起伏，却似只在捯气了。他太过虚弱，方才一路指点更是心力交瘁，德顺见他如此，一时惶急不已。

姬兰冷笑道：“没了他，你能制住我？我当着你的面杀了他，瞧你还有什么能耐！”

二人身边已被官兵团团围住，十数把长刀就顶在德顺背后。他咬牙不语，手上却暗自加力，牢牢锁住姬兰双手，决心死也不放。他面容本是爽朗热情，此时却脸色铁青，目光中再无一丝温柔。这绝情神色令姬兰恨意陡起，手指一弹，灵羽针飞射而出。

德顺偏头避开，便觉手上一松。姬兰已冲向顾卿河，指缝内挟起银光如水，俯身向他扎了下去。

顾卿河突然睁开了眼睛。

姬兰心一沉，差点惊呼出声：莫不是又中计了？手却一刻不停，一把银针蓦地戳入他胸口。恰在同时，亦觉口中一涩，似有异物飞入。

德顺猛扑上来，却见顾卿河与姬兰同时道：你中毒了！”然后二人都不再动。死一般的寂静蔓延而上，仿佛将一切鲜活都干裂成片。

顾卿河脸上泛出奇异颜色，如天青瓷釉般通透冰冷。那是灵羽针上淬的剧毒“碧云天”，中者再无生还之理。而姬兰却面色惨白，颤抖的手抚在雪颈之上。她想要吐出顾卿河弹入自己口中的异物，可每次干呕却只令那东西向下滑更深。咽喉之内刺痒微弱，温柔得如黏着一丝绒毛，却明白昭示它的存在。

“我一直等的便是你来攻我的这一刻。这样，我才能过给你‘相思’之毒。”顾卿河轻声道，“关于我的组织，唯一真实的，便是这‘相思’。这毒如缭绕如丝，它如相思一般，除了那一点点永存于心的刺痒，其他一无所有，但这一点刺痒已足以要你的命。”

姬兰抑制着颤抖，抬起泪眼瞧着他们。

“琤瑽韵向来行事偏激，想必你的‘碧云天’并无解药。我的‘相思’却有。”顾卿河仍是淡淡地，“我已是没救了，只想用这解药换德顺一条命。你放我们走，三日之后，自会有‘相思’的解药送到你手里。”

姬兰咬牙一笑：“我如何信你？”

“你可以不信，不过是大家一同陪我死。”他微微闭上了眼睛。

片刻之后，打麦场上一片寂静。

德顺靠在顾卿河身边，因背伤而吸着冷气。他的泪已干了，心底是一片荒凉。原来这世上的好东西他一样也留不住，他本该就是孤零零一个，一直孤寂至死的……他举起双掌仔细瞧着，就算是突破了赤炎掌第三重又如何？就算是突破了第五重又如何？

若是这样孤独一辈子，天下第一也不过是个笑话。

“她还在那里么？”顾卿河闭着眼睛，轻声开口。

“他们都走了。姬兰……也走了。”德顺暗自苦笑，那个温婉善良的少女从未存在过，就像自己身边慢慢死去的顾卿河一样，原来一切不过是泡影和虚妄。

“不，我是说……我姐姐……”

德顺一怔，还以为他是中毒出现了幻觉。可一种奇怪的感觉驱使他转头四顾，麦海茫茫，在星光下涌动如潮，在远远的麦浪之中，果然有个模糊白影伫立不动。似乎察觉到了德顺的注视，她飞快移动，转瞬便消逝而去，仿佛融入了天际星河。

“她？”德顺甚是疑惑，“她也刚刚走了。”

顾卿河似乎松了口气，道：“那就好。”

“她为何会在这里？而且——她既是你姐姐，为何不出手救咱们？”

“她不会救‘咱们’。她拼着冒犯门规，只能保我不死。”顾卿河望着天际，眼中全是星河倒影，“你若败了，她才会出手救我。”他转头看着德顺，微微一笑，“也即是说，方才你搏命拼杀，其实是为你自己。”

德顺一惊，不解其中的缘故，只听他接着道：“可我却也不能让你死。”

他话音淡淡，德顺立时明白过来，心中一暖。

天罚令门规严酷，顾卿河与自己交往过密已引来杀身之祸，夏烟自然不会再出手救自己。而顾卿河却明知有夏烟在场，也要与自己联手拼死一搏，不肯放弃自己召唤强援，亦不惜身中剧毒。

德顺一时哽住，情义若太过深重，反无话可说。

“背我起来，咱们走。”他说得毫不客气，可这满不在乎的语气却令德顺又惊又喜。德顺瞪眼看着他，眼中全是难以置信的喜悦。

“走？难道……你好了？”德顺忽地欢声大叫，一把提起他，“你还是在骗人，是不是？你根本没有被废掉武功，也没有中毒，是不是！你都是在骗人！”他用力乱晃，顾卿河想说什么，可张了张嘴，却只是喷出一口血。

德顺吃惊放手，手足无措。

“你这傻子……”他奄奄一息，“若不赶快上路找大夫，我定会死在你手里，这次我可不会骗人……”

尾声

云荫堂内蝉声噪杂。

郡主坐在紫檀三屏背大椅上，神色苍白。

对面的中年女子收起脉枕，皱眉道："郡主脉息正常、呼吸匀停，眼白、舌苔无征可查，脏腑亦无中毒之像。"

"都说'草木枯'木清秋精研天下百毒，你怎会瞧不出郡主身中何毒？"多冈语音嘶哑。他内伤极重，回府后却还是硬撑着不肯离去。

木清秋微微摇头："惭愧，我不识得。这'相思'的毒名，我也从未听说。"

相思二字一出，姬兰心里蓦地闪过德顺全无心机的笑脸，伴着顾卿河那句蚀骨之言：这毒如缭绕如丝，它如相思一般，除了那一点点永存于心的刺痒，其他一无所有，但这一点刺痒已足以要你的命！

不错，那刺痒就在喉间时刻提醒，提醒的不是相思，却是她的妇人之仁和自作多情！

她脸上满是羞愤之色，昂然抬头吩咐道："我不等解药了，让韩宿、杨九、乌铁关三人出发，去追他们！"堂外有人应声而去。

多冈猛地抬头："郡主万万不可！郡主千金之体，那人狡诈非常，若激怒了他……”

“住口！再多言……方才不如连你一遭杀了！”与二人同去石桥村的十余名官兵在回来路上都已被姬兰所杀，为泄愤，也因为他们听见了“琤瑽韵”三字。多冈知道姬兰说得出做得到，便强忍不语。

堂外忽有侍卫快步跑入，在廊下禀报：“禀郡主，王府门外发现此物！”他双手上举，捧着一个小小的木头盒子。

众人都是一惊。姬兰刚要上前，却又停住脚步，望向多冈。多冈劈手夺过，打开简陋的木盖，三人向里看去，里面竟是空的。

姬兰面色一白，却见盒子微颤，角落里滚出一颗极小的种子。

——那是麦芒。

原来顾卿河所说的毒药“相思”，竟是一粒挂在她咽喉之中的麦芒！姬兰眼前微眩，只觉四面蝉声鼎沸如海，皆如讥讽嘲笑，向着她直压下来。

第三章

荒村晨

晨光照耀之下，程墨前襟散落，
乱发飘飞，慢慢抬起双眼。
众人吃惊地看着他，
仿佛看着泥土之中一株新笋拔节而起，
每一寸都是傲然现于天地的崭新模样。

神医

道路越走越荒僻，大路变成小路，小路变成小径，最后，小径彻底消失于灌木和蒿草之中。这场雨也来添乱，全无夏日的爽烈，竟缠绵悱恻地下了整整两天，如同天际挂上的一块灰暗幕布，无边无垠，遮得人心头发堵。

而这些居然还不是最糟的。

当马车猛地一歪，差点翻倒之时，德顺愤恨地大叫一声，明白自己还是把马车赶进了泥坑。

他摔下鞭子，掀开湿淋淋的蓑笠，转头去看车厢之内。顾卿河正趴在角落里。他重伤之后又中剧毒，几乎连翻身之力也没有，马车一歪，他也像个面口袋一般被抛起来，摔得七荤八素。

“你怎样？”德顺问。

顾卿河哼了一声，表示他还活着。

德顺跳下车，赤脚站在雨里，皱眉看着那个泥水翻花的大坑。拉车的青马老弱无力，走上大半日便四蹄发抖。这辆车更是残破不堪，一路走来咯吱作响，此时一陷入泥坑，车辕便扭曲了，整个车轮都没入泥水，眼看着车厢也渐渐歪倒过来。

大雨无休无止地浇在身上，德顺跳进泥坑咬牙去扛车厢，努力半晌，却只是扯开了后背的伤口，痛得他双眼发黑。再定睛一瞧，车轴也裂了。

德顺狼狈地喘息半晌，敲敲车厢道：“车坏了。”

雨声簌簌，顾卿河的声音弱不可闻。德顺没听清，凑到车窗边问道：“啊？”

“我说你太笨！”

德顺怒道：“我笨？难道天下就你聪明？再胡扯就把你丢进野地去，再也不管！”

顾卿河半晌不语，想来是无力说话。德顺也不好再骂他，只去把老青马从车辕上解下，手里扯着缰绳套具，心里焦躁无比。

顾卿河说的那个神医，就住在这片山里，但他们入山已足足走了两日，翻过一座山又是一座。华北山地虽无极高山峰，但这连绵无际的丘陵，简直不知何日能走到头。顾卿河口中的“碧云天”之毒本是中者立死，能活到今日已属意外。德顺虽然还像往常一般与他拌嘴，但瞧着他肤色一日比一日发青，话越来越少，已急得满嘴燎泡。

老青马艰难地踩着泥水，被牵到车厢旁，德顺半扶半抱地将顾卿河弄上马。惨白雨帘之下，顾卿河的脸青郁郁地全无人色，德顺心中一紧——也不知他还能不能经得起马背颠簸。

可若要继续前行，只能如此。

没有马鞍，德顺撕了几条布带，再加套索，将顾卿河松松拢在马背上。顾卿河全无力气，听凭德顺处置，脸庞很快被打湿，雨水沿着他湿漉漉的一缕头发直流下去。

鼻腔忽地一阵发涩，德顺将自己的蓑笠盖在他头上，遮住他的脸。德顺不愿看见这个家伙的垂死之态，在德顺心目中，顾卿河的印象永远是鹰隼一般仗剑跃出风雪，而不是趴在老马背上奄奄一息。

他手执马缰，吆喝一声向前走去，擦了把脸，不知那是雨还是泪。

泥泞执拗地吸住人的脚，每迈一步都要花极大力气。老青马的四蹄在泥水窝里不停打滑，几次都差点把顾卿河摔下去。德顺又拉又打，终于让这匹老马攀上了山。

他站在山顶四面张望，只见微黑的雨云在阴沉沉天际流逝翻滚，远山近野都在雨中现出寂寥之色。天地空阔荒莽，唯有漫漫雨水充塞，仿佛世上除了他二人之外再无人迹，而他们手中所握，亦不过是两段渺小而无着落的人生。

德顺从未恐惧过。

从关外至京师，他也曾数次身临绝境，却从未如此时此刻一般，寒战一直从内心深处打出来。他转头去看全无知觉的顾卿河，心中有个极可怕的念头：若是他死了。

似有一柄重锤轰地击中心底，整个世界都是空洞无垠的回声。若是他死了，世界上只余自己，微末自身何以承载这磅礴的寂寞？

他不敢再想下去，正要催马下山，忽见前方山坳之中似有烟气散出。他定睛一看，那袅袅烟气来自于一片树林后，并非雨云——那应该是炊烟！

德顺心中一振：终于到了义川村！

顾卿河说的那个神医程墨，就住在那里。他一拉缰绳，赶着疲累不堪的老马，一步一滑向山下走去。

俗话说望山跑死马，那一抹炊烟看似不远，可好不容易下了山，才发现隔着一片宽阔林地。德顺又走了大半天，这才看见村庄的轮廓。那竟是一片不小的村子，铺满整个山坳，想必人口颇多。偶有一两声鸡鸣犬吠传来，在连绵阴雨之中送来一丝人世之暖。

几日的跋涉至此终于松了口气，德顺快步走入村中，想找人打听程墨住处。不想这村子远看虽大，入内才发现房舍大多残破，更有许多房子已塌了架，只余残垣断壁。四处荒草蔓生，不时扑棱棱一声飞起野鸟儿来。

前方一阵乱响，却是一个泥猴般的小孩噗通跳下矮墙，一双赤脚踩得泥水四溅，噼里啪啦跑向村里。德顺一怔，叫道："喂，等等！请问……"

那小孩并不理他，只是拔足猛跑，口里高声叫着："快来快来，葫芦婶打架啦！"话音未落，也不知从何处噌噌地冒出四五个小孩，都是全身泥水，向前跑去。

这些村野孩子个个都面黄肌瘦、衣衫不整，有的甚至裸着身体，最小的一个走路还不稳当，连滚了几个跟头，摔得满头满脸的泥，爬起身还是兴冲冲地向村内跑。

既是吵架，想来就有人围观，可以打听神医程墨的住处，德顺便牵着马跟了过去。走了几步，果然听见隐约的喊叫。德顺绕过几堵矮墙，吵闹声忽地提高，只听一个凌厉嗓门一迭声叫着："你赔你赔你赔——"刺耳尖锐如铁铲摩擦锅底。

眼前是几根歪扭篱笆围起的一间简陋茅屋，屋顶茅草霉变发黑，门窗也没有，房子只是黑洞洞地张着大嘴。院内泥泞肮脏，有一男一女和一头死猪。

那男人身形瘦削，满面病晦之色，身上挂着一条脏皮围裙，蓬乱头发被雨水浇得甚是狼狈。一个胖大妇人正站在他对面叉腰大骂，嗓门洪亮。

“你这黑心短命的鸟汉子，你的劁刀子没准头，怎不劁了自己，倒把我的猪治死了！”

这想必就是葫芦婶。那群孩子听她骂得带劲，嘻嘻哈哈笑成一团，转头去看男人如何还嘴。

不想那男人却一言不发，只垂头在雨水里站着。

葫芦婶见状愈发生气，叫道：“贼没廉耻的货，自己手艺不行，反赖我的猪有病！我家三花儿能吃能喝长得肥壮，哪里有病，倒是你汗邪了发瘟！赔钱！你要不赔，我就撅了你的劁刀子，掀了你的狗窝！”

男人讷讷半晌，挤出一句：“我……没钱。”

围观的孩子唯恐天下不乱，见他一副窝囊模样，竟还要赖不赔，一起放声乱嚷。一个骑在墙垛上的孩子高声叫道:“穷光光，酒三斗，劁了猪，养家狗！”

那些孩子听了都跟着唱起来，一时靡靡阴雨中全是朗朗童声，凄苦气氛里掺进些滑稽，旁边的几个大人脸上也露出讥笑来。

吵闹声如同助威，葫芦婶杀气腾腾，上前一把推开那男人，口中骂道：“没钱？整日灌黄汤还说没钱？”她大步冲进破草房，只听一阵掀锅揭瓦的乒乓声从屋内传来，板凳和粗盆破碗不停从门洞内飞出。

想来屋内真的没翻出值钱之物，葫芦婶片刻便走出来，口中兀自辱骂，一双小眼只在院中打量。忽见房后破棚子之内拴着一头健驴，眼中一亮跑了过去。

见她竟要牵走男人的驴来抵账，孩子们立时起哄大叫。葫芦婶还未走近，便见棚内茅草堆里站出一条黄狗。那狗又老又瘦，身上生着癞痢，还跛着一条后腿，可眼光却锐利一闪，爆出瘆人的青白色。

葫芦婶吃了一惊，只怕它会扑上来咬人，却听男人在身后道："那叫驴……不是我的。是别人送来骗的……"

他话音懦懦，立时补足了葫芦婶的勇气。"还有人敢让你干活？是不是钱多烧得屁股生了疔子，坐不住？"她大步上前去牵叫驴，黄狗威胁地呲牙伏低身子，眼睛却先探寻地向男人一瞥。男人颓然低头，黄狗见状似有些惶惑，慢慢缩身退进草棚之内。

"治死了我的猪，就拿你的驴抵债！"葫芦婶牵驴便走，"大伙都瞧见了，这夯货没拦我，让我牵驴，可不是我欺负他！"

她一手牵驴一手拖着死猪后腿，骂骂咧咧大步离去。一众小孩跟在她身后跳闹嬉笑，一路还唱着"穷光光"的歌谣。

德顺见闲看的几个村民也要走，忙拦住一个干瘦老头，问道："叨扰大叔了。请问，神医程墨住在哪里？"

"神医？"那老头翻翻眼皮，爱理不理，"什么神医？不知道！"

"这里难道不是义川村么？"

老头哼了一声：“是又怎样？哪有什么神医！”说着一甩手径自离去。

四下的人一时都散了，只有雨水淋漓，打在地上泥坑里泛起涟漪。院中那男人独自呆了半晌，弯腰去拾葫芦婶扔在地上的杂物，一件一件，动作缓慢，瞧着令人心酸。

德顺迟疑片刻，向他问道：“请问，你知道神医程墨住在何处么？”

男人仿佛没听见，转身便要进屋。马背上趴着的顾卿河这时哼了一声，低低道：“江湖上都说大顺事败，‘冰卓白枪’程墨挂枪归隐。万万想不到……他隐居的竟不是云水幽深的佳处，反是这烂泥荒村，还受尽无知鄙氓的欺辱戏弄！”

他声音低弱嘶哑，说出的话却令那男人身体一颤，肩背愈发驼了。男人停了一停，似要转过身来，可最终还是抱着手中的东西进了茅屋，没理他们。

德顺疑惑瞧向顾卿河，可他却无力对德顺解释太多，只低声道：“咱们到了。”

逃人

茅屋内极狭小，散发着酒气与霉味。

房内简陋，本就没什么家什，却也被葫芦婶砸得乱七八糟。德顺扶正床椅，不客气地将顾卿河放在唯一的床上，又找来几只破碗放在床脚，接屋顶漏的雨水。

程墨对德顺的举动视若无睹，仿佛这屋子不是他的家。他缩身坐在门口，不知从何处翻出一只酒壶，看着门外淋漓阴雨，不时灌上一口。

这邋遢酒鬼分明是个兽医，更连劁猪手艺都极为可疑，哪里像神医？又怎会有什么“冰卓白枪”的威风名号？

若在从前，德顺定会认为顾卿河搞错了。可二人相处日久，德顺知道他总有超常之举，便也一心认定这男人就是神医。德顺掏出身上所有的钱堆在桌上，恭敬说道：“我二人慕名而来，请程神医救我兄弟一命！”

碎银子混着制钱，虽不算巨款，却也是不小的一堆。程墨境况如此凄凉，这些钱对他该是极大诱惑。可他并未转头，又喝了一口酒，半晌才哑声道：“你们认错了人。”

“他说你是，你便是！”德顺大声道，“请你帮帮我们！他被废了武功，又中剧毒，实在没有别的法子……”德顺生平从未哀求过别人，此时一开口，便觉酸涩窘迫。他涨红了脸，声音也微微颤抖，对程墨作了一揖。

程墨仿佛没听见，浑浊双眼只望着门外烂泥地。德顺大急，想起一路的艰辛担忧，简直就要双膝一软跪下哀求。忽见门外影子一闪，却是方才那黄狗钻进屋里，围着德顺和顾卿河嗅了嗅，又将鼻子伸进德顺的包裹。

包裹里有几块干粮，已被雨水浸湿。德顺打开包裹，将干粮分给它。它瞧瞧德顺，又转头去瞧程墨，发出低微呜咽。

它皮毛尽湿，瘦得肋骨历历可数，显然已饿得不行。此时有人给吃的，它却先要求得主人应许。程墨见状也是一怔，半晌才弱不可闻地叹息一声，点了点头。

黄狗立时跑上前，小心翼翼从德顺手中衔过干粮，吃得嗷呜有声。房内一时静默，三人都看着它大嚼，一股凄凉之意渐渐泛起。

程墨猛灌了一大口酒，似是鼓足勇气道："抱歉，我已没有能力治病了。"

德顺惊道："为何？"

"程墨已死。死人是不会治病的。"

"你哪里死了？不是活得好好的么？"德顺纳闷。

程墨垂头不语。

德顺刚要再说，却听门外有人高声叫道："丢了我的驴？是不是活得不耐烦了？"话音未落，便见一个长大汉子冲进院内，一脚踢飞一只板凳，大叫："程劁刀子，你给我滚出来！"

程墨无奈站起，走出门外对他道："你那头驴……"

他话还没说完，大汉便踏步上前，一拳捣在他心窝里，将他打了个趔趄。

"你奶奶的，敢拿我的东西赔别人？"大汉口中怒骂，踏步上前揪住他便向外扯。程墨毫不反抗，一跤被推倒在泥水里。

院外喧闹再起，那些孩子不知从何处又钻了出来，与一些村中闲汉堵在篱笆外看戏。又有小孩拍掌唱道："穷光光，酒三斗，劁了猪，养家狗！”哄笑再起，众人都乐不可支瞧着程墨在泥里打滚。

——这村中人怎么专以欺人为乐？还专门欺负一个人？

德顺实在看不下去，冲出屋子叫道：“住手！”

大汉正要上前去踩程墨，听见德顺大喊，收脚已来不及。忽觉膝上一热，接着便是剧痛，整个人歪歪扭扭摔向一旁，好不容易才站稳。正是德顺一掌拍在他腿上，将他推了出去。

他又惊又怒，瞪眼看着德顺，见他只是一个面色苍白的外乡少年，便一捋袖子骂道：“哪里跑出来的野小子？也不打听打听，义川村方圆百里，谁敢动我胡皮一根指头，我打折了他的腿！”

德顺怒道：“你别欺负人！”

胡皮挥拳扑来，德顺闪身避过，不想与他纠缠。胡皮本就是个村野泼皮，平日不少打架，极为奸猾。见德顺似是有些身手，他抄起篱笆上搭着的一根杠子，狠命向德顺砸来。德顺见他下手如此之重，一掌砍在他腋下。这一掌使了三分内力，胡皮只觉胳膊底下似夹了团火炭，哀叫一声丢了杠子，蹲在地上嚎叫起来。

想不到素日总挨欺负的程刀子竟有了打架的帮手，院外看热闹的村民一时都看呆了，连小孩们也忘了唱那骂人的童谣。

德顺扶起程墨，转头对他们喝道：“别看了，有什么好看！都走都走，别围在这里。”他虽年轻，眼神却颇有威慑之意，众村民见状不敢说什么，都要抬脚散去。

不想地上的胡皮忽然惨声叫道：“没王法啊！抢了驴还打人！没天理啊！”说着爬过院中泥地，捡起杠子来。

德顺一怔，只当他还要反抗，却见胡皮双手举起那根粗大木棍，咬牙向自己的天灵盖砸了下来！

砰的一声闷响，听得人心一颤。一股鲜血沿着胡皮刮得光光的额头奔流而下。胡皮伸手在脸上一抹，将血抹得满头满脸都是，嘶声大叫："没天理啊！老天爷不开眼，就让老实人挨欺负啊！我的大叫驴，就这样白白的没有了！程劁刀子，你可好狠的心啊！"

他嗓门高亢，口口声声哭着驴，声音也真如叫驴一般。德顺从前也见过市井混混，却从未见过如此刁顽耍赖的，一时被他闹得怔住了。

村民们一瞧又有高潮发生，立时都不走了，站在院外瞧着。德顺毕竟年少，手足无措地去看程墨，只见他乱发之下面色木然，双拳微颤，仍是死死垂着头。

眼见胡皮头上流的血越来越多，染得地上黄泥窝里的水都红了。德顺一跺脚，跑进草棚牵出那匹老青马，把缰绳丢给他："这匹马赔给你！"

胡皮从满脸血中睁眼瞧了瞧那老马，蹬腿大叫道："我的大叫驴啊，才两岁口，精壮得很！千里马也不换的大叫驴啊！"

雨水哗哗不止，浇得德顺心中焦躁不已。他也算在江湖上见过些场面，此时却被这泼皮气得手足冰凉，恨不得一掌毙了他。可转头瞧着懦弱不语的程墨，知道若不解决这个麻烦，便没有给顾卿河治病的清净日子。他强捺怒火，转身进屋拿出桌上的银两，向胡皮身上一扔，冷冷道："再多就没了。你快滚。"

胡皮立时住嘴，从地上泥水中拾起银钱，绷紧面皮不想露出得意之色——赔偿如此丰厚，倒是他没想到的。

他飞快起身，牵着马离开。刚走出院子，便与一个喘吁吁赶来的中年矮子撞了个满怀。那矮子打着一把油纸伞，一见胡皮满脸的血，吓得一怔，口中道："小皮子你这搞的什么鬼？"

胡皮嘿嘿一笑："刘四叔，甲长大人好啊！"说着假惺惺摆出作揖架势。

原来这矮子便是甲长刘四。刘四皱眉瞪了他一眼，又转头瞧瞧程墨，对胡皮道："你又惹什么祸？方才有人去告诉我，说你跟这儿又闹起来了？"

"什么惹祸？谁惹祸？我来找程劁刀子有事，现在事情办完，就家去了！"说着牵马便跑。这泥泞村路，也亏他跑得极快。

刘四举着伞，小心翼翼走进院中打量一番，瞧了瞧德顺，问程墨："这位小哥……是你的亲戚还是朋友？"

程墨没说话，只是摇摇头。

刘四一双三角眼紧紧盯着德顺，瞧得他身上一阵不自在。"小哥从哪里来啊？"

德顺不喜欢他的探寻目光，说了句："从京师来。"转身便进了屋子。

刘四站在门口向屋内探头张望，见床上还躺着一个道士，又问道："来义川村何事？"

"治病。"

"找劁猪匠治病？"刘四嘻嘻笑着，对院外众人促狭挤眼。众村民会意，也都笑了。

刘四颇为自己的幽默得意，对程墨笑道："既然不是亲戚也不是朋友，那就对不住，还是请他们走罢。倒不是咱义川村不肯留客，只是官府'逃人法'说得明明白白，缉捕逃人，惩罚窝主！咱们乡里乡亲，谁也不想闹出这种事儿来，对不对？"

程墨闷声不语。

德顺在屋内听见，怒道："我们不是逃人！"

逃人是清廷旗下奴隶，多是战后掠夺的汉族百姓，或是因清廷"投充"之策而土地被夺的农民。旗下生活严苛，几乎令人无法忍受，多有人不堪虐待而南逃。督捕衙门缉捕逃人的同时，也严惩窝主，若有敢藏匿逃人者，本犯处死，家产没收，邻里、甲长、乡约，各鞭打一百，流徙边地。

隔着窗子，只听刘四干笑道："这位小哥可别生气。我倒不是说你是逃人。只是身为甲长，便要为一地百姓操心。逃人法惩治窝主可比惩治逃人狠得多，轮到谁身上谁不怕？咱们义川村日子过得太太平平，谁也不愿意莫名其妙挨上这么一个泼天之祸，你说是不是？"又问院外看热闹众人，"你们说是不是？"

众村民稀落答道："是啊是啊。"有年长者便讲起几十里外邻村一起逃人案，又有人说起哪里圈了多少地，又说剃发时屠了多少人。众声议议，皆是心惊胆战之言。那群小孩却不懂什么逃人法，见气氛活跃，便一叠声地唱起"穷光光"来。

一时迷离雨中全是村民们的议论与高唱，竟都逼二人离开。德顺怒火盈胸，气得全身发抖，只觉义川村是生平所见最丑恶之地。转头去瞧顾卿河，只见他闭着眼睛似在昏睡，心中不由庆幸：

还好他不会听见这些龌龊之言。

却听刘四笑道："程刀子，他们是在你屋里。走不走，还得你说话。"

程墨沉默片刻。慢慢站起身，隔着窗洞说道："那么……请二位走罢……"他仍是垂着头，双肩紧缩。那动作是全然的畏缩，就像马上要有极重的一拳打在他身上一般。

村民们纷纷点头称是，对他极为满意。刘四也干笑了几声。

脚下传来嘤嘤数声。那黄狗极通人性，走过来蹭德顺的腿，似是歉意哀怨。想不到村中唯一的挽留之意竟来自这癞皮狗，德顺苦笑着拍拍它的头，俯身背起顾卿河，将破蓑衣披在背后。

他迈出茅屋走入淋漓雨水，走过那些或麻木、或敌视、或混沌、或窃喜、或轻蔑的眼神。在这些穷苦肮脏的村民之中，他心中满满的愤懑竟化成了如鲠在喉的怜悯。他怜悯这些人，因为他们似乎从未真正活过。

烧刀子

"我瞧不起你们！"

"逞强凌弱、麻木懦弱、见死不救！还叫义川村——白糟蹋了义字！"德顺走出十余步，终于忍不住愤声大叫，"什么神医？

医者都有悬壶济世之心，你连自己都济不了，又算什么神医？”

见德顺竟骂起来了，村中人顽愚的面孔渐渐现出怒色，那群小孩更是捡起石头泥块扔来。德顺躲闪不及，只听扑扑几声，都挨在顾卿河身上。他无奈只得快步离开，出了村，沿着山路一直向前。

天色越发阴沉，就要黑下来了。大雨连绵而下，天地间竟似无一可避之地。德顺的马匹和盘缠都给了程墨付账，此时身无分文，只能背着顾卿河狼狈前行。

背后的顾卿河咳嗽几声，道：“这下真的没法子了……”

他平日机变百出，再危难的状况都能想办法化解，此时一说这话，德顺不由心中难过。他粗声斥道：“少胡扯！有我在，总会想出办法，咱们这就去下个镇子找大夫！若还是不成，就回京师去。京师总会有名医！”

“还敢回京师？不怕你的姬兰姑娘剐了你……”

姬兰脉脉眼神在心底流过，所经之处灼痛不已。若不是她，他们二人又怎会落到如此地步？德顺沉默片刻，道：“别说话了！省省力气罢！”

夜雨潇潇，山路泥泞，德顺一步一滑攀山而上，虽有蓑衣遮雨，还是浇得全身透湿，冷得发抖。前方树林内有一片黑黢黢的影子，德顺仔细一瞧，竟是一个小小的山神庙。乡间土庙建得简陋，不过是砖石砌起半人高的一间小房，但德顺还是极为高兴，走过去俯身一瞧，若是能将山神泥像搬出来，他们两个人倒都可以入内坐着，不管如何，先熬过这场雨再说。

他四处打量，想找一块干爽之处放下顾卿河，却听身后一声微弱犬吠，一个影子钻出树丛，竟是那条黄狗。它见到德顺极为欣喜，尾巴乱摇，鼻子拱他衣襟。

德顺摸它问道："你怎么来了？"

黄狗转头向树丛里叫了几声，不多时，便见树丛一分，程墨露出半个身子。他眼神躲闪，并不走近，举起酒壶喝了一口，用手背抹了把嘴，说道："你们……跟我来……"

德顺讨厌他懦弱潦倒之态，更恨他这样大雨天还赶自己出门，一时没动。那黄狗却咬住德顺裤腿，拽了一拽。德顺立足不稳，只好跟着它走上去。

程墨已有醉态，步伐踉跄，不是朝义川村方向，却走向山顶。山上草木丰茂，脚下渐渐没有泥水绊脚，雨水冲洗树木清新干净，枝叶泛出湿润亮光，宛如星眼。

走了许久，前方出现一片平坦如砥的石崖，石崖之下是一片灰蒙蒙的云雾，也不知有多高。一面巨大石壁挺立着，上面爬满藤蔓。程墨走到石壁前，只听吱呀一声，竟打开一道门。

德顺这才看出那是一间简单的窝棚，是用许多根虎口粗的长木杆搭在石壁上建成，因被草木藤蔓覆盖，几乎看不出原貌。他跟了进去，见里面颇为整洁干爽，一床一凳一灶，墙上挂着柴刀草耙数件农具，角落里堆着许多空酒壶。想必这是他上山干活的暂歇之处。

程墨扫了扫板床，示意德顺将顾卿河放下。他从怀中掏出火镰，想点燃火灶，可火绒已湿，打了几下都没点着。

德顺见状拿过火绒，催起一点内力，在掌心烘烤。程墨默默瞧着，一言不发。

木柴燃起，温暖光芒照亮了窝棚。程墨以手遮光，似乎对面貌暴露于人前而觉自惭。他哑声道：“你们今夜住在这里。”说着话，便有酒气扑面。他说罢转身要走，德顺忙叫道：“你不帮我们么？”

程墨摇头道：“我救不了他。”

“可是，他说你是神医，肯定有办法的！”

“他说我是，我便是么？”程墨话中有一丝苦涩与讥诮。

“不错，他说你是，你便是！”

德顺话中的执拗令程墨一怔，他站在黑暗之中转头斜睨，火光映着他半张面孔，刹那之间竟灿然金红，华丽如工笔勾描。可这一瞬似是幻象，他又仰头喝酒，恢复了一张胡子拉碴的邋遢容貌。德顺眨眨眼，只当自己眼花了。

“少年意气，当真是……”他话中带着微醺，“总觉一切都在手中，什么都可把握……”他轻笑，抬头喝酒。

“事在人为，为何不能把握？”顾卿河微弱声音传来。

程墨瞧他一眼，便垂头摇晃酒瓶，并无意辩驳。

德顺急道：“你就帮帮我们好不好？他的毒已经……”

他说不下去了。谁都瞧得出，顾卿河脸上青绿之色被火光一映，现出可怕的棕褐，显然是毒性已深，再不能耽搁。

“不是我不帮忙，他中的是‘碧云天’，驱毒要以内力施针，而我……”程墨颓然低头，注视自己微微颤抖的双手——那正是积年酗酒而致，“多年前便散功，内力已失，手亦不稳！”

德顺大失所望，挣扎问道："那怎么办？"

程墨不语，窝棚内一片安静，只有木柴烧得噼啪作响。黄狗卧在黑暗里，眼睛幽绿闪光。

半晌，顾卿河忽地一笑，道："德顺，你帮我……起来。"

德顺不知他要做什么，忙扶他倚靠在墙上。他对程墨虚弱笑道："既救无可救，总不能这样愁惨赴死。余生时间每刻都如黄金，自不能白白浪费——程将军的酒可否分给在下一些？"

德顺与程墨都怔了怔。一丝感慨慢慢从程墨眼中浮现，他俯身从角落里拎起一个酒坛。他这窝棚里倒真有存酒。

"乡野无佳酿，只有二十里坊的烧刀子。"他将酒坛向板床上一放，嘴角噙着冰冷的自嘲。

"孤闷焚心，以刀破之。烧刀子正是此情此地的佳酿！"顾卿河笑道。

程墨闻言似有所感，点了点头。德顺心中激郁，见顾卿河竟要喝死别之酒，不觉眼中一涩，却也说不出话。窝棚之外雨声哗然，窝棚内三只粗陶大碗摆在桌上，三人默默看着烈酒淋漓倒满。

顾卿河双手捧起酒碗，因虚弱而碗沿微颤。他对德顺与程墨道："临别之前，能有二位陪我一醉，实是死而无憾！"他转向程墨，"程将军以一杆白枪，随闯王旌旗所指而名震天下，孤身直取敌酋，是阵前十荡十决的勇将；更兼回春之术，宛如扁鹊在世，慈心妙手曾医闯王战伤。顾某能与程将军共饮，实是三生有幸！"

程墨听他说起自己过去，脸上木木地并无表情。顾卿河也不待他回答，举碗痛饮而干，村野烈酒辛辣无比，呛得他咳嗽不止，他将碗底亮给程墨，笑道：“先干为敬！”

凄凉笑意在程墨眼底泛起，他也不抬头，单手捉碗一吸而尽，蓦地将碗一顿，脸上似有火焰烧了起来。

顾卿河抓过酒坛，再为自己倒了一碗，唤道：“德顺。”

德顺一惊，张口结舌地看着他。

“你我二人天南地北萍水相逢，却相知如旧。正因深知背后有彼此照拂，才敢不惜性命放手一搏，硬闯生死难关！同袍之义莫不敢忘，今生纵不能同闯江湖，但求来世也做兄弟！”

顾卿河平素总是一副倦倦模样，此时的壮怀激烈倒是从未见过的。德顺听得热泪盈眶，抖着手端起碗，也不等他，自己先一仰脖子，把一大碗酒都干了。一股火线直烧而下，直通腹底，醺然热力轰地爆发，脑子里一时都烧得糊里糊涂。

“同袍之义……同袍之义……”程墨口中喃喃念着，双目紧闭，一丝浊泪沿着眼角滑落。他仰头又将一碗酒灌了下去，哑声叫道：“好！痛快！”

酒酣火暖，窝棚里舒适如春，三人都忘了外面淋漓冷雨，再斟再饮，醺醺酒气弥散而开。德顺酒量不佳，一碗下去就已头晕脑胀，可顾卿河与程墨却是海量，德顺拼命相陪，也不知灌了几碗，神智已全然糊涂了。

虽醉了，心中的怆然却愈发浓烈。这感觉本是因顾卿河不治而起，酩酊之后却已忘了起因，只有越来越深重的悲伤绝望。想起关外群雄惨死，自己无家可归颠沛流离，师父慈严之态、师兄们言行笑貌、大师兄可悲可鄙的结局、姬兰柔婉笑意……酒入愁肠全作悲痛之泪，德顺五内俱焚，一摔酒碗痛哭起来。

耳边听见有人低声唱歌：

“万人以心兮，泰山可撼……”

却是顾卿河低声哼起一首歌来。这本是前朝戚家军中传唱的战歌，相传为戚继光所做。程墨听了全身一震，手掌不自觉地微微拍着酒坛，附和顾卿河的曲调，渐渐地亦高声放歌，眼中泪水闪动：

“惟忠与义兮，气冲斗牛。

主将亲我兮，胜如父母。

干犯军令兮，身不自由。

号令明兮，赏罚信，

赴水火兮，敢迟留？”

——赴水火兮，敢迟留？

程墨散发昂头击节而歌，面容如镌，眼神似刀。原来这才是“冰卓白枪”的真容……德顺靠在火灶边茫然想着，只觉眼皮越来越沉，可就在失去意识的一霎，他看见顾卿河可怖的脸色。他的身上的青气竟在慢慢收缩，以肉眼可见的速度缩入血管，皮肤变得惨白，可血管却脉生如绿蚓，在皮肤之下蜿蜒爬行！

他的毒发作了！

酒意一瞬间冰消雪融，德顺猛地挺身而起，却见顾卿河手中的酒碗落地粉碎，他的歌声也猝然中止。

针石

德顺飞身上前托住顾卿河，只觉自己的腿都软了。他对程墨嘶叫一声：“程神医！”三字一出便是死寂。他一声喊哑了嗓子，再发不出声音。

程墨大惊失色，方才醉酒高歌的清朗神情消失无踪，又变回了邋遢模样。他像见了鬼怪一般踉跄后退，竟忽地拔脚冲出了窝棚。

窝棚木门拍打着外面的凄风冷雨，黄狗也起身跟了出去。顾卿河看着漆黑门外，低声喘息道：“以命相激……我也只能做到如此了……纵不能唤回‘冰卓白枪’，能唤回他医术也好。能不能奏效，就看天意……”

原来他是故意引发“碧云天”之毒，激程墨施治！程墨看起来已彻底是个废人，怎么可能一激之下变回神医？顾卿河这次只怕真把自己的命给玩丢了！

顾卿河说完这几句便昏死过去。德顺心急如焚，刚要起身出去找程墨，却见门口影子一闪，是那黄狗先回来了。在它身后，程墨手扶门框站着，被雨水打湿的脸上一副欲进不进的畏缩模样。德顺死死盯着他，目光里用上了全部的力量，仿佛目光可以点燃这根湿透之柴、锻打这柄生锈之剑、唤醒这个心死之人。

短短一刻显得极为漫长，程墨终于不堪承受德顺的目光，一横心进了门。

“何苦这样逼我？”他话音嘶哑尖细，几乎不似人声，“好，反正他怎么都是死，我就为你试一试。”

程墨深吸一口气，走到窝棚角落翻出一个小小的布包，布包里是一盒银闪闪的九针。

他双手颤抖，在盒内拨了一拨，可手指竟粗苯得如同木棍，连一根针也拈不起来。抓了半天，他才勉强拿起一根针，在灶上过火，对德顺道：“脱掉他的外衣，露出脊背来。”

德顺褪去顾卿河的道袍，露出一大片发青的脊背。程墨认穴也似乎有些犹豫，深吸了一口气，才缓缓伸出微颤的手指按在他背上，确定施针之处。

“碧云天之毒本是中者立死，他能多活这几日，是因为被封住了风池。”程墨哑声道，“血脉气息迟滞，大大减缓毒性发作——这样重手法废武功我还是第一次见到。方才他一饮烈酒，血液疏通活络，猛地催发了毒性。”他将针沿着顾卿河身上经脉一一扎下去。德顺还担心他会扎错，见他下手颇准，不由松了口气。

随着银针一根根准确扎入，程墨似乎也渐渐驱除了心中的恐惧。他手指轻捻，又插入一根银针：“其实……在从前，我是可以解开碧云天之毒的。这毒是琤瑽韵的秘制，琤瑽韵班主曾与我有数日相处之缘……”他眼神微散，似乎想起从前某日；但马上凝神，专注于手中银针，“那时琤瑽韵还未被清廷绞杀，那时……清军还未入关。”

清军还未入关，那正是大顺意气风发之时吧？揭竿而起，风卷残云般直入京师，硬是掀翻前朝数百年社稷，逼得明帝自尽而亡……德顺看见他眼中光芒微闪，那也该是他人生最得意的一段日子。

“鼎湖当日弃人间，破敌收京下玉关！天下称大顺为贼，却不知真正的贼还在后头。”他冷笑着，眼中有嘲讽一闪。从他鼓起勇气再次进入这间窝棚开始、从他扎下第一根银针开始，他似乎正一点点去掉覆在身上的潦倒外壳，露出内核之中深湛的光彩。

德顺目光中不禁带上了崇拜之色，心中也渐渐相信，在程神医手中，顾卿河的毒是一定可以治愈的！

一个时辰过去，顾卿河血脉中的绿色终于彻底中止了蔓延。他四肢如被碧绿罗网包裹，只有躯干尚未发作，仍泛出青色。程墨遗憾地轻叹：“可惜我只能做到这样，在重要大穴施针，阻止毒性进入心脉。若要根治，需以内力下针，而我丹田干枯如沙，提不起一点内力，无法为他根治。”

“难道你的武功也被别人废了么？”德顺嘶声开口。

程墨沉默片刻，忽地一笑，道：“不，我的武功，是被我自己废的。”他疲惫地一拢散发，露出明晰的前额。德顺吃惊地看见他精致如雕琢的面孔，若除去沧桑与失意留下的皱纹，他俊美得几如女子。

“自己废的？”德顺不能相信，“自己怎么会废掉自己的武功？你再试一试好不好？也许可以提起内力！你武功那么高，医术又那么厉害，怎会没办法？”

程墨苦笑摇头。医者不能自医，更何况自己得的是病入膏肓的心疾，却怎么解释给这个执拗少年？

那些年的壮怀激烈，意气昂扬，在渤海之滨一时化为齑粉。当身负重伤的他在战场醒来，只见枭骑战斗死，驽马徘徊鸣，同袍兄弟皆成尸山血海，而异族铁蹄已踏破锁钥雄关。支撑心智的支柱轰然倒塌，他几乎无法承受这致命的一击。“冰卓白枪”从此死去，偷生的不过是个落魄酒鬼。

程墨看着手中银针。上一次拿起它，仿佛是前世的事。

“那该怎么办？”

程墨黯然道：“我不知道。或者……你去找他的同门。能以这样怪异手法废掉一个人，想必并非泛泛。”

“同门？”夏烟冷冰冰的面孔浮现在德顺心里，他忙用力摇头，“不成！他的武功就是被同门废的！”

德顺挠挠头，咳了一声，用嘶哑嗓子对程墨从头到尾讲述起来。

从关外风雪直到京师麦田，二人种种经历恍如昨日。程墨一直沉默地盯着银针，并不发问，也不打断。德顺不知他是否在听，却还是一直讲下去，倾诉的欲望极为强烈，也或许只有这绵绵不绝的倾诉，才是德顺此刻唯一可以抓住的安全之感。此外，德顺也想要面前这个木雕泥塑般的男人知道：世上有种东西珍贵如金，就算有千难万难，也要死命争取，绝不让它逝去。

灶火渐熄，余烟盘旋。讲了大半夜，德顺终于说累了。刚一松弛下来，便觉酒力上涌，他呆看着昏迷不醒的顾卿河，惘然道：“那怎么办？那怎么办？”喃喃念着，终于不敌疲惫，靠在床边昏昏睡去。

黄狗乖觉地凑过来，在主人的抚摸下惬意地合上眼睛。程墨却毫无睡意，只是看着酣眠不醒的德顺与顾卿河。

这两个少年经历太多艰险，虽狼狈疲顿，眼中却仍闪着锐利光芒。那是只有少年才有的执拗与不懈，锋利如刀，似乎要一直挖出他麻木心底的痛与愧。他本不想帮忙，但德顺那一声“我瞧不起你”却真的将他刺痛，而顾卿河垂死之态也真的激起了他医者之心——他本以为自己已堕落得无知无觉。

——可那又如何？

程墨摇头轻笑。自己依旧毫无内力，顾卿河的毒也还是无法解除。这对不谙世事的孩子根本不解生之多艰！他们全然不知自己所对抗的是何等庞然大物，却螳臂当车一般拼尽全力，这是少年人的勇敢，还是荒唐？

他推门走出窝棚，站在石崖之前。外面的雨不知何时已停了，浓云卷去，天际露出一颗锋利星芒。那是太白。从前无数漏夜行军的霜晨，它也曾如此刻这般炯炯照临，如一只警醒之眼，注视戎车铁骑，飘飘征衣。

想来我也曾如他们一样勇敢或荒唐……程墨微微闭上眼睛。半生已过，可这半生竟漫漫无涯，仿佛已耗尽了他所有岁月。

杨九

甲长刘四喘吁吁地爬上石崖，一眼看见的，就是程墨站在山崖边沿，迎着将晓的青白曙色。刘四心里猛地一惊：这个程刀子怎么一夜之间竟高大起来了？

却听胡皮叫道：“我没说错吧四叔！瞧他就在那儿呢，旁边就是他的破窝棚！”他额头上包着一大块绷带，看上去极为滑稽。身后跟来的十几名村民也七嘴八舌插言，说程刀子常在此打猎居住，有时甚至十天半月不回家，孤僻得很。

他们一大早爬上山来，就是因为刘四心中惴惴，总觉得心中不踏实。那两个外乡少年看起来极为狼狈，却敢替程刀子出头，还大方地一下子付了驴钱，实在是少见。他回家后躺在床上翻来覆去，朦胧之中刚要入睡，却忽地睁开眼睛，觉得在那少年后背上，隐隐有几片暗色痕迹——那莫不是血？

若是真是什么贼寇跑到义川村来，那可是要掉脑袋的大事！刘四实在等不得，天没亮就爬起床，找了村中强壮汉子一路寻来。

“程刀子，你果然在这儿！”胡皮快步上前，嘿嘿一笑，“甲长大人找你呢！”

看着程墨缓缓转身，莫名的怯意从刘四心里泛起。不知为何，刘四觉得面前这家伙是一个不认识的陌生人。

但是胡皮忽地跑上前，一把扯住程墨的胳膊，将他拽了过来。程墨微微一怔，却没有挣脱，在这一瞬，他身上的陌生感消失殆尽，站在众人面前的仍是那个窝囊无能的兽医。

刘四松了口气，暗道自己定是昨晚没睡好。他心中一股火提上来——还不都是为了这个该死的程劁刀子！

“你那两个客人送走了么？”他不客气地开口，语气硬冲。

程墨闻言垂下眼睛，并未说话。一瞧他脸上神情，胡皮便跑向窝棚之内，口中说道：“还问他什么？瞧瞧不就得了？哎哟——”

他一推开门，正遇见黄狗钻了出来，后面跟着德顺。

“甲长，你瞧你瞧——”胡皮掩饰不住幸灾乐祸，一脚踹开黄狗，“真在这儿呢！”那些村民一看也兴奋起来，围上去只怕德顺跑了。

刘四黑了脸：“怎么，程刀子，你这是非要跟咱们义川村作对么？想当年你流浪至此，无依无靠，一身的兵刀伤，那时咱们念着你的难处，也不问你来历，还不是收留了你？”

程墨脸上现出惭色，低头道：“是。”黄狗见主人如此，极有眼色地蹲在他脚旁，安慰地瞧着他。

“今时不同往日，官府查得极紧，你可不能再让我难做！这俩人若是给查出来，你是要拖累大伙一起没命么？”

程墨不语。胡皮见他没理还死犟不开口，上前推他一把，叫道：“你他妈的倒是说话！”

德顺见状叫道：“别动手动脚！”

胡皮笑道：“好个小子，还敢出声！昨天让你讨了便宜去，今天我看你还有什么能耐！”他手一挥，身后几个村民便围了上来。他们中多有胡皮的伙伴，也是平日横行乡里的混混。

看着涎着脸的胡皮，德顺只觉一阵厌恶，他皱起眉道：“你们到底要怎样？”

“怎样？”胡皮咧嘴一笑，“让你们滚！”

德顺本就是遇硬则硬的脾气，见他居然强横起来，不由起了对战之心，冷冷道：“就凭你？”

“对，就凭你胡皮爷爷我！你小子也不打听打听，义川村百里地面上，谁敢来触我的霉头？”他口中说得硬气，却暗对那几名村民使个眼色。来时路上已经说好，要众人一起冲上去将德顺围起痛殴，再不给他还手之机。昨日德顺稍一动手便将胡皮打倒，他还是极为忌惮的。

那十几名村民便各找位置，将德顺围在中间。德顺心中一哂，对付这些人于他倒不在话下，只是他们毕竟是程墨乡亲，如果贸然出手，只怕程墨日后在村内的处境更糟。

胡皮大叫一声：“打！”听他一声号令，那十几名村民立时扑了过来。程墨想要劝阻，却被人推到一旁。

德顺不想与他们纠缠，身子一转，使出“腾若流星”的一点小手段，用掌缘点刺即止。村民们并无功夫，一挨他身边便被推开，所触之处如被蜂蜇，一时哀叫连起。刘四见势不妙，顿足叫道：“反了反了，你们这是要做什么？”

胡皮只是怂恿，自己却没上前。见一群人也拿不住德顺，他眼睛一转冲向窝棚，口中叫道：“好啊，敢来我义川村撒野……

我叫你撒野！”说着抬脚一踢，便听咔嚓一声脆响，窝棚的墙被他一脚踩穿。

那墙本就是几根木杆支在石壁上，再用干草编成。胡皮力气颇大，见墙被踏坏，哈哈大笑又是一脚，半扇墙一时都塌了。

德顺一见不由怒意横生：顾卿河还在里面睡着，他竟把窝棚拆了！他再不顾身边村民，闪身扑到胡皮身边，劈面便是一掌，将他打得跌了出去。身后呼地一响，倒塌的草墙却燃烧了起来。

那些木架干草倒在窝棚内未熄的火灶上，火势一跳便着了。德顺飞身上前一掀，将那面墙甩到一边。里面的顾卿河半裸上身伏在床上，背上扎着针昏睡未醒，所幸并未烧伤。

德顺上前背出顾卿河，才跑出窝棚，便见那墙烧得稀里哗啦地塌架了。他怒视胡皮，骂道：“你好狠毒，里面还有人，怎么就拆棚子？”

胡皮从地上爬起来，见德顺背着人动手不便，顿足大叫：“打他！”这次他倒是敢为人先，第一个扑了上来。

德顺一脚将他踢翻，闪身后撤，心中也不由一紧：这十几个壮汉一围上来，若是背着顾卿河与他们对打，只怕真要吃亏。

忽听空中有朗朗笑声传来：“原来他们要拿的，竟是连几个乡巴佬也对付不了的小子！”

话音有种奇异质感，远如天际沉雷，却又近如耳畔低语，直灌入心底。德顺一惊：这是以极精湛内力发出的声音，来的是高手！

黄狗伏低身子，向石崖之下发出威胁低吼。那里果然有人慢慢走上来，先露出一顶破旧包头巾，然后才是一张苍老面孔。德顺看见那头巾第一眼，便认出了他。

“揄扬九重”杨九！

天下闻名的三大杀人高手之一，此人使的是一根犀皮鞭，出手快如鬼魅，杀人多是一招直中对方致命之处。因貌似憨厚，更显心狠手辣。德顺二人在京师曾与他照面，当时若不是顾卿河设计将他支开，只怕二人早已命丧他手。

杨九缓缓走上石崖，身穿粗旧短衣，布巾包头，样貌举止全然一副村老模样。一名村民不知厉害，还以为是哪来的马夫，对他叫道：“喂，哪里来的老头儿，这里忙着追逃的正事，你还是走远点，别碍着……”

他还未说完，便见杨九笑了笑，他的话便再无下句，只余咯咯声响。众人一瞧，只见他双眼圆瞪，喉间鲜血倒涌，挣扎片刻颓然倒地。

众人傻傻瞧着这一幕，一时都吓呆了。半晌，胡皮忽地尖叫一声，拔腿便跑。可他还未迈步，便一跤摔在地上，忽又打个滚坐起，抱着脚踝惨嚎不止。血从他指缝流出，瞬间便染红了鞋袜。

“既然忙着正事，那就谁也别走。”杨九笑眯眯看向德顺，“高少侠，京师一别数日，甚是想念。你们二位可还好啊？”

杨九两次出手皆如鬼魅，众人连他的动作都未看清。德顺不由后退一步，怒视着他。杨九笑道：“何必这样生分，当时咱们结识，在马车上不是还很谈得来么？”说着自己似觉得好笑，桀桀笑个不住。

刘四本缩在一旁，见杨九与德顺说笑，便偷偷向一旁树丛挪去。

树丛甚是茂密，若纵身一滚，便可伺机逃脱。他几下蹭到石崖边缘，正要翻身滚下去，空中嗖的一声脆响，眼前似有一条毒蛇飞卷而来，却在眼前一顿，蓦地缩了回去。

这一鞭动作稍慢，似被什么所阻。刘四吓得魂飞魄散，忙在自己头脸身上一阵乱摸，只怕哪里也有个血窟窿。却听杨九声音里笑意消失，声音平板说道："韩娘子，你这是何意？"

众人不知他在与谁说话，静默半晌，便见石崖下又走上来两个人。一人身高背阔，面色铁青，整个人都发出威猛之意。他身边是一位素服女子，姿容虽平常，可发髻高挽，长袖广襦，气质高古儒雅，令她看起来华贵美丽得难以逼视。

这三人一似马夫，一似兵将，一似贵妇，外貌看来有天壤之别，德顺却一见便隐隐觉得他们极为相似，那是因为他们身上都有共同的东西——杀气！

揄扬九重杨九、天汉星渚韩宿、黑云压城乌铁关！德顺心中暗叹一声：三大高手齐出，姬兰啊姬兰，你果然再不会给我们一点逃生之机了。

韩宿温柔眼波扫过石崖，被她目光触及，众人只觉身心一松，有如沐春风的畅快。她对杨九笑道："我是怕日后被人说，'揄扬九重'的杀人高手之名，不过是得之于滥杀！"她话音刚落，众人身上的舒适感觉又猝然消失，煦暖春风竟转而威压直下，沉重得令人心悸。

她这是卸去了杨九加诸众人的杀气，却又将她自己的强加于众人！只一照面便可以杀气影响他人，这是何等高手？

程墨

天越发亮了。

朝霞瞬间点燃了半个天际，映得众人身上都红艳艳的。这定是个无风无雨的大好天气。可这一天，竟是以面对三大杀人高手而始。

杨九嘿嘿一笑："滥杀又如何？杀便是杀，还有什么区别？我可没有那沽名钓誉的世家习气，明明一样的杀人，却还惺惺作态。当婊子还想立牌坊，天下好事都是你的不成？"

韩宿面色一变，刚要开口反驳，身边乌铁关却哼了一声，似有不忿。他们三人本无任何关系，不过是因在江湖中常被并列提及，便被景亲王依次招拢而来。三人性格出身迥异，彼此都有不服之处，但再大的不睦，也不该影响此次任务。韩宿硬忍了下来，默声不语。

杨九见韩宿示弱，心中得意，手一抖便甩起犀鞭。他为炫耀，故意将动作放慢，所有人都看着鞭梢猛地探起，如刺直挺，向着一名村民咽喉飞去。

德顺大叫："住手！"

杨九果然住手。

那根犀鞭悬停而止住，剑一般点在村民的脖子上，吓得那村民面色如土。杨九内力竟可将柔软的犀鞭抻直如铁，德顺只觉冷汗都流了下来。

“我可以住手，”杨九笑容如慈祥老者正要给孩子讲故事，“只要你们两个乖乖束手就擒。”

德顺脸上刚现出迟疑，便听一声惨叫，村民脖颈之上血花溅起，已被杨九洞穿！ 其他村民一瞧立时尖叫起来，畏缩成团，羊群一般挤在一起，哀求饶命之声不绝。

“你……你这个疯子！”德顺激愤大叫。

“他可不是我杀的，这人是因你而死。” 杨九说着犀鞭又是一抖，指向下一个村民。

韩宿大声叫道：“不必如此！”话音未落身已飞起，德顺眼前一花，便觉身体麻木无力，双臂软软垂下，正是韩宿上前点了他的穴道。

“这两人并无还手之力。不要滥杀无辜，擒了他们赶快交差便是。”韩宿抓住德顺的肩膀，皱眉瞧着杨九，眼中满是鄙夷。

可杨九杀性已起，犀鞭仍不停顿，毒蛇一般剜入那村民心口。村民惨呼倒地而亡，血淋淋的鞭梢蛇一般滑出，啪地一甩，一串血点落在地上，灼痛人眼。

他是人还是禽兽？怎能如此随意取人性命！

德顺看得目眦尽裂，愤声大吼，声音回荡在石崖之上，却转瞬即逝。他肩膀剧痛难忍，失去他手臂的支撑，背上的顾清河缓缓下滑。德顺只能俯身半跪，咬牙支起顾卿河的身子不至落地，眼中有一颗泪水滑落，砸在石头上啪的一声。

他并不怕被擒，只是觉得自己让事情落到如此地步，实是无能之至！

就在此时，一个嘶哑声音猝然响起，每个字都在颤抖：“你们……欺人太甚！”

程墨踉跄一步上前，血红双眼直盯盯看着杨九，仿佛还带着潦倒醉意。杨九一怔，笑道：“村野之内亦有勇夫，竟有人敢出头么？”

他抖腕收鞭，转向程墨。可他还未出手，一直不语的乌铁关却面色一变，开口道：“你……程墨？‘冰卓白枪’程墨？”他声音低沉，掩饰不住诧异，一双漆黑如夜的眼睛忽地爆出光来，“原来你还没死！”

杨九与韩宿闻言都吃了一惊。“冰卓白枪”之名如雷贯耳，江湖中谁人不知？只是大顺军云散之后，他便湮没无闻，不想竟隐居在这荒村之中。方才他老老实实站在一旁，一副懦弱无能之态，三人一直以为他也是村民之一。

程墨微微点头，也看着乌铁关：“原来你也没死。”

二人冷冷对视。众人瞧着他们，忽觉一股气息渗入毛孔，令人忍不住打颤——这是乌铁关身上爆出的杀气。

原来他们两个认识。

而且，他们之间有仇！

德顺脑中刚闪过这两个念头，便见乌铁关右臂一抬，手中掣电般闪出一柄长刀！那刀并非常见的刀形，刀身修长细窄，刀刃极薄，锋刃闪亮如冰雪。

晨风拂动程墨的乱发，他缓缓道：“想不到你还在使用此刀。

执武毅公所制戚刀而身事三主，你出刀时就没有一丝惭愧么？”

乌铁关脸色一沉，原本铁青的面孔愈发难看。他与程墨是多年旧识，二人同为江浙义乌人。义乌本是前朝武毅公戚继光的戚家军成军之处，虽数十年已过，这支抗倭劲旅的诞生地依旧民风勇悍，多有当年尚武之风流传，乌铁关使的便是戚家军特制的戚刀。

乌铁关本是前朝参将，一身硬功夫再经兵马生涯锻打，手段强悍，杀人无数，在江湖上极早便有了“黑云压城”的盛名。可惜一战失利被俘后，他率军转投大顺，还曾与程墨并肩而战；后来清兵入关天下板荡，他见大顺势去，又入清廷效忠，参与捉拿反清志士。他不惜天下诟病，短短时间连易三主，早已被江湖中人视为败类，只是这败类却太过强横，竟无人敢挺身讨之。

杨九见状笑道：“想不到有人揭了乌黑子的伤疤，这一下倒是不用我出手了！”

他话音未落，便见半空中似有雷电击下，嚓地一亮破开晨曦，照得众人一时面容变色——乌铁关长刀下劈！这一刀杀气满溢，刀锋未至，天上地下就已全是刀意，就算一流高手也难以避开，更何况程墨这个毫无武功的废人？

一个影子忽地跃起，挡在程墨身前搅入刀中。雪白刀光里蓦地爆开一蓬血色，众人只听一声低沉嘶吼，刀光猝然熄灭，乌铁关闪身后撤，持刀的手臂上拖着软绵绵毛茸茸的一条东西。

德顺定睛一瞧，只觉心都翻了过来。

那正是程墨的黄狗，已被乌铁关刀锋卷得下半身皆无，却死死咬住他手臂不放，眼中凶光大炽，绿幽幽地如狼一般。

乌铁关负痛，伸手去推它的头，可这癞皮老狗似将毕生之力都加诸一口钢牙上，竟一时推不掉。乌铁关大吼一声，手上加力，硬生生掰开它的嘴，将它摔在地上。黄狗嘴中数颗尖牙断在乌铁关手臂之上，终是撕下他一大块肉，抬眼望向主人，呜咽一声死去。

程墨一时脸色惨白。

他低头看着地上惨不忍睹的一团，不能相信那就是曾欢跳奔跑在自己马前马后的细犬。在那段意气飞扬的戎马岁月，它只是条不知深浅的半大小狗，要时时瞧着主人眼色学习规矩。而在伴他颓废多年之后，它却以死亡教给主人，该如何活着。

一阵晨风吹过，程墨茫然低头，发现自己前襟破碎，露出劲瘦胸膛。乌铁关的刀虽被黄狗阻挡，刀风却还是袭入了他的身体。他一口淤血喷在地上，腥稠发黑。

就在这一瞬，心中某处燧石相击，闪起一簇星火。程墨眼前一阵恍惚，仿佛自己还是坐在窝棚里为顾卿河驱毒，手中所持并非银针，却正是这簇火苗。他看着火苗钻入皮肤，自大杼而起运气行血，沿风门、肺俞逐一而下，瞬息之间行经全身，所经之处无不烧灼，一路点燃全身纵横交贯的经络，最终归于丹田。炽烈杀意轰的一声爆开，腹内气息鼓荡如海，沛然勃发。

杨九察觉不对，叫道："乌黑子，当心！"

乌铁关早已提防，反手一刀向程墨扫来。相距甚远，那一刀的刀风还是嗡地一下吹得德顺面颊疼痛。众村民早已不敢出声，都死死趴在地上，连头也抬不起。

程墨身形未动，腰身却忽地向后一弯，使出个极漂亮的铁板桥。

这一躲全自本能，长刀激电般在他鼻尖前划过，石火一击的瞬间在他眼中却漠漠无边。

他还带着刚醒来的懵懂，似乎仍旧不明白自己身上发生了什么。

——映在清亮刀身上的面容是谁？

——那呆滞神色、那深浅皱纹、那浑浊双眼、那凌乱须发……那是我么？是“冰卓白枪”程墨么？

不！那只是个无能的酒鬼，一个邋遢的兽医，一个偷生的懦夫！

我——本不是这样！

程墨一掌击出，向刀身上的影子击去，想拍碎那可鄙的自己。这一掌后发先至，快得匪夷所思，众人只听啪的一声脆响，长刀横扫的一招后半截被一掌破去，乌铁关猝不及防，只觉一股大力沿刀身而来，硬生生扭转了刀势。他慌忙侧身变招，避开这巨大力量，退了一步才勉强站稳。

晨光照耀之下，程墨前襟散落，乱发飘飞，慢慢抬起双眼。众人吃惊地看着他，仿佛看着泥土之中一株新笋拔节而起，每一寸都是傲然现于天地的崭新模样。

“有我程墨在此，再不许你们伤一个人！”

施针

他醒了，终于清醒了！

顾卿河以命相激唤醒了他的医术，而村民与那黄狗的死却唤醒了他的武功！德顺简直不敢相信自己的眼睛，刘四等几个村民也都目瞪口呆——怎么那个窝囊的程劁刀子竟瞬间变成了另一个人？

乌铁关持刀护住身体，显是对他极为忌惮。杨九见状忙道："程墨，我们此次是要拿那两个小子，与你无干。乌黑子杀了你的狗，我们会照价赔你，你只要站在一旁，别妨碍我们办事……"

"照价赔偿？"程墨话音极低，却猝然打断了杨九的话，让他不敢再说，"你们赔多少钱？在你们心中，你们杀的这条狗、这些人值多少钱？"

他话音平淡，却有一种凛凛之气。杨九一怔，不知该如何回答，身体却不自觉地绷紧，手也痉挛地摩挲鞭柄。

韩宿在一旁忽然一笑，朗声道："想不到今日竟有幸得见'冰卓白枪'！"

她声音清脆，听在杨九与乌铁关耳中都觉身上一松，暗道惭愧。原来她已看出他二人一时被程墨的强悍之气慑住，故意出声破解，免得他们被程墨牵制。

晨风拂动她长长衣裾，翩然如丹青画中人。她对程墨微笑道："看来你是不肯袖手旁观了。那么……"她眼神一冷，"咱们就比试比试！"

韩宿出身清贵，并非江湖草莽中的女子。她生于江苏世家大族，父兄皆是东林复社士子。因幼时重病，家人将她舍入梅山善之庵，有缘师从允衡师太，学了小翻云手。她后又四处拜访名师，因天资聪颖、饱读诗书，许多功夫竟能触类旁通，最终将本为女子防身之用的这门小翻云手变成了出招便克敌致死的强悍武功。

她的"天汉星渚"之名，并不像杨九一样得之于屠戮，而是因为出手必杀，星辰闪烁般一点即止，手法诡谲并不见血。

后来前朝社稷倾覆，父兄全力参与支撑的弘光朝廷竟也扶之不起，与清军一触即溃。家族庞大，根深难逃，为保父兄性命，万般无奈之下，她只得应景亲王之召前来效力。她的家族皆忠心前朝，她自然对程墨心怀鄙视——闯贼余孽皆当诛之！

她话音刚落，便听一声风响，杨九的鞭子如箭飞射，向程墨直钻了过去。韩宿不敢怠慢，一招"朱弦玉指"，与乌铁关一起攻向程墨。

石崖之上烈风骤起，三大高手联袂而至，炽烈杀气直压下来，令人无法喘息。德顺正自心惊，却见程墨身形一纵向杨九犀鞭迎了上去。眼见尖锐鞭鞘就要刺入胸口，他足下一蹬侧身滑过，鞭梢在间不容发之际划过他肩膀，刺向他身后的韩宿。

韩宿不使兵器，小翻云手只能近身搏击，她刚凑近便见鞭梢突刺，忙闪身避开。程墨觑着这一良机，飞身跃出三人包围，半空中如鹰扑击，向那个余烟袅袅的破窝棚一踢。

木屑焦炭蓬发乱飞，一时让人睁不开眼。在半天黑蒙蒙的腐草木灰之中，程墨张手一抓，仿佛从天空拽下一道电光！

德顺心潮澎湃，大声叫道："冰卓白枪！"

那杆枪吟啸一声抖身而下，雪白枪缨激烈飞转，仿佛这枪亦有灵性，终等到慨然高歌的一瞬，一枪破开十年沉寂岁月，将积压许久的斗志激发而出！

乌铁关长刀劈斩，迎上的正是这样一枪。

长刀几乎脱手，乌铁关折身后退，咬牙顿住脚步，胸中气血翻腾烦闷欲呕。从未有人能以一招伤他至此，他咬牙忍住剧痛，怒视着程隐。

见乌铁关败退，杨九甩起鞭花，旋如利刃卷向程墨头顶，韩宿也欺身而上，素手一翻，直取韩宿胸前。程墨见状左手一错，变枪尾为枪尖，一柄白杆蓦地探入杨九的鞭圈，如蛟龙直扎进暴风之眼，而右手微抬弯起长枪前端，恰恰挡住了韩宿的一招"兰花手。"

韩宿双手细白柔软，可一点之下，竟硬将枪杆戳得回弯倒转。程墨微微诧异，银枪一抖甩去阻力，枪头白缨蓬发而起，再刺向一旁尚自喘息的乌铁关。

他不顾韩宿与杨九联手相击，一心直取乌铁关，但"天汉星渚"与"揄扬九重"岂是浪得虚名？二人飞身如电，各自远攻近战，将程墨迫得无法出手。乌铁关更是搏命而上，长刀死死封住他退路。

程墨长啸一声，震得四周草木簌簌。一股冰冷镇定的气息随着这声慨叹缓缓推向四周，将杨九等三人的杀气一时席卷殆尽。他手中长枪忽地活了过来！

白光盈空怒涨，半天红霞都隐去艳色，众人一时寒意袭心，竟有身处冰山雪原之感。白枪在他手中伸、缩、弹、挺、点、刺、扫、抡，枪尖、枪缨、枪身、枪尾无处不是杀器。德顺瞧在眼中，只觉得并非是程墨在使枪，倒像是这枪在使着程墨。人与兵器竟可契合如此，这是何等驭物自如的境界？

——冰卓白枪，果然名不虚传！

德顺正看得心醉神迷，忽觉肩上一动，顾卿河发出一声嘶哑呻吟。他两只手臂正挂在德顺身前，德顺垂头一瞧，只见手臂血管内的青绿颜色再次蜿蜒起来。在这紧要关头，碧云天之毒竟再次发作了。

德顺已被韩宿点了穴道，连动也动不了，见状不由失声大叫，心中惶急无比。眼前忽见白光闪过，德顺便觉身子一松，听见程墨叫道："托住他！"

德顺茫然抬头，才发现是程墨在杀阵之中冲身而出，以枪杆戳开了他的穴道。

托住他？为什么要托住他？难道程墨是要……在此时为顾卿河施治么？

德顺不及多想，忙将顾卿河抱过来，让他俯身于自己双臂之上。只见他背上绿蔓攀爬，已绕过程墨施下的那几根守护银针，马上就要覆盖整个躯干。

杨九见状已知其意，不禁一喜。他向来嗜杀，尤好以迅疾手段屠戮毫无还手之力者，求的便是一招毙命的快感。可今日遇见程墨，竟斗得极为吃力。此时程墨一杆白枪将他们三人压制得死死的，传出去只怕要坏了自己“揄扬九重”的名声。他心中正着急，却想不到程墨竟昏了头，要做一边决斗一边施针的傻事！

杨九哈哈一笑，叫道：“程墨，你还真是医者仁心！”手中长鞭一甩，却先向德顺二人扫了过去。

韩宿一向恼他卑鄙，见他又出阴损招数，心中一怒，手上不由停了停。这一瞬之机立时被程墨抓住，只听一声风啸，枪尖如怒龙探头，咬向杨九的鞭梢。

一枪一鞭就在德顺面前咫尺处相击。犀鞭本是挺直如刺，被枪尖一搅立时反卷，德顺眼见犀鞭蛇一般盘结而上，似乎要将枪头绞断。可程墨后手一错便破了犀鞭的旋劲，枪缨飞舞，恰恰甩在顾卿河后背的几根银针上。

在生死决战的关头，程墨的内力竟能沿长枪奔涌而至，丝毫不错地注入几根发丝般的银针。德顺感到膝上顾卿河的身子微微一颤，竟热了起来。

程墨真的施治了！

德顺感激涕零，抬眼望向程墨，却惊见他胸前血花飞溅。就在施针的一瞬，乌铁关的长刀打横劈来，他只能勉力闪躲，胸前终被划开一条长长伤口。

杨九叫道：“好刀！”一鞭甩出极为诡谲的角度，绕过程墨腰身，钻向他后背。

施针一始，内力便不可断续。程墨心知无法闪避，手中长枪再舞，却不是阻挡杨九的犀鞭，而是再为顾卿河续上一记，硬生生用后背受了杨九一鞭！

鞭梢钻入皮肉之声令人胆寒，德顺眼见犀鞭从程墨背后翻飞而出，甩开一串淋漓血迹，不禁热泪盈眶。他大叫："你们这些恶人，我跟你们拼了！"

说着将顾卿河向地上一放，纵身上前向杨九推出一掌"野火烧桥"。

杨九一招得手心中大喜，却万万没想到一旁蹲着的无名小子竟会暴起攻击，仓促之下躲避不及，被掌风擦过胸腹，一股烧灼剧痛蔓延开来。

德顺毫不停顿，满心愤懑再化一招"澜火飞焰"，掌风如火跃动，转身拍向韩宿。她微微一惊，扭身闪避，并不与他纠缠。

这两招发出不过是一瞬，却给了程墨极大空间。他侧身半跪于顾卿河身侧，一手施针，一手执枪反击，为德顺挑开了乌铁关致命的两刀。

场中情势一时大变，三人看着德顺挡在程墨与顾卿河身前，竟似一面防守之盾。盾牌虽无强大战力，但盾后不时突出的长枪却几乎无人可挡。他们二人联手，一为冰冷枪意，一为炽热掌风，冷热交激，竟有一种奇异的和谐之感。

程墨负伤极重，半身浴血，却仰头慨然大笑："想不到时隔多年，仍有人陪我并肩作战！"

德顺亦是双眼冒火，比出搏击之势，对那三人厉声喝道："来罢！"

军法

晨光大亮，照着方寸石崖，照着一地鲜血。

静了片刻，杨九发出一声嗤笑："你们以为高手对决，仅凭一腔血勇便可取胜？"他以二指捋过犀鞭，擦尽鞭上之血，"不过是一个无名小子，再加半个程墨，能胜得了我们？"

韩宿本不愿多事，只想快些擒住德顺二人交差。可程墨与德顺眼中的凛然之气却令她心头一怒：他两个明明不敌我们，却抵死亮出这些骄傲来，臭骨气着实令人着恼。难道天下只他二人是英雄，旁人都是十恶不赦的卑鄙小人不成？

她曼声道："别说是半个程墨，就是一个，也别想逃出我的手。"

杨九方才见她出手似乎不够痛快，心中略有疑虑。此时听她话音冰冷，不由信心大增，叫道："不错，杨爷我的手段还没放出来呢！"

犀鞭被高高抛向空中，他飞身跃起探手一捞，鞭影伴着一声霹雳而下。他竟是倒持鞭梢，如使连枷一般，将精钢所制的鞭柄向德顺砸了下来。这一下几有万钧之力，手法与方才使鞭梢的阴柔毒辣大为不同，空气中立时充满暴戾刚猛气息。程墨一枪从德顺身后冲出，挟着寒风荡开了这一鞭。

与此同时，德顺的"汉家烽火"也迎上了韩宿的"接引手"。

韩宿身手岂是德顺可挡，眼见她柔白手掌一转，做出西方教主阿弥陀佛接引信徒的手势，可手心放出的却非慈悲，而是夺命内力。德顺掌风全然被抑，心血一翻便向后栽去，就在这相接的一瞬，程墨枪尖已至，如鹰喙一啄，分开了二人。韩宿一击不成即去，德顺心知自己捡了条命，脸都白了。

程墨枪杆一弹，在德顺背上微微一碰，止住他倒退之步，低声道："不必勉强，你已做得极好。"

他声音醇和，抚慰鼓励直入心内。德顺从未听过如此优美动听的男子声音，强抑激动，"嗯"了一声，心中却暗下决心，就是死也要为他挡住这些恶人。

德顺却不知道，身后程墨的脸已变得全无血色。

方才过招的殊死一刻，顾卿河背上的银针几落几起。程因以内力灌注于针尖，行经顾卿河全身经脉大穴，一点点逼出他体内剧毒。顾卿河身上的绿色渐渐褪去，碧色毒血经指尖流出，滴落于地。

施针极耗内力，程墨本已负伤，此时更是勉力支撑。杨九三人见状不由停下了手，若是他自己耗尽内力，何苦还要拼斗，只需等着便好。

乌铁关看着程墨，眼中微有感慨，叹息一声道："程墨，你还是一根筋的老脾气。"

程墨勉强笑道："你也还是阴狠一如既往。"

杨九见他二人竟似叙旧，便插言道："程墨你这是何苦。就算你救活了这小子，他也一样要被我们带走，你何必自损内力帮两个朝廷钦犯？”

“你怎知他会被你们带走？”程墨冷冷瞥他一眼，“我要救他，便救到底。”

“救到底？”韩宿秀眉微蹙，“你已重伤，内力又大损，拿什么救？”

程墨拔出最后一根银针，以内力灌注于顾卿河肺俞穴，导引血脉归位。再抬起手，已是全身微颤。他以枪撑地站稳身体，神色镇定如山。

“今日，我要以手中之枪做三件事。一，治好他；二，留下他们；三，杀了乌铁关！”他朗朗话音回荡在石崖之上，“我已做完第一件事，还有两件！”

德顺闻言心潮翻涌，双掌之中怒焰直翻上来。韩宿看着程墨，诧异于闯贼余孽却也有这般铮铮铁骨；而乌铁关面色阴沉，不发一语。

“杀他？为何要杀乌黑子？你们两个有仇？”杨九倒持鞭梢，鞭柄下垂恍如钟摆，眼睛只觑着程墨的破绽。

程墨点头，刚要开口，杨九便肩膀微晃，一鞭当头罩下。德顺忙上前去挡，程墨的枪却赶在他前头，枪尾弹起拨开鞭梢，身后乌铁关的刀光紧随而落。

方才一拨已用尽他全身力气，这一刀再难抵御，程墨以枪拄地翻身一跃，刀锋劈入石中，火星迸发。他还未站稳便觉劲风扑面，韩宿的“掬云手”已点至身前。

她的手太快，指法又精妙诡谲，程墨只觉胸前星芒一闪，内息便翻涌奔流，沿四肢百骸倒转而去。他眼前发黑，身体不由下挫，刚以长枪撑住身体，便听身后传来虎啸般的风声。

长刀与犀鞭并至！

德顺失声大叫，拼死向前冲去，可一声撼天的锵然巨响炸起，将他掀翻在地。三人兵器交错相击，鼓荡的气流之中，德顺瞧见程墨拧身出枪，枪杆如蛟龙出水般腾跃有力，一荡挑飞长刀，正敲在乌铁关肩上，杨九的犀鞭却也在此时砸上了他的枪身。

白枪似是顿了一顿，猝然折断。犀鞭裹风而下，击中了程墨的右腿，腿骨断裂之声清晰可闻。

杨九欣喜非常，高声叫道："白枪断了！程墨败了！哈哈哈，'冰卓白枪'程墨败在我杨九之手！"他卑劣嗜杀，却也喜好沽名钓誉。程墨本是体力不支后，先中了韩宿的"掬云手"，才在他二人夹击下被打断右腿，可他却当这是自己一人所为。

石崖上一时无人说话，只有杨九夜枭般的笑声回荡。

程墨半跪于地，以断枪撑着血淋淋的身体，仿佛没听见杨九的大笑，只是定定看着重伤的乌铁关。

"那时石河阵线未破，同袍尚自鏖战，你却一见满兵来袭便率军逃遁，弃防守要津于不顾，令同袍腹背受敌！"程墨轻声开口，攥紧两手中的断枪，"大顺军虽已星散，我今日却要代无数枉死兄弟行此军法——杀你！"

乌铁关半个肩膀已塌陷，口鼻都喷出血来。"杀我？"他眼中闪过一丝黯淡，却马上被嘲讽代替，"程墨，你少来道貌岸然！难道你就一定是正义的么？你听听天下人怎么叫你？贼！闯贼！

若不是你们这些乱臣贼子掀翻天地，关外鞑子又怎会有可乘之机？不错，我是身事三主，这三主在我眼中却皆是虎狼，没一个我瞧得起！天地尚且不仁，我不过是一念求生，何苦拿那些忠义礼法来要求我这乱世苟活的区区之身？就连忠义如你——不也苟且偷生了十年？”

他本沉默寡言，此时却突然拼命嘶喊出这些话来，众人听了都一时怔住。德顺生于关外，多与满人交往，甲申之乱时年纪又小，体会虽不如关内人深刻，却也知这是奇耻大辱。而石崖之上的众人皆曾身经其事，那一年的惨烈变故猝发如雷，每人都有自己的怆痛。

程墨闻言亦动容，看着乌铁关的眼神竟有遗憾之色。

杨九见状心中一动，知道程墨已心软。他投靠清廷最早，知道景亲王大有广揽人才之意。若是自己不但能将德顺二人擒住，还招降了天下闻名的“冰卓白枪”，那该是多大的功劳？

他心中主意打定，便笑道：“这狗年月，谁没有折辱之时？大家都是江湖英雄，惺惺相惜，若能不动干戈而各安其命，那是再好不过。”

话中的意思，竟是与程墨套起近乎来。

德顺皱眉看着杨九，隐隐觉得有什么不对，却又不知是哪里不对。

他正纳闷，只听身后有低哑声音说道：“善恶只在心中一念，是你自己选择为虎作伥，并没有谁逼你，少推在天地人世身上！若你也算英雄，我倒宁愿自认做贼，只为不屑与你为伍！”

德顺心中一跳：是顾卿河醒了！

韩宿

顾卿河心思缜密，刚一醒来便察觉情势的细微变化。乌铁关与杨九的话听来无害，实际却在消磨程墨的锐气。而韩宿一直沉默不语，出手亦有保留，显是心中另有所想。他一语击碎杨九话中虚假温情，更在韩宿耳边敲响“不屑为伍”四字。

几句话说得杨九面上再也挂不住，一时凶性大发，厉声叫道：“自认做贼？好，我就先杀了你们这些贼！”他手中犀鞭一甩，向顾卿河与那几名村民抡去，鞭影未落，便有掌风向他胸前袭来。

正是德顺见状不妙，拼死使出“火起龙阙”的杀招。这一招对杨九并无太大威慑之力，却也让他的犀鞭微微错开了一分。精钢鞭柄当的一声落在石地上，裂纹延伸出一丈有余。

这一鞭正落在胡皮身边。他的腿被杨九重伤，已吓得屁滚尿流，一直缩身不动。此时忽地又来了这么一下，他自觉必死无疑，一横心拿出了赌勇斗狠的劲头，扯开嗓门大喊：“你们既都是这样有手段的大英雄，搓弄我们小百姓算什么能耐？窝里斗又算什么能耐？有在这厮杀的工夫，怎么不去杀鞑子兵——也算你们是有种的汉子！”

他一叫，刘四也终于崩溃，放声哭道：“罢了我也不活了，你们杀了我罢！瞧咱们义川村现在败成什么样？哪里像是方圆百里第一大村？剃头、圈地、投充，没完没了！还活着做什么？满人只拿碎刀子零剐，你们若还念着都是汉人，就给个痛快，一刀杀了我罢！”

众村民方才吓破了胆，又目睹一幕幕浴血厮杀，再听程墨与乌铁关对话，想起连年兵灾人祸，只觉身为蚁民苦不堪言，一时都放声大哭。

乌铁关嘶声惨笑，轻蔑地瞧着这些村民：“真是可笑，乌某手中之刀是为自己挣得富贵功名之用，与你们这些愚氓何干？”他笑声未落，便以俯身踞地之势猝然扫出一刀！

这一刀奋起乌铁关最后之力，雪一般向程墨铺去，映着程墨眼中水光微闪。众人各自倾诉的痛苦令程墨一时惘然：人间多险艰，以自己一杆白枪之力，又能承担几何？

他右手勉强抬起，以前半段枪尖去碰乌铁关的刀锋。这一下虚弱无力，枪缨被刀风吹起，飞扬如战旗。瞬间闪现的软弱在这一刻消弭无踪，他长眉一挑，仿佛从飞舞的雪白丝穗之中一眼看穿岁月，又看见了这杆枪肆意率性的少年时光。

“万人一心兮，泰山可撼。惟忠与义兮，气冲斗牛……”

随着程墨轻声念诵的军歌之辞，枪头被长刀斩断打旋飞出，那片雪白刀光推至程墨颈前，却猝然中止。刀光里有惊龙矫捷射出，一纵便穿透了乌铁关的胸口。

这歌义乌乡民人人会唱，乌铁关又怎会不知？他看着程墨空着的左手，知道程墨是以错枪寸劲推出了后半段枪杆。他忽地一笑："你不必唱这个给我听，我与你……的确不同……"说罢倒地，再也没了声息。

程墨亦颓然倒下，他已耗尽了全部力量。

德顺呆了半晌，扑上去就要扶他，却听杨九厉声大喝，犀鞭一卷一舒，发出诡异哨声，向已无知觉的程墨头顶砸去。

见程墨重伤之下竟还杀了乌铁关，杨九亦觉胆寒，决定还是快些结束此事为好。犀鞭还未落下，眼前清影闪过，一双素手翻向杨九面前。这一下大出意外，杨九飞身后撤，可面前那双手却以"斗芳"之势紧紧跟随，斗意鼓涨，却又美如芳华。

杨九不敢怠慢，犀鞭一抖倒退数丈，厉声道："韩娘子，你疯了么？"

"我是疯了。"韩宿衣襟飞扬，冷冷一笑，"我疯了才会与你们为伍！"话未说完，右手上扬承露式，左手却比出怒发戟指，破风戳向杨九。

她身形如电，才见变招双手已至。杨九犀鞭未及扬起，便觉喉间一窒，韩宿玉指戳点在他脖颈之上，皮肉未伤，却一指断了他颈椎！杨九满脸都是难以置信，眼前立时黑了下来。

韩宿竟突然反戈，众人都不知她是何意，只呆看着她。顾卿河却低低道："江宁韩氏，果不负前朝忠义之名。"

晨曦已散，太阳高高升起，照着石崖下远远的义川村，屋舍偃卧如酣睡一般。韩宿眺望着那一片村落，轻声道："什么前朝忠义？我不是也与贼为伍了么？"

聪明如她，怎会听不出顾卿河那句话中的点醒？她出言微有讥讽，也不知讽的是顾卿河还是自己。

顾卿河歉然一笑：“是我以狡黠之心度人，说话唐突了。早知韩娘子有如此心怀，根本不必出言相激。”

“不，你正该出言相激。”韩宿转头看着顾卿河，端然掩袖而立，“我虽心中明白，却被现实所缚，无力破解，正需要有人说出契合我心之言，证明我被缚的痛苦不是妄想——原来我实在不该如此的。”

德顺在一旁查看程墨伤势，见他右腿已断，失血极多，却暂时没有性命之虞。这时听见韩宿的话不由一阵感动。见她仪容隽秀，出尘若仙，只觉她是自己生平所见最完美女子，不由为她回去无法交差而担心。他大声问道：“那你怎么办？怎么应付景亲王他们？”

“怎么办？”韩宿浅笑望着他，亦为这憨直少年的关怀而心中一暖，“要不扮个苦肉计，你打我一下赤炎掌？”

德顺吓了一跳，忙用力摇头。

“我总有办法，你们不必担心。原来觉得为保家族平安，我忍辱负重一时罢了，却没想过……这‘辱’这‘重’只怕要扛一生一世。”她声音渐低，看向重伤不醒的程墨，目光中流露出钦佩，“若是真的抗上了这些，我未必有他的能耐再世为人。”

众人都怔怔看向程墨及地上浴血的两截白枪，想起方才他断枪悲歌之态，都不禁动容。

“倒是你们该当心。杨九乌铁关一死，景亲王定会严查此地，你们两个绝不能久留。可他伤成这样，怎么办？”

德顺一怔，与顾卿河对视一眼。若是实在没办法，他们只能带他一同离开，只是程墨的伤势怎经得起路途颠簸……

身后忽然有人叫道：“韩娘子一介妇人都能如此深明大义，咱们义川村又差哪里？”

说话的却是胡皮。他满脸是汗，也不知是疼的还是吓的，一双眼睛只瞪着刘四，“四叔，方才你都看见了，程刀子拼死救了咱们大伙。你只说一句，该咋办！”

众村民也惊魂未定地纷纷点头，都瞧向刘四。

刘四抽噎着擦去脸上泪水汗水，喘息半晌，猛地咬牙，一双三角眼也放出光来。

尾声

姬兰厌恶地掩住鼻子，皱眉瞧着跪在地上的矮子。那矮子并不敢抬眼瞧她，只对她骑的桃花骢谄笑。

“这甲长是个无耻小人。”姬兰一眼看透他奸猾笑容。她一进村就失去了兴致，这么一个破地方根本无法藏人，高德顺和顾卿河一定早跑了。

“事情就是这般，小的已向官府报案……”甲长絮絮叨叨终于讲完，他身后几个直眉愣眼的贫苦农夫，也纷纷点头附和。

多冈凑近低声道：“郡主，这些人的话……”

“怎么？”

“我觉得事有蹊跷。”多冈皱眉，“顾卿河身中剧毒，仅凭高德顺一人，怎么可能击杀杨九和乌铁关，再重伤韩宿？石崖之上鲜血四溅，显然发生过激斗，也有村民被杀，我不信他们一无所知。”

“那怎么办？”姬兰拉长声音，“把全村人都抓起来打？”她声音里压抑着暴躁，多冈便不敢再多言。

姬兰眼光扫过那些面目愚昧的村民，厌恶地看着他们的一脸傻笑。也许这些邨氓真在说谎，但她不屑花费精力与他们斗智斗勇。义川村通往其他地方的路都有人守着，就算他二人逃出了这个陷阱，还有更深更险的在前面。她不信捉不住他们。

但她想在村中转转，只是好奇是否有他们留下的痕迹。众人默默跟着她，在泥泞村路上绕了一圈，又是一圈。

看过无数间残破房屋，一个小小的院落让姬兰停驻了目光。院中草棚内拴着一匹老弱青马，臀背有马车套索磨过的痕迹，可院中却并无马车。

姬兰勒住了马。

站在官兵队伍里的刘四觉得自己就要昏厥了。就在这时，一个破锣般的声音突然响起，一个胖大妇人推开众人冲进院子，堵门大骂：“你这黑心短命的鸟汉子，胡皮送来瞧病的马还没给喂么？整日只会灌黄汤，那马没给治死，倒先叫你给饿死了！”

刘四对多冈哈腰笑道：“村里的凶悍娘们儿……甚是难缠。这兽医的老婆是个泼货，整日骂男人，不懂礼数，叫官爷见笑了。”

他话音未落，便听有孩子扒着墙头唱道：“穷光光，酒三斗，劁了猪，养家狗！”一路跟随官兵看热闹的孩子们都嬉笑起来。刘四骂道：“去，去，去！一群野崽子，快滚快滚！”孩子们吵闹着四面乱跑，却不肯走。

一片混乱之中，有村民大胆上前，高声对院中叫道：“葫芦婶，还不快噤声，骂男人也不看时候，这里有官府大人们巡道呢！”

茅屋里便沉寂下来。

姬兰见状轻蔑一笑，纵马离去，众官兵急忙跟上。转眼之间，便将这贫苦荒村远远抛在身后。

第四章

野渡舟

更多水草跳跃着、翻腾着从水中蹿起，
迫不及待地攀爬，
船上方也有许多树枝藤蔓沉甸甸地倒挂垂落。
崖上水下的植物转眼包住了整条船，
船身如一只奇怪的大茧，绿意森然，诡异而美丽。

杂耍

绳子是常见的粗麻绳，因用得久了，磨去了毛糙，泛出些微油光。绳子一端系着老榆，另一端却在挽船的木杆上绕了几绕，高度恰悬于众人眼前，任谁都要微微仰头，才瞧得清绳上立着的女子。

她二十出头的年纪，相貌甚是娇媚，一身半旧石竹色裙衫透出些风霜之色。只见她纤足轻踏麻绳，行走、腾挪、跳跃，做出无数的花样。绳子上下左右晃荡不止，她窈窕柔软的身子也随之摇摆不定，每一下颤动都令人捏着把汗，只怕她会失足跌落。可她的动作却愈发大胆，连翻了三个筋斗，引爆了满场的彩声。

德顺满心钦佩，一边大声叫好，一边用胳膊肘去拐身边的人："老顾，快看快看，这个秀姑好厉害！你看啊！"

顾卿河避开他，忍无可忍道："我又不是瞎子，当然在看！"

秀姑稳住身体，收起脸上自矜的笑意，凝神静气。众人都知她又要有新花样，便也静默，专心瞧着她。她站在绳索中央，脚下用力踩得绳索微沉，两手抓住绳索左右两端。江风凉爽，撩起她长长腰带，整个人几有凌空而去之感。

"哎哟，这定是那一招'玉女飞梭'！快看快看！"

德顺的话被一片震耳欲聋的叫好声淹没了。秀姑腰身一挫，身子如一枚陀螺，以绳索为轴飞旋起来，只见一团绯艳激烈如火，映得众人脸色发红。场上一时彩声动地，铜钱飞掷如雨。秀姑稳住身子，轻巧跳下绳索，额上微微见汗，对场下众人抱拳一礼。德顺拼命拍手，又是叫又是笑，顾卿河却闷着脸。

这里是苍水渡，原不过是个小码头，近日却热闹起来。都说上个月京畿往南的官道上又有人扯杆子闹起了匪患，已与官军胶着缠斗了大半月。赶路的行人为求平安，宁肯绕远走水路，在这里靠岸再上官道。德顺二人在义川村辞别程墨与韩宿后，为避开姬兰手下的追杀拦截，也只拣小路前行。今日来到苍水渡，正遇见这群跑马卖解的在江滩上卖艺。

跑马卖解本是最低贱贫苦之业，大城镇的居民多瞧不上他们的技艺，只能往荒僻山乡去卖艺糊口，可今日这群人倒真有些好节目。方才几场猴戏、舞中幡、跑马、走绳，个个精彩，引着一大群人围观，大半日都不肯散。

走绳的秀姑刚一退去，便见一个干瘦老者拄拐上场。他满面皱缩，白须稀疏，身形既小又驼，倒与山精树怪有三分相似。方才走绳带来的振奋热闹还未消失，众人都满怀期待瞧着老者，只盼他出手不凡，再让他们激动一番。

不想老者垂头拄拐，一步，一步，又一步，在众人注视下缓缓蹭到场中央，过了好半天才终于站定，颤着一双干皱老手抱拳行礼，忽地一口气上不来，兜心掏肺地嘶声咳喘。

场上满满都是众人寂静而火热的期盼，他这一通磨蹭再加咳嗽真是大煞风景，早有人脸上现出不耐烦，有人将钱袋揣入怀中作势欲去，德顺也觉失望。

老者咳喘半晌断续开口：“今日……路过贵地，承蒙各位关照，自当拿出绝活以飨乡亲父老……我琴老儿没别的能耐，只有这一手种豆得豆……”

他话音低弱，众人只觉无趣，嘈杂之声渐起，有人嘀咕：

“他这是干嘛？”

“好没意思的……”

“嘘——别说话……”

“还是方才走绳的姑娘好看……”

琴老儿浑不觉场下骚动，向怀中一掏，干巴巴的掌心便出现了一颗豆子。他笑眯眯道：“诸位乡亲……你们说，我在这里种了豆子，能结出个什么？”

这问题实在毫无难度，有人立时回答：“自然是结豆子！”

又有人嚷道：“不对不对！种豆时节早过了，况且又是江沙地，什么也结不出！”众人七嘴八舌争论。

琴老儿一笑，蹲身掀开江滩卵石，将那颗豆子抹进沙土里。不知怎的，他动作虽老迈，却有种隐隐的自信，众人都被牵住了目光。

埋罢，他雪白的长眉一竖，大声喝道：“来啊！”这一声中气十足，全无衰老之相，立时压下了场中杂语。方才表演跑马的一个小孩名叫小来，此时正候在场外，忙抬起一只木箱走上前。箱盖打开，只见里面分了许多格，各自放着乐器。

“会长出什么来？”琴老儿自问，拾起一只板鼓轻轻一敲。

他苍老手指拙硬如鼓槌，一挝脆响如雷，众人都觉耳中一清。他敲击再三，鼓点清俊干净不疾不徐，似一匹雪白骏马踩着花步，银蹄每一踏都正中心底最适意之处。众人正自恍神，忽听有人惊叫：“发芽了呀！”

在琴老儿脚下的江沙之中，果然有一株嫩绿幼苗随鼓点蜿蜒而起，向上探头拔升！

众人纷纷惊呼，不约而同向前围过去，想看清那株豆苗。小来笑着张手拦阻：“各位稍安勿躁，请让出空儿来，后面还有精彩的呢！”

却听鼓声越来越急，江滩上一片暴雨击窗般的连响。在这鼓声之中，那株豆苗袅娜地开出白花儿，瞬息花落，转眼结出了豆荚。

琴老儿大喝：“鼓声如爆豆！”话音刚落鼓声亦止，豆荚随着猝然中断的鼓点爆了开来，数颗豆子蹦跳着落入石缝。江滩上一时静寂无比，众人怔了半晌，才猛地叫出一片好。

这一手幻术出人意料，德顺失声惊呼，又畅然大笑，与顾卿河交换惊喜的目光。顾卿河身上的“碧云天”之毒已被程墨解去，此时虽还是武功尽失，却已可以自如活动行走。德顺的烦恼去了大半，感到从未有过的轻松，他笑起来本就天真可亲，此时心无挂碍，笑容更是灿然如阳光。见德顺如此开心，顾卿河终也绷不住了，眼中慢慢浮出暖意来。

德顺只当琴老儿的表演到此结束，不想他俯身将板鼓放回箱内，顿了一顿，捡起一只唢呐。

众人一见便知后面还有，越发喝彩。琴老儿举起唢呐鼓腮一吹，高亢喜悦的调门便在江滩上回旋而起。随着这曲调，方才豆子落入的石缝内又有一株幼苗挺直如剑，向上升起。场下有农人眼尖，早瞧出是谷子，大叫出声。

可他叫声未落，琴老儿已放下了唢呐，拾起一根竹笛。却听一声婉转飞扬，地上再有幼苗拔升，主干青褐犹如铁锈，渐生渐虬结，竟是一树梅花——这暑热之时，怎会有梅花开放?

众人瞧得眼花缭乱，可琴老儿又放下笛子，抱起了箱中的琵琶，箕手一划，迸珠之音响起，颗颗分明。江滩上一条绿蔓爬生如蛇，随琵琶声向外匍匐而去，是一株瓜藤!

此时众人早已绝倒，又要叫好，又怕喝彩扰了乐声，只把一颗心都揪紧，眼睛也不知该瞧琴老儿，还是该瞧那豆秧、谷苗、梅树、瓜蔓；耳中也不知是该追索前一段的唢呐、笛子，还是欣赏后一场的琵琶。正紧张万分，却见琴老儿拂衣坐地，脸上现出郑重之色，从箱中取出了一张古琴。

德顺早已不再喊叫，只怀着虔敬之心屏息而待。顾卿河在他身边轻声道：“这太绝妙了……”

德顺叹道：“是啊。”

“爆豆之鼓、稼穑之乐、咏梅之笛、胡地之风，接下来……”顾卿河略一沉吟，便听耳边一响空空松松，清冽却沉郁，直将思绪向琴音里浸下去，四肢百骸都觉温润，“为我一挥手，如听万壑松——想必是松树了。”

果然，琴老儿十指拂、挑、按、托，一曲《松风》拍岸而至，真有松涛浩荡、云水苍茫之意。地上一株松苗随琴声伸枝展叶，墨绿松针团团簇簇，意态苍古。

有胆大之人耐不住上前，伸手去碰松枝，刚一摸便缩手道：“松针扎手，是真的！”众人都哄笑起来。琴老儿也微微一笑：“真不真，拿那瓜来大家分吃便知。”说着对小来示意。

瓜藤上果真结着一个翠绿的甜瓜。小来扭下瓜切成数片，众人涌上前一阵哄闹，转眼便抢光了。那瓜入口清甜，因来历神奇，吃在嘴里似别有滋味，真不知是如何变出来的。众人正自猜测，却见琴老儿抬手一拂，弦音幽丽如凤鸣，德顺眼前忽地一亮，爆起一片金光。

豆秧、谷苗、梅树、瓜蔓、松枝皆化为烟火，璀璨一闪，星火流逝。江滩之上只余惊呆的人群，围着一位枯槁老者。

内力

笸箩里的钱“哗啦”一声倒在桌上，虽多是制钱，倒也有不少碎银子混杂在内。

杂耍班子十余人围坐桌旁，都甚是喜悦。小来嘻嘻笑道：“今日可该吃着扣肉了！”

“小鬼头就是嘴馋——”秀姑嗔他一句，又对那首领模样的汉子一笑，“干嘛在茶棚里数钱，人多眼杂……”

那汉子肤色微黑，虽是耍猴儿的，眉宇间却颇有几分清正威严。他笑道：“谁会来抢跑马卖解的？让大伙乐乐罢了。”说着掂起一块碎银子，递给肩上的猴儿。那猴儿接过来啃了啃，见不能吃，不满地吱喳乱叫，众人越发笑起来。

表演结束后，杂耍班子就在渡口旁的茶棚歇脚。德顺本想趁天色未晚找地方投宿，顾卿河却偏不走，也在茶棚里坐下了。

暑热难耐，乡间野茶极为解渴。伙计倒了茶来，德顺咕咚咚灌下一大碗，顾卿河却不喝。

“怎么啦？你不渴么？”

顾卿河皱眉道：“怪脏的。”

他平素不耐辛苦，性情又别扭，自从解毒后身体稍强，就愈发矫情，却不想想从前奄奄一息之时，喂给他土坷垃也不得不吃。德顺怒道：“哪里又脏了？”

顾卿河也不回答，只不住瞧着旁边那几桌卖艺的。

德顺见他眼巴巴的，不由一笑：“你还说我小孩儿心性，看见杂耍就喜欢。其实是你被迷住了对不对？也难怪，他们技艺这么好，真少见得很。”

“别人倒没什么，只是那琴老儿，哪像是跑马卖解之人……”

杂耍生于民间，多粗粝活泼，可琴老儿的一手幻术却如阳春白雪，与旁人的表演绝然不同。德顺看着琴老儿白须飘飘端坐一旁，也觉得他神秘莫测，低声道：“我师父常说乡野有高人，想必他便是那种隐于大野的世外之人……”

二人这样直勾勾看着，终于被那些人发觉。舞中幡的是两名铁塔般的壮汉，其中一人虎目一瞪，对德顺叫道："看什么看！"

小来见状，一双小手在桌上忙着划拉，把银钱都收进钱袋系紧。

德顺这才回过神，不该在别人数钱时死盯着瞧，被误会心怀不轨。他忙低头喝茶，却听琴老儿咳嗽一声，似有似无地一瞥顾卿河，道："咱们走罢。"

众人便起身，带着大小行头箱笼，向官道方向而去。

顾卿河看着他们的背影，似乎想要跟上，又踯躅不前。德顺从未见过他如此犹豫的神情，问道："你到底怎么啦？"

"方才我听琴老儿弹琴，"顾卿河慢慢举起右手，迟疑地瞧着掌侧，"不知为何……自少冲穴而起，沿手少阴心经似乎……跳了一跳……"

德顺瞪大眼睛，一时不解他的意思，瞬间明白过来，腾地站起身："你有内力了？"

顾卿河武功被同门夏烟所废，德顺觉得此事全因自己而起，一直难以释怀。此时一听他经脉竟有感觉，激动得坐也坐不住。顾卿河却神色迷惘，道："这感觉只一闪而逝，也许是我的错觉。"

"错觉？"德顺摇摇头，"不会的！你年轻力壮，也许过了这么久，内力真的恢复了也说不定！或者……是夏烟她手下留情……"

这消息令德顺喜出望外，可话却越说越没底气。想起那眼神冰冷的神秘少女，想起她击在顾卿河脑后的骨裂之声……自来天下习武者功夫被废都没有轻易恢复之理，他也觉得自己说的"也许”、“或者”没什么说服力。

“自己恢复内力断不可能。”顾卿河一笑，“只是我方才一听他琴声，突然想起……无孔笛、没弦琴两个词。”

“什么？”

“人先天呼吸不用鼻孔，全由丹田运荡，胎息即如无孔之笛。没弦琴则是内丹修炼的精妙境界，中和之气一阴一阳，一出一人，一呼一吸，一派圆融。大音希声，大象无形，也即是音外之声、象外之形……这道理太过玄妙难以表述，只好用无孔笛、没弦琴来粗略比喻。”

“老顾你说人话好不好……”

“这是道家修炼之法。”顾卿河蹙眉微叹，“从前读书时稍有所感，却并未在意。倒是一听琴老儿的曲子，忽然心中似明似暗，经脉也仿佛……有了感应……”

他自己说得也不甚自信，德顺更是半懂不懂，不知如何接茬。

天色渐晚，夕照散在江面上，粼粼如金。渡口人声渐稀，微风拂过江边苍榆垂柳，鼓动团团浓密的绿意。二人怔怔看着苍水渡晚景，顾卿河轻声道：“是不是我太贪心了？”

德顺一怔，只听他又道：“他们能留我一条性命，我已该感激涕零。从此后乖乖销声匿迹便是，怎还奢望恢复内力？”

落日余晖令他面容质如暖玉，可他眼中的自嘲却又如此锐利。他竟是在说起他的同门，德顺心中微微一惊——那是他向来矢口不提的。

可也正因他矢口不提，恰恰说明了太多。那定是一股神秘强大的力量，仅一枚天罚令便可震动乱世江湖，而顾卿河一个未足弱冠的少年亦已有如此不凡的武功、见识与智谋。

想起关外初见时，他风姿峭拔如剑，而今屡遭磨难武功尽失，他也依旧高冠羽服，气质清华。德顺心中暗叹：他原非泛泛之辈，与短衣结辫的自己不啻霄壤。

一阵酸涩涌起，德顺垂头看着面前的茶碗。那果然是肮脏粗陶，碗底结着黑褐茶垢，边沿还缺了口子。难怪他不肯喝茶——这碗也只合自己使，他用的确是太脏了。

记得夏烟曾痛斥“不是他用十文钱骗你出手，你怎会有今日之事？”指责自己害了顾卿河，那时听了这话尚自木肤肤的，丝毫不觉内疚。今日明白过来，才知道是自己拖累他一路堕入泥沼，狼狈至此。

德顺暗恨自己后知后觉。他强捺难过，哈哈一笑道：“先别说这些云里雾里的了，天色已晚，咱们还是找个地方过夜。”说罢起身走出茶棚。

今日苍水渡的行人似乎比往日多，唯一的一家小客栈早已人满为患。所幸时值盛夏，在野外露宿也无妨，德顺找到一片野草如茵的山坡，二人便各自以手为枕，躺了下来。暖风拂过草梢，不远处传来江流轻响，星光照耀着各怀心思的两个少年。德顺嘴里咬了一根草秆儿，看着浩瀚星海，半晌才道：“你若能恢复内力，一切就都好了。”

“什么‘就都好了’？难道现在不好吗？”顾卿河含混说着，疲惫地合上眼睛，“我那些话是随便说说，乐曲与内功之间又能有什么关系……想想也够没谱的。睡觉。”

德顺笑了笑，没应声。片刻便听顾卿河气息深缓，已经睡着了。

乡野夏夜静谧，唯有天际流星一闪，惊起草间数点飞萤。睡者酣眠无梦，醒者却心思百转。直至清晨露水浸湿衣襟，顾卿河恍然醒来，翻身坐起四面一瞧，晨光初绽，四野青碧如洗，却不见了德顺的踪影。

顾卿河略一思忖昨天的话，便知德顺是去找琴老儿了。他摇头暗笑，起身四面张望，却听渡口处隐隐传来嘈杂之声。一大早就这样热闹，难道是那些跑马卖解的又摆开场子了么？

他向渡口走去，转过一道山弯，眼前猛地一亮。昨日简陋的渡口此时竟一片五彩辉煌。码头上扎着彩缎，岸边遍插军旗，皆绣着五行方位及星宿图案，旗下站着官兵。普通百姓被维持秩序的衙役用水火棍拦得远远的，空出的场地上站满地方官吏、士绅及驻军将领。所有人都按品级穿戴着官帽补服，官军亦是队列齐整，甲胄兵器明亮闪烁。他们态度甚是恭谨，不时地向江上游望去。

瞧这架势，似乎在迎接什么大人物。顾卿河微微蹙眉，讨厌这种热闹，刚要转身离开，却听山路上传来一阵急促马蹄声，迎面又来了一队官兵。

马蹄踏得地面微颤，有娇脆笑语传来：“真是踏破铁鞋无觅处！”

顾卿河一怔，只见一队彪悍游骑飞驰奔至，簇拥着一位身着青绢绣纹箭衣的俏丽少女。她猛地一勒马缰，在犹自长咴踢踏的骏马上朗声一笑。

“顾卿河，你可让我好找啊！”

骑兵们纵马上前围住他团团乱转，四面蹄声顿地，尘土飞腾，淹没了他的身体。他不得不低头掩住口鼻，却还是被呛得轻咳数声。

景王府郡主姬兰到底追来了。

奸细

杂耍班子露营之处，是在江边高崖上的一个破龙王庙里。

德顺沿官道找了好几里地，觉得不对又折返回来，发现了通往龙王庙的小径，抱着一试之心，竟真给他找到了。只是这一番折腾过后，已是后半夜，再过一个时辰就要天明。

小来正在照料马匹，猛瞧见德顺走近，吓得跳起来就跑，大声叫道：“郑大哥！郑大哥快来！”

德顺暗自纳闷，不知他在惊慌什么，却见庙前黑暗中人影一闪，为首的汉子大步迎上前问道：“这位小兄弟有何贵干？”

他语气轻松，可眼中的狐疑却在夜色下清晰可辨。德顺知道自己半夜找上门有些古怪，忙施了一礼：“原来是郑大哥，在下有礼了。我叫高德顺，下午在江滩上看过你们的表演。”

“在下郑英。你有何事？”那汉子敷衍还礼，目光闪烁，肩上的猴儿也戒备地呲牙怪叫了一声。班中其他人坐在一旁，冷冷瞧着德顺，分明对他并不欢迎。

德顺笑道：“我是来找琴老先生的。”

他话音刚落，便听小来失声叫了一句什么，耳边传来刀剑出鞘之声，舞中幡的两个巨汉霍地站起，竟似要上前动手的模样。空气中一时有剑拔弩张之感，德顺一怔，隐隐觉得有什么不对。

瞧天色该是寅末卯初，他们怎么后半夜不睡，反而个个神态警醒，倒似在等待着什么。江湖多诡诈，这些人与寻常杂耍班子也有所不同，莫不是——有什么阴谋？

念及此，德顺略心惊，不由向后退了一步。

双方心弦皆绷得极紧，见德顺神色一变，郑英早已低喝一声，拳风向德顺胸前扫来。德顺不及多想，举掌拦住。

二人拳掌砰然相击，都吃了一惊。

德顺没想到这耍猴儿的郑英出拳法度刚正沉郁，分明是堂堂正正的门派功夫；而郑英亦惊讶德顺小小年纪竟有如此炽热内力。惊疑之际，那两个舞中幡的大汉已欺身上前。

这二人力大无比，卖艺时是以挂着旗幡的巨大木杆立在肩上，或以额头顶住，或以肩膊托之，在身体各处上下飞舞腾挪，惊险万分。那木杆长三丈三，足有百十斤重，却始终不会落地。德顺见识过他们的手段，心中一慌，叫道：“我并无恶意！”

话音未落便觉眼前一暗，两名大汉已一左一右夹住他，遮蔽了半天星月。拳风轰然下压，德顺几乎窒息，缩身闪避却见退路被封。他只得奋身而上，一招“龙蟠焰动”催起绵绵内力燎向郑英，硬生生格开一拳，寻隙从他腋下钻出。

赤炎掌掌风如火，特征鲜明极易辨识。郑英叫道：“好一招赤炎掌！”反手去拿德顺后心。秀姑惊怒开口：“想不到关外九火盟也做了清廷走狗！”

小来跳脚嚷道：“郑大哥别放过这条小走狗！”

德顺怒道：“我不是清廷走狗！”略一分神，背上便挨了郑英一拳，震得心肺剧痛。他踉跄前扑，还未站稳便觉脚下一轻，眼前天地猛一翻覆，草地劈面而来。他连叫都来不及，便被一名巨汉抡起掼在地上，几乎背过气。

这些跑马卖解之人竟有如此身手！德顺又惊又痛，趴在地上全无还手之力。郑英对那两名巨汉道：“冯大冯二，你们下去探探，看他后面有没有跟着官兵。仔细些。”那二人应声离去。

班中众人极为疑惑紧张，立时围上前。秀姑问道：“怎会有奸细找上门？难道走漏了风声么？”

郑英俯身提起德顺，沉声问：“说，你是怎么找来的？”

德顺呻吟一声：“你们……”

小来上前踢他一脚，骂道：“鬼鬼祟祟，瞧你就不像好东西！快说！”

几句话听来，德顺已大概明白他们应是抗清的江湖中人，与他们动手可能是个误会。但他被打得甚重，根本无从解释，喘息半晌才道：“你们……搞错了！我真的是来找琴……”

秀姑一拧眉：“还敢胡扯！哪有半夜三更来找人的？”

“快说！”小来蓦地拔出腰间匕首，横在德顺脖颈上，“再不说实话就宰了你！”

匕首冰凉地碰着皮肤，德顺急道：“我真的不是奸细走狗！我……我也和你们一样，是被官府追缉……”

“还瞎掰！”小来又踹他一脚，转头瞧着郑英，“郑大哥，我宰了他！”

德顺一瞧这小孩着实心狠，忙叫道：“我说的都是真的！我是来找琴老先生问他修炼内力的法子……”

郑英等人闻言都是一怔。德顺只当他们终于信了，不想秀姑忽地嗤笑一声：“到底说露馅儿了！琴先生根本不会武功，哪来修炼内力的法子？”

小来恶狠狠道：“大骗子，小走狗！”说罢猛踢德顺几脚，满怀愤恨。

德顺被他踢急了，挺身叫道：“你们到底想怎样？”

秀姑冷笑道：“想怎样？杀了你这……”小来闻言眼光一冷，匕首就要划下去。却听一个苍老声音道：“慢着……”

琴老儿拄杖缓缓从庙里走出，对郑英等人道：“他不是清廷奸细，放开他。”郑英对琴老儿极为敬服，闻言虽吃惊，却放开了德顺。

小来急道：“琴爷爷，你说什么？你怎知他不是奸细？”

德顺挣扎站起，大声叫道：“琴老先生，我是来问你……”

“你不必说了，我知道你的来意。”琴老儿摆摆手，“飘蓬江湖，能遇知音亦是有缘。你那受了内伤的小同伴既听懂了我的琴，我自当告诉他以乐理调息的法子。他可依法练习，管用与否我却不能保证。毕竟我只习乐艺，并不懂武功医术。”

德顺听他一语道破自己来意，还看出顾卿河有内伤，更承认有以乐理调息的法子，显然并非泛泛之人。他不由喜出望外，用力点头道：“多谢琴老先生！”当下竖起耳朵，眼神炯炯盯着他，只盼能把他的话一字不差都记住，回去好说给顾卿河。

不想琴老儿抬头瞧瞧天色，却道：“可惜你来得不是时候，今日没时间与你细说。若咱们有缘再见，我必定知无不言，言无不尽。”

德顺一怔：这老头是在耍自己玩么？他还要再说，琴老儿却道：“让他走罢。”

秀姑扬头道：“不能让他走！”

“不错，不能让他走。”郑英低声赞同，“他虽不是清廷奸细，可咱们也不知他的根底。若放了他，一时不慎走漏风声，咱们这么久的苦心谋划就白费了！”

班中其他人也纷纷附和。琴老儿略一思忖，点了点头。

郑英微一示意，便有人去拿来了绳索。德顺一见不妙，忙大叫挣扎，可根本拗不过众人，被他们捆住了手脚。郑英道：“九火盟一向名声清正，掌门穆冲霄亦是正道领袖。你既是九火盟的人，想必也不是坏人。请恕郑某今日对你无礼，若他日有缘再见，定当负荆请罪！”

德顺听他提起师父，不由一阵酸楚，叫道：“我师父师兄都被清廷鹰犬害死了！别捆我，咱们是友非敌！”

“既是如此，就更不能放你了。”郑英脸上现出惭愧之色，“高兄弟，你也该知咱们江湖中人常有许多事不足为外人道。我们要做的事极为凶险，这样对你并非是防着你，只不想连累你。”

德顺虽不情愿，却也没法子，只好任他们将自己捆住，拖到一旁。

此时晨曦乍现，天际刚刚现出青白。班中众人各持兵器结衣而起，围在郑英身边。小来和秀姑在一旁捧上了酒，十数只粗碗一一倒满。

晨风吹得郑英衣襟猎猎，众人仰望着他，无不神情激动。只听他手捧酒碗沉声道：“奴酋窃据中原，大好江山沦于戎狄之手，苍生陷于水火，骨肉尽遭荼毒。更有奸恶贼子弃人伦君父于不顾，背义亡恩，反面事仇。凡血气男儿莫不痛心切齿！诸位皆是大明赤子，身负国仇家恨，自当挺身纾难，拼此一腔热血，奋博浪之椎、挥鱼肠之剑，于今时今地杀奸贼以报仇雪耻！”

“报仇雪耻！”十几条汉子齐声低吼，斩钉截铁的声音回荡在山崖之上。

德顺一听，才明白这些人聚集于此，竟是学张良刺秦、专诸刺吴，要杀某个奸贼叛臣。他心中怦怦狂跳，瞪大了眼睛。

郑英问道：“大伙都准备好了么？”

众人低喝：“好了！”

郑英对琴老儿道：“请琴先生问问对岸准备好了没有。”

琴老儿从袖中摸出一管笛子，凑到嘴边轻轻一吹。笛声清幽，悄然散入山林。片刻之间，便听一声草哨从对面雾气笼罩的青翠江岸传来，一长两短，微弱得如同虫鸣。

众人脸上现出振奋之色。秀姑紧张一笑：“那边也好了。”

郑英道：“咱们走！”

小来忙追上去叫道：“郑大哥，算我一个罢！我也是血性男儿，要去杀贼！”

“咱们不是说好了么？”郑英拍拍他头顶，“你的任务最重要，是保护琴先生坐镇大营！”他笑笑，转身离去。

小来只好站住，满脸沮丧地看着他们走进树林，消失了。

伏击

苍水渡属武城县境，知县王之佐听说景王府郡主率骑兵到来，不敢怠慢，立刻带人赶来伺候。姬兰却不理他，只在渡口不远的小茶棚里坐下，用错金镶玉鞭柄轻轻敲着靴边，不住打量对面的顾卿河。

他面无血色，垂眼安坐，看上去无辜无害。若出去化布施，只怕也比别的道士要来的多些——谁瞧这副文弱模样能不心生怜惜？姬兰冷哼一声，可她吃过他的大亏，知道他安静外貌下掩藏的真相。这家伙比狐狸还多几个心眼儿。

“高德顺到底在哪儿？”姬兰问。渡口传来的鼓乐喧嚣不止，她的话几乎被淹没了。

“我不知道。”

顾卿河看着姬兰，眼中微泛笑意。那是一种心有戚戚的笑，仿佛在示意有个秘密被他们二人共享。

——那秘密是关于她与德顺的。

姬兰心中猝然闪过德顺单纯爱慕的眼神，接踵而至的又是他愤恨铁青的脸。那憨直少年曾对她的好是那么笨拙而又竭力，可最后剩下的，于他是仇恨，于她却只有羞辱。

她脸色一沉，起身一脚向顾卿河踢去，顾卿河虽全身无力，反应却快，踉跄退开似笑非笑道："我可不是德顺，由着你想欺负就欺负。"

姬兰大怒还要上前，多冈在一旁劝道："郡主息怒！高德顺本是无足轻重之人，就算漏网也没什么。况且已捉到了顾卿河，不怕他不出现！咱们还是早日回京……"他略一停顿，瞥一眼周围站着的王之佐等人，"此时此地并不适合审问。"

姬兰虽生气，却也知多冈说的有理，转头唤道："王老爷！"

今日也不知是王知县的吉日还是破日，景王府骑兵突至不说，渡口那边的典礼也马上就要开始。两边都要他逢迎接待，谁也得罪不起，可怜王知县心焦如焚，已急得满头大汗。听姬兰叫他，忙趋身上前："请郡主吩咐。"

"王老爷今日有事，我们就不给你添乱了。"姬兰懒洋洋开口，"既然捉到了人犯，我们这就回京。"

王之佐闻言心中一松，忙谄笑道："郡主金枝玉叶，今日来踏贱地，实乃本县莫大荣耀，何来添乱一说……"

姬兰哼了一声："还有件事要你去办。这人犯还有个同伙，可能藏在附近，要劳动王老爷多留意，有什么动静速速来报！”

王之佐俯身应道：“请郡主放心，下官定当竭尽全力，为郡主搜查此人。”

他话音刚落，便听渡口鼓乐大作，人声鼎沸。只见江上游数艘大船旌旗招展缓缓而下，越来越近。

——来了！

王之佐不由张皇起来，可这边还未发话让他走，只急得面上变色。姬兰见状嗤笑一声，从侍卫手中接过缰绳翻身上马：“快去罢，别耽误了接那大官儿！”

王之佐甚是机灵，听出了姬兰话中的讥讽，忙拱手道：“再大的官也是汉臣，也是奴才。怎比景亲王及郡主天潢贵胄千金之体？下官眼中只有满人主子，并无汉臣大官！下官只在这里伺候您老人家就好。”

他说得实在太过无耻，连顾卿河都忍不住瞧了他一眼。姬兰也不禁笑道：“好啦，我知道你一片忠心。去罢，我不怪你。”她一笑嫣然，王之佐瞧得心中一跳，满怀忠心又加了几分，眼含热泪叩拜而去。

姬兰用马鞭一指顾卿河，吩咐道：“这家伙诡计多端，虽然武功全无也绝不可掉以轻心。给我看住了！”

众骑兵高声应命。顾卿河淡淡道：“承蒙夸奖。”并不反抗，任骑兵将自己挟持上马，夹在队伍中间。

一行人扬鞭催马，沿江边山道向前奔驰。顾卿河骑在马上，却不住望向渡口，倒不是想看大场面，只是念着德顺的下落——

他最喜欢热闹，不知会不会正在那里。

上游来的数艘江船早已收起船帆，放慢了速度准备靠岸。为首的帅船上站满衣甲鲜明的官兵，船头高高立着三根旗杆，是两面豹尾旗拥着中间一根大纛，璎珞丝穗纷飞高扬，正是中军统帅所在的标志。更有一面帅旗镶边绣字，明晃晃的一个“洪”字在江风中抖开。

顾卿河这才明白，这里迎接的大官是内翰林国史院大学士、兵部尚书、都察院右副都御史、五省经略总督军务洪承畴！

——竟是这个叛国事贼之人。

他心中微哂，转头不看。不想耳边忽有铁笛一声高亢拔云，接着便是“轰”地巨响。渡口迎接的人群里炸起一片惊呼，立时嘈杂起来。

姬兰等人立时勒住坐骑，循声看去。他们所在的山路居高临下，能清楚看见下方江面。只见离渡口尚有百余丈的江上，凭空横起了一条粗大铁索！

那铁索刚从江中弹出，兀自淋漓滴水，晃荡不止。当先驶来的帅船猝不及防，一头撞了上去，船头木板碎裂飞迸，顺流而下的巨大冲力亦将铁索绷得笔直。从高处看去，狭长船体犹如一支箭搭在铁索形成的弓身上，要向前射去。

这形状只存在了一瞬。船头忽地折叠破碎，铁索如刮刀层层破入船体，船上士兵惨呼落水，船头竖立的大纛与豹尾旗被齐根勒断，倒向水面。帅船之后的几艘船见势不妙忙转舵闪避，可水流湍急，江面上又无可避之处，慌乱中接连相撞，船身震荡起伏。

正混乱之际，又一声悠悠笛音撩开雾帘。似为回答笛声的召唤，雾中猝然闪出无数火光，火箭如群星陨落，划过天空射向帅船，“咄咄”之声不绝，帅船立时中箭烧了起来。

渡口已乱成一团。

洪承畴是朝中炙手可热的权臣，受命赴任途经武城县，当地官绅兵将几乎倾巢而出前来迎接。眼见猝然生变，众人都被吓怔了，只拥在岸边鼓噪呐喊干着急，直到看见两岸密林中射出火箭，才想起用弓弩还击。那些带兵的副将、参将、游击立即指挥士兵奔向江岸丛林，去搜捕伏击者。看热闹的人群没想到一场盛典竟莫名变成混战，哭喊着四散逃避。

一时苍水渡上空箭支如蝗，破风之声不绝于耳。官军皆备有强弓硬弩，立时压下了两岸密林中的攻击，山崖上更传来渺茫叫声，几个人影遥遥坠江，正是伏击者中箭落水。官兵们见状甚是振奋，又一轮箭雨射去。江船上的人忙趁机取水灭火，向岸边靠拢。

江风又送来数声笛曲。曲子短促婉转，一折一顿，似两只鸟儿啼鸣问答，听来令人愉悦至极。顾卿河举头望去，只见江水苍茫，白雾氤氲于一川滔滔之上，偶一舒卷露出青碧崖树，却不知那吹笛之人隐于何处。

他微微感佩：这人分明是在以笛声操控刺杀，每一音律都有特定意义，如将军运兵布阵一般指挥伏击。不知吹笛人是谁，听这圆熟技艺，莫不是——琴老儿？

——糟糕！德顺若是去找琴老儿，只怕也要搅进这件事里！自己此时又被姬兰捉住，该如何脱身？

顾卿河心中忧急，脸上却全然不露声色，只攥了攥马缰。他心念电转，忽又瞧见身边的姬兰面色苍白，双目盈盈似悲似喜，挺身遥望两岸高崖，似要以目光破开如纱浓雾，寻出笛声来处。

江边嘈杂不堪，笛声飘渺几不可闻。众人都被突发的伏击惊得慌张失措，无人在意笛声，可她竟听出了……顾卿河眼眸微闪，似有灵火一现。

伏击者停了片刻。

两岸江风拂动轻雾，唯有笛曲活泼泼地在耳中跳跃着，令杀机四伏的江面竟有鸟语花香之感。可笛声又忽一提，生生勒断这平安喜乐的错觉，似一根细如发丝的铁线直钻九天，把腔子里一口气都吊得绝了，正煎熬之际，半空中两声虎吼伴着嗡地一响，两根合抱粗的巨木迅疾如雷霆，向卡在铁索上的帅船飞击而下！

顾卿河眉峰一挑，亦觉这杀招奇绝，脑中立时浮现出那舞中幡的两名大汉。此时此地，能有蛮力丢出巨木的人，想来只有他们。

渡口上人群发出“哄”的一声，齐整得竟似一人。众人都当帅船要被砸烂，洪承畴定无生还之理。不想被铁索卡得变形的甲板砰然炸裂，一个黑色人影风一般直冲而上，大袖鼓涨如蓬，半空中张臂夹住一根巨木，返身一抡，击在另一根巨木尾端，将那根巨木打得横过来，翻滚着落入江水。他身形微落，足尖在船舷一点飞身而起，长啸一声，抬手将臂下巨木丢了回去！

那两根巨木下落之势几可千钧，他竟能以一人之力拦住，身体尚在空中回转如意，这是何等高超的武功！

江边上下一片死寂，众人都瞧得呆了，连一声叫喊也没有。

唯听云深之处隆隆不绝，是巨木击上一侧山崖，碎石砂土纷落江中。

“槛外僧！”多冈一眼认出了那人，“难怪他不来归顺咱们，原来是投了洪大人……”他话刚出口便觉有失，只怕姬兰会因自己揭短而发脾气。不想姬兰并不在意那缁衣僧人，一双眼睛仍四处张望，寻找着断续笛声的方向。

笛声弱了下去，调子缠绵悱恻，似在诉说什么。云雾中忽有二人翩然若仙，向江面轻轻落下。

顾卿河刚认出那二人是耍猴儿与走绳的一男一女，就听身边鞭声脆响，姬兰忽然打马向前奔去。多冈等骑兵不知她是何意，忙挟着顾卿河紧紧跟上。

众人穿林过岭，耳边笛声忽而悠扬忽而激烈，牵引着凌乱马蹄。

刺杀

“小来，快给我解开绳子！”德顺急得全身乱扭，双脚踢着地上草根。

高崖下阵阵激斗呼喝之声点燃了他的血，一想到郑英等人正与官兵殊死搏杀，他简直心都要跳出来了。

小来却无暇理他。那小孩儿攀着崖边松树，身子向外探去，凝神瞧着下方雾蒙蒙的江面，不时为琴老儿提醒一二，补充局面变化。

琴老儿所坐的大青石拱如鱼脊，下临江水，正是可览全貌的绝佳位置。他手托横笛，似是无腔信口而吹，可每一旋律对伏击者来说，都清晰斩截如军令，指引他们攻杀进退。

德顺叫了半天，见小来不理自己，只得用身子向崖边蹭，累得气喘吁吁，终于探头瞧见了江面。他正努力向下瞧着，忽觉地面震动，一队骑兵飞驰而来。

马匹本不适于登山，但他们骑术娴熟，纵马爬山如履平地，一瞧便知是满兵。德顺大惊失色，再一看，为首的竟是姬兰与多冈，顾卿河亦在其中，更吓得一阵发愣。

一时地上尘土飞扬，德顺顾不得被马匹踩中，挺身对顾卿河叫道："老顾，你怎么被抓住了？"

顾卿河神色微赧，咳了一声："你被人捆得跟粽子一样，反来说我？"

二人话音未落，便见姬兰飞身下马冲向崖边，激声叫道："琴老儿！"

骑兵蜂拥而上，将琴老儿与小来团团围住。琴老儿浑不在意，铜浇铁铸一般坐着，气息一丝不乱，将悠悠曲声送入云水之间。小来颇有气性，挡在琴老儿身边，一声不吭拔出匕首，向当先一名骑兵刺去。他年小力弱，那骑兵一抬刀鞘便将他戳了个跟头。他却不哭不叫，咬牙翻身爬起，再向前冲来。

因姬兰并未发话，骑兵们不敢下重手，这个一踢，那个一推，猫捉老鼠一般戏弄小来，转眼间他便摔伤流血，只是死死忍痛偶一哽咽。德顺看不下去，怒道：“你们住手！”却无人理他。

姬兰向琴老儿问道：“我师父在哪里？”竟已变了声调。

笛声婉转，带了一丝凄凉。琴老儿终不能坐视小来受伤，双手不由微微颤抖。半晌，他放下笛子，眼睛仍瞧着下方江面，叹道：“你若还念着你的师父，就让我把曲子吹完。否则，你永远不会知道你师父的下落……”

姬兰闻言泫然欲泣，默然不语，竟似是答应了。多冈急道：“郡主！这些人刺杀洪大人，事关重大，姑息不得！”姬兰却仿佛没听见。

德顺不由纳闷：怎么她与琴老儿是认识的？他探寻地望向顾卿河，可他也神情茫然。

琴老儿举笛凑到唇边，清亮一声散入雾霭。众人都凝目看着山崖之下，好奇那伏击最后的结局。

在他们上山找到琴老儿的这段时间，又有数艘大船撞上铁索，破碎船体横亘江面。半空中箭矢如雨，江水波浪惊沸，无数落水官兵挣扎沉浮。在这凌厉场景之上，郑英、秀姑与槛外僧三人激斗正酣。

槛外僧的大般若掌自成一家，雄浑狠厉，江湖中能与他相提并论者屈指可数。若在岸上，郑英与秀姑绝非他对手，可郑英等人谋划时显然已虑及于此。江上碎木翻滚逝水如飞，槛外僧虽有通天之能，却毫无可立足之处，只能在船只残骸上腾挪跳跃。而秀姑却展己之长，稳踏着悠荡铁索，手中长绳探首如蛇，一人便缠得他分身无暇。

郑英长剑夭矫如龙，舞得一片雪光，冲入死守在帅船甲板上的官兵之中。他长衣溅血随江风飞卷，正气凛凛，早不复江滩上耍猴儿的滑稽模样。

德顺看得心潮澎湃，喃喃道：“真是好剑法！他是谁？”

“我郑大哥就是江湖鼎鼎有名的‘端方剑’郑元英！”小来胸口起伏，目光中满是崇拜，“是无敌的大英雄！”

德顺闻言不由心中狂跳。他平素听那些江湖掌故，最崇敬的几位侠士里便有郑元英一个。此人不但剑法精深、人品刚正，更是崇祯十六年进士，是江湖中少见的德才兼备、文武双全之人。他失声道：“怎么，以郑大侠的功名身份，竟假冒一个……卖艺的前来行刺？”

小来也不顾脸上流血，挺身答道：“家国已破，父兄受其刑毒，母妻被其宣淫，儿女为其旗奴，还有什么功名身份可言？只做个耍猴儿的罢了！”他大声说完，见德顺一脸迷惑，又添了一句，“这就是我郑大哥说的。”

郑元英并未成家，小来所说的父兄、母妻、儿女显然不止是他的家人，更是天下千千万万被清兵荼毒的百姓。德顺闻言已是双眼发热，凝神看着下方的对战，心中暗自祈盼郑元英与秀姑能击败槛外僧，刺杀成功。

郑元英长剑之下无人可挡，势如破竹直攻主舱。

槛外僧见状狂吼一声，内力翻涌如海，声音在山崖间激荡，雾气都被震散了几分。他双脚向江中一踩，将一名落水挣扎的官兵踢入水底，借力倒折而起，飞向帅船甲板，半空中一掌劈向郑英身后。

秀姑长索甩开一声尖哨，向槛外僧绕去，拼力向后一拉。她动作极快，绳索也只来得及咬上槛外僧右脚，扯得他身形趔趄。这一掌砰然下落，将甲板打出一个大洞，郑英却趁机跃起，冲到了主舱门口。

“成了！”德顺激动不已，放声大叫。

顾卿河低声嘟囔：“什么成了？明明是败了。”

德顺闻言一怔，便见小来一抹脸上的血，对顾卿河大声骂道：“你这死道士胡说什么？我郑大哥他们一定能宰了那老贼，你瞧着吧！”

顾卿河叹了口气，又露出为别人费心解释的忍耐神色：“洪承畴戎马半生，什么场面没见过，岂能轻易被刺？刺杀既不易，就更要谋划周密。你们也不看看，除了帅船外，其他船都吃水极深，这是为何？”

小来茫然不知。

“可见你们事先并未打探好消息。还要我瞧着？我才不瞧。德顺你过来，别站在这里陪他们白死。”他说着一扯缰绳，拨转马头就要离开。可他身边的骑兵立即举刀逼住了他，有郡主严令在前，他们绝不许他乱动。

顾卿河平素说话便刻薄古怪，德顺习以为常，小来却被气得双眼圆睁，尖声叫道：“胡说！我郑大哥……”

他话音未落，便听撼天动地的一声霹雳，脚下地动如筛，回声在江峡中隆隆滚动，众人只觉耳内嗡嗡，几乎聋了。只见江中数艘大船或打开舱体活门，或揭开甲板苫布，赫然露出了一个个乌黑的铁炮筒!

德顺倒吸一口凉气，觉得全身都僵住了。

船上居然载着火炮!

炮声连响，正对着伏击者藏身的两侧江岸，炮弹夹杂着铁钉、铁子嗖嗖不绝，接连撕开山崖密林。伏击者的零落弓箭全被压制，眼见碎石乱树夹杂着尸体残骸纷纷坠落。江峡中烟尘四起，火药焦煳味呛得人喘不过气。在这密集炮火之下，两岸伏击者纵有天大本领，也再无逃生之机。

郑元英已破开主舱大门，还未冲身而入，便听四周炮声轰响。他吃惊一顿，黑暗舱室内火光乍起，团团护住洪承畴的亲兵们举起的亦非刀剑，而是三眼枪!

这是最为轻捷便利的随身火器，一枪可连发或同发三弹。密集弹丸破开郑元英的胸口，他鲜血飞溅，被大力击向后方，重重摔在甲板上。

一声凄婉长唳划破烽火，长索破空卷下，正是秀姑想将郑元英救走。可槛外僧怎会放过秀姑情急失措的良机?他飞身拦住秀姑去路，猎猎缁衣之下双掌横拍，手掌未至，袖缘已挟风扫过秀姑半边身体，令她喷出一口鲜血。她轻功卓绝，重创之下仍能折身而返，可脚尖刚一触及铁索，便听近处火炮炸响，身子猝然一沉。

炮弹击中了江边固定铁索的巨石，横江铁索因兜揽了数艘大船而绷得极紧，此时猝然抽回，江中淤塞的破船碎木失去拦阻，哗然冲下。秀姑猝不及防落入江中，立时被混沌水流吞没。

这一幕凌厉如电光石火，惊呆了石崖上的众人。

琴老儿的笛曲早已被炮声碾压殆尽。他怆然丢下笛子，颤巍巍拄杖看向江水，苍老面容有热泪滚下。小来抱住他放声大哭，德顺也不禁哽塞。眼看他们数十死士费尽心力谋划此事，浴血搏杀，不想终是功败垂成。正痛心之际，忽听顾卿河叫道：“当心！”

江船火炮还在放个不停，一艘船在江流中仰俯打转，发炮时右舷升起，炮弹恰对众人所在的高崖射来。四周气流狂啸，乱石飞迸，众人站立的崖边巨石立时塌落。

琴老儿当先跌下，接着是小来与德顺。姬兰眼疾手快，本已捉住一株老松稳住了身体，可看着琴老儿坠落的背影，她略一迟疑，忽地扑了下去。

崖边碎石崩落，众骑兵拨马躲闪，人喊马嘶乱成一团。多冈与顾卿河忙提缰而上，俯身下视，只见琴老儿等人笔直落入翻涌怒涛，显是九死一生。

二人忽地对视了一眼。

落水者中皆有他们生死相从之人，这一眼似在询问：你——可敢奋身一跃，随那人而去？

多冈心跳如鼓，还未动作，便见顾卿河一推马鞍，长襟狂舞，飞身投下江流！

冷汗从多冈额角滴落。他曾为姬兰挡住锋镝刀剑，却无法克服对下方一大片修罗场的恐惧。大江、巨船与火炮的伟力超出了常人之能，在此时此刻摧垮了他所有的勇气。更让他觉得软弱的是顾卿河的眼神，那双漆黑眸子里闪过的决绝如此锋利，几乎令他的意志都开裂流血。

跨下黑马激动地嘶鸣打转，他终是无法下定决心。半晌，他浓眉一蹙，嘶声喝道：“跟我来！”转身带众骑兵打马向山下奔去。

秘密

所有的喧嚣都像是在千万里之外。

跌落的震骇彻底吞没了德顺，他在下坠中翻了个身，正看见一块破船帮在身下浮动，白花花的尖茬对着他的脸。

他心中一惊，只当自己完了。可琴老儿当先落水，撞在那船帮边沿，推出一片干净水面，德顺利落地砸了进去。冰冷江水一激，他几乎窒息，这才发觉自己被捆得死死的。

水面上炸开的炮火忽明忽暗地映着浑浊水底，水草乱木搅成一片，到处都是惊骇的脸与挣扎的四肢。他拼命扭动想挣脱绳索，却只是呛了一大口水。朦胧中看见身边有人双目紧闭，全无知觉地缓缓下沉，正是小来。德顺双腿乱蹬，拼命向他游去，想用肩膀顶起他，不妨又呛了一口，鼻腔灼痛一直烧进脑子，眼前一阵发黑，知觉渐渐淡去。恍惚之间，觉得手脚一松。

绳子断了，突至的自由让德顺睁开眼睛，正看见顾卿河浮在自己面前，散发飘浮不定，口中衔着小来的匕首。恐惧陡然消逝，四面波急浪涌，心却沉静如渊。

二人拉着小来浮出水面。

嘈杂巨响轰然砸进耳朵，江面上仿佛开了锅，无一处不沸腾，三人转眼便被碎木残骸撞得伤痕累累。德顺努力抓住一块木板稳住身体，四下寻找琴老儿的身影，却听前方有人惨叫数声，一艘大船上的几名官兵纷纷落水。

姬兰鱼鹰般从水中跃起，刚一翻上甲板，又一把灵羽针发出，射倒了数名持刀冲来的官兵。在这瞬息之间，她折腰向水中一抓，将琴老儿提上了船，转头对余下的官兵叫道："景王府郡主在此，谁敢轻举妄动？"

她刚才落水时也被碎木撞伤，此时好不容易上了船，亦是全身颤抖气息不稳。这句话叫得毫无威慑之力，那些官兵几乎都没听见，仍当她是伏击者之一，呼喝着扑了过来。

姬兰无法，只得将琴老儿放下，飞针再射倒数人，逼得他们不敢上前。

德顺忙划水游向那艘船。顾卿河叫道："你……又犯傻？趁这机会正好逃走，怎么反倒凑上去……"话音未落，一个大浪劈头盖脸落下，打得他几乎晕死。

顾卿河说得不错，此时正是逃开姬兰的良机。以他们两人现在的能耐，若错过了这个机会，只怕是死路一条。可德顺咬牙想了想，仍是一声不吭拼命划过去，心道：犯傻就犯傻！现在我没法给你解释，反正我是不能看着忠烈之士落难却不管，更何况——琴老儿还没告诉我以乐理调息的法子呢。

江流滔滔，好在德顺水性不差，终于靠近那艘船，先把小来掀了上去。顾卿河本就虚弱，这时已被呛得半死不活，只扒着船舷喘息。德顺刚要推他，忽听风声一响，一支弩箭擦过手臂钉入船板，痛得德顺惨叫一声。

他回头一瞧，不由大吃一惊。从落水到此时不过须臾，他们已被激流冲下，滑向渡口。渡口伸入江中的跳板近在咫尺，上面站满了手持弓弩的官兵，密集箭镞正对着他们。指挥弓箭手的是一名游击，他缓缓抬手准备发令，眼中冰冷的杀意分外清晰。

德顺哀叹一声，转头见顾卿河脸色惨白，恶狠狠瞪着自己。方才若是听他的话逃走，想必就不会被射成刺猬了。德顺心中过意不去，仓皇间结巴道："下辈子……我肯定听你的话……"

顾卿河被江水冲得牙齿打颤，道："滚蛋。"扭过头不屑瞧他。

二人正闭目待毙，却听有许多人齐声高喊："住手！住手！不许放箭！"

一队骑兵飞一般冲进岸边人群，速度太快，甚至有数人躲闪不及被卷入马蹄。可被踩踏之人的呼号丝毫未令这些骑兵停顿，他们一直驰至江边，为首者大喝："住手！"说着高高举起一块鎏金腰牌，正是多冈。

他厉声喝道："景王府亲卫在此，放下弓箭，不得伤人！"

多冈等人的行事气势一瞧便是旗人亲兵，再听"景王府"三字一出，渡口上官绅兵将一时都怔住了，那游击举起的手也僵在空中。

多冈见他们甚是听话，冷冷道："景王府郡主就在那艘船上，还不快收了弓箭！"

知县王之佐方才已见过多冈，知道他是姬兰心腹，忙大声叫道：“快！快把弓箭手给我撤了，误伤了郡主你们吃罪得起吗？”转头对多冈赔笑，“请大人放心……”

“伏击者已被杀败，此时该全力救人！”多冈劈头打断他的话，“你们还在等什么？马上想办法去接回郡主及洪大人！”他虽是景王府侍卫，却挂着从四品的护军参领之衔，王之佐这七品知县也要乖乖听他的训斥。

王之佐闻言眼前一阵发黑，只叹自己命苦。怎么刺杀洪督师的事儿还没完，景王府郡主又身陷险境？今日这惹不起的两边儿接连在武城县出事，想必自己不但乌纱不稳，连脑袋也保不住了！想到此处涕泪横流，顿足嘶声叫道：“快救人，快去救人！”

他话音刚落，便听江中响起一声大吼。原来洪承畴所乘帅船已断成两截，前半截彻底碎烂，只有后半截仰浮江中，舱室倾斜摇摇欲坠，马上就要断裂落水。槛外僧正站在船舷边，两手撑着舱室的板壁。他虽气力惊人，可那船舱高可丈余，沉重无比，眼看就要支持不住。

渡口上的官兵乱成一团，纷纷找小船下水，或以长木杆捞取，或抛下绳索铁钩，试图将船只残骸拉到岸边。德顺见机忙拉着顾卿河爬上了船。这艘船上的官兵已被姬兰杀死或逼得跳了江，琴老儿受伤昏迷，姬兰俯身查看他的情况，对德顺二人理也不理。

二人也无暇理她，只瘫在船板上死命喘气。可还未缓过来，便听“哐当”一声，一支铁锚被扔上了船，在甲板上划过刺耳锐响，喀地卡在船舷之上。正是多冈抛来船锚，与许多官兵一起拉着绳子，要将他们这条船拉回岸边。

德顺见状大急，忙爬过去想搬开铁锚，顾卿河一把拉住他："不必……"

"怎么不必？船被拉到岸边，他不就抓住咱们了么？"德顺急得大叫。

"这时你又怕被捉了？跳上姬兰的船……与被多冈捉住有何不同？"

在此危急时分，他气都喘不匀，竟还不忘奚落自己！德顺不理他，气鼓鼓去搬船锚。正咬牙使劲，只听顾卿河在身后叫道："你到底想不想知道……你师父在哪里？"

他问得没头没脑，德顺不知何意，姬兰却猛地从琴老儿身边站起，瞪着顾卿河。原来他这话是说给姬兰听的。

"只有琴老儿知道这个秘密，他却是刺杀洪承畴的主谋之一。"顾卿河强抑喘息看着姬兰，"你若让这艘船靠岸，可能保琴老儿不被洪督师问罪？若他真的被洪督师拿去问罪，你的秘密想来只有两种可能：或是他熬刑不过，将之公之于众；或是他宁死不屈，将之永埋黄泉——这二者中可有你想要的结果？"

顾卿河故意放慢"洪督师"三字，暗示洪承畴为清廷重臣，正当得用之际，从太宗、睿亲王直至当今皇帝都对他极为倚重，即使矜贵如景王府，也不该因为区区一个人犯与他生出过节。而姬兰的秘密更是敏感至极：这秘密与她的过去有关，这过去又与一个江湖中反清的下九流戏班子缠杂不清……

顾卿河同情地对她笑笑：总之目前情况很混乱，就看郡主怎么办。

他的话句句都敲在姬兰的软肋上，姬兰咬牙看着他，恨不得将他千刀万剐。可他所说的确有道理，此时江中岸上到处都是官绅兵将，该如何不令他们生疑而将琴老儿带走？

姬兰略一思忖，已拿定了主意。

她瞪着顾卿河，一字字恨声道："我发誓，终有一日，我会挖出你的老底，然后杀了你！"说罢起身扑到他身边，抬起他的胳膊放在自己肩上，"住手！多冈，你们住手！"

岸上的多冈抬头一看，顾卿河正手持匕首逼在姬兰颈间，仿佛马上就要划下去。

"再拉一下船锚，我就杀了她。"顾卿河立即配合姬兰演起戏来，默契得仿佛演练过一般。他虚弱得站都站不稳，毫无凶悍之状，多冈却对他极为忌惮，不由面上变色，立即喝止了手下。

"马上砍断缆绳。"顾卿河一推姬兰，气若游丝地威胁。

姬兰忍耐着低声道："我不过是做戏。顾卿河，你少得寸进尺！"

德顺还在一旁死命对付船锚，忽然见到顾卿河竟寥寥数语扭转了情势，让姬兰主动当了人质，简直佩服得五体投地，忙拾起甲板上掉落的一把长刀，砍断了缆绳。船身一颤，缓缓向下游漂去。

就在这时，渡口上响起了一阵欢呼，是官兵们终于将帅船残骸拖到了岸边。帅船仅余后半个船身，舱室也已变形。槛外僧率先跳下船舷，双手一分掰开舱板，露出一个巨大洞口，从中搀出一个相貌干瘦的老者。

德顺距离岸边不远，看得清清楚楚，知道这便是洪承畴了。

他心中一紧，只见几个亲兵接连跳出洞口，又拖出了一个人。

那正是奄奄一息的郑元英。

郑元英

洪承畴未穿补子公服，只着一件酱色绉绸长褂。虽刚经历生死，却并无失措之态。他一踏上渡口，等候于此的官员们纷纷跪地拜倒。他微微点头请起众人，见气氛尴尬紧张，解嘲一笑道："想不到这武城县境如此难入，我等几乎折戟沉沙于此！"

王之佐闻言吓得半死，忙再次伏身下拜请罪。

洪承畴却不理他，只低头看着全身是血的郑元英，皱眉问道："你是何人，敢来行刺？"

郑元英艰难抬头，笑问："你……又是何人？"

旁边的王之佐为表忠心，忙愤怒叫道："瞎了你的狗眼，连洪大人都不识得！"

"洪大人？"郑元英似极为意外，"可是洪阁部……洪承畴么？"

他说的"洪阁部"三字本是洪承畴在前明的官职，王之佐却并未察觉，昂然道："不错！"洪承畴也抚须点头。

"放屁！"郑元英面色一变，大声怒骂，"洪大人受我大明先帝厚恩，早于松山之役中战死沙场！先帝念其忠烈立庙哭祭，加封谥号，官荫其子。洪大人是大明赤胆忠臣，你又是何人，居然来腼颜假冒？”

渡口上下一片死寂，洪承畴木了脸一言不发。众人对这段往事都心知肚明，此时听郑元英连讽带骂，惊得气都不敢喘。当年洪承畴以蓟辽总督之职在松山与满兵对战，一役极为激烈艰苦，最终全军溃败。举国上下都以为他为国捐躯，皇帝甚至为其立庙祭祀。可万万没想到的是，就在国人悼念他之时，他已投敌叛变，更一步步引狼入室，率兽食人。

郑元英身上血流如注，显然已是活不成。他拼死大骂：“天道好还，人心思汉，你以为你们还能横行几时？安西王李定国两蹶名王，天下震动；更有长江舟师进逼江宁、国姓爷精兵进战退守于东南沿海！我大明复国可待，建酋末日不远……”

去岁至今，南方抗清战事如火如荼，清兵连遭挫败，郑元英喊出的皆是清廷严禁国人知晓谈论的消息。洪承畴见他越说越不妙，忙以眼神示意，槛外僧俯身一掌，震断了郑元英的心脉。

德顺在江中看着，只觉胸中轰的一声怒火喷发，热泪滚滚而下。他从未像此时一般恨自己愚笨孱弱，竟能眼睁睁看着侠义之士被奸贼所杀！他恍然想着：我虽没有郑大侠的高超剑术，却也有他不惧生死的勇气！拼了一条命，也要为郑大侠、秀姑、冯大冯二等几十名豪杰及天下枉死百姓报仇！内力一催双掌炽热，起身就要扑向岸边。

肩上忽地一紧，顾卿河在耳边低喝：“站住！”

德顺叫道：“让我去！”

顾卿河紧紧抓住他，急道：“纵慨然赴死，又有何益？”

德顺几乎没听清他在说什么，怔了半晌才回过神，眼中满是愤懑痛苦。只听顾卿河轻声念道：“天下有大勇者，卒然临之而不惊，无故加之而不怒。此其所挟持者甚大，而其志甚远也。”

德顺知道这是幼时读过的《留侯论》中的几句，顾卿河以此劝自己不可强逞匹夫之勇。此时渡口及江上的官兵加起来有数千之众，全副武装兼有火器。郑元英等人皆为高手，谋划如此周密都失败了，自己武功平平，一身之力何以抵挡千军？

他心力一懈，颓然哽咽：“那怎么办？”

“君子不轻用其锋，来日方长。”

德顺点点头，用手背擦去眼泪，喃喃道：“好，来日方长。”他看着顾卿河，“老顾，咱们不能让琴先生和小来落到官府手里。”

顾卿河叹了口气。

自己都是泥菩萨过河，又拿什么救那重伤的一老一小？但他明白德顺秉性如此，此事纵有千难万难，也要帮他做到。他点头道：“好。”

德顺知道他答应了就一定能做到，心中才稍稍安稳。

经郑元英一骂，迎接庆典竟似一个华丽嘲讽，意义全失。渡口上一片尴尬，鼓乐调子泄了气，众官员也不知该如何圆场。洪承畴颜面扫地，再无心思与众官员寒暄，一头钻进绿呢亮纱八抬大轿，一大群幕僚及亲兵骑马紧随其后。队伍鸣锣开道而去，当地文武官员有的忙上马上轿跟过去，有的分立两旁，肃手恭送。

见洪承畴的人马都已离开，姬兰大喜，纤手一拂夺下顾卿河的匕首："你这臭道士竟敢用洪承畴来挟制我，现在他们都走了，我瞧你还有什么花招？"

"花招自然还有，"顾卿河毫不在意，"既然你问，我现在就说一个……"

他心思诡诈难测，姬兰每与他打交道无不吃亏，心中不由先惧了几分，忙用匕首指着他的鼻子，叫道："住口！你不许说话！"

顾卿河甚是听话，乖乖闭上了嘴。

此时小来与琴老儿已渐渐苏醒，负伤甚重无力起身，德顺又因郑元英之死而失魂落魄，船上再无人能与姬兰抗衡。她见此时不但捉住了顾卿河二人，更连师父的下落都有了眉目，不由得意。

她上前几步，正要招呼多冈将船拖回去，只见官道方向烟尘四起，一队衣甲鲜明的骑兵飞奔而至，竟是洪承畴的一支亲兵又转回来了。

姬兰一惊，不自觉地想闪身挡住琴老儿，可自己也觉得这举动太过愚蠢，又听一旁顾卿河压抑的轻笑，更气得咬牙切齿：难道还要把被劫持的戏码演下去么？

她实在气不过总被顾卿河算计，可转念一想，就算暂受委屈又如何？船上这些老小病弱全加起来也不是自己对手，只要防备他再使诈，他们又能怎样？

想到这里，便冷哼一声站住不动。

驰来的骑兵簇拥着一顶轿子，里面却是王之佐。他来得匆忙，显是临时奉命折返而回，虽乘轿子也急得一头大汗。他下了轿子对多冈一礼，大声道：“下官奉洪督师之命，前来与景王府郡主见礼！”

多冈正自忧急，一见不由心中冷笑，已将他来意猜出了几分。洪承畴出了这样大的丑，根本无意与旁人照面，派王之佐回来不过是碍着景王府的名头，不得不啰嗦几句好话，面子上才过得去。

果然，只听王之佐道：“洪督师受命赴任，军情火急不得驻马，又因逆贼伏击，事起仓促，未曾悉心接待大驾，更令郡主受惊，特命下官代督师来告怠慢之罪。今逆贼已灭，下官受命前来善后，郡主但有吩咐，定不辞犬马之劳！”

多冈不动声色还礼道：“承蒙洪督师挂心，有劳王老爷。”

王之佐刚送走了洪承畴，马上对景王府表现出无限忠心，一脸关切问道：“不知郡主现在何处？”

这话正问在多冈的痛处，他皱眉未答，只听一个低沉嗓音说道：“郡主在那艘漂下去的大船上！”

说话的正是槛外僧。

他与王之佐一同返回，黑色僧衣松垮地罩着粗犷骨架，骑在战马上，显得那马匹如一头小毛驴。他接着又冷冷道：“那船上皆是逆贼！”

方才一番混战，落入江中的除了官兵就是伏击者，而官兵都着戎装，敌我便是一目了然。王之佐听了槛外僧的话，向那艘船一瞧，只见船上的人果然皆非官兵服色，姬兰郡主正在其中，被一个少年道士捉着。

王之佐一见不由颤声道：“那……那不就是郡主么？”

多冈紧紧握住刀柄，手上青筋毕露，艰涩开口：“不错，郡主落水被逆贼挟持，尚未救回……”他心中如煎如沸，自责已到了极处，更有一丝难言的疑惑，觉得以郡主的身手，断不至于被劫持——难道是这任性少女又起了什么古怪念头？他不免想起郡主与德顺二人之间并不自然的神色，又痛悔自己不敢飞身坠崖追随她去……无论如何，总是自己护卫有失！

“那怎么办！”王之佐急得跳脚。如果那艘船上全是逆贼，发一炮，或射一通弩箭火铳皆能了事，可景王府郡主在上面，却万万不敢擅用重器，哪怕误伤她毫发也吃罪不起。

眼见那大船在水中磕碰着碎木残骸，速度不快，却也漂出了数十丈之遥。槛外僧鼻中哼了一声，粗如马匹喷气一般，一挥大袖叫道：“贫僧可去！”

多冈摇头道：“不可……”

槛外僧眼中现出不屑之色，似在嘲讽多冈一个八旗将官竟也如此懦弱胆小，当下傲然道：“船上不过是几个喽啰小子，实不足惧！待贫僧飞身上船，一掌毙了他，绝不给他们机会伤害郡主！你且莫怕！”说罢呵呵一笑，语气中极尽蔑视。王之佐也在旁赔笑。

今日景王府的脸可真是丢尽了。多冈愤恨得几乎吐血，只得咬牙道：“我如此担心，只是因为……那船上有一个绝不可轻视之人！”

槛外僧冷哼一声：“难道强过‘端方剑’郑元英？”

多冈不语，只远远望着那个身着道袍的身影。

他意态恬淡、面容冷漠，身上有种罕见的寂然，仿佛一缕月光化入夜色，全无痕迹可寻。当他沉默时，哪怕随便有个人站在他身边，就能衬得他似乎并不存在。可是，当他陡然现身……多冈想起方才在高崖上与他对视的一眼，几乎要打个冷战。

世上绝不会有人被那样的眼睛注视而不心生畏惧，那一眼的凌厉激楚几可割伤对方的视线。到底是何等深不可测的灵魂，才能锻造出如此锋芒?

“那人曾是天罚令使。”多冈涩声道，带着挫败与黯然。

槛外僧眉骨猛地棱起，双掌一错骨节之声爆响。他沉吟片刻，道：“请给贫僧一条船！”

铁炮

船是百料大船，左舷及舵杆已被撞坏，操控不易。顾卿河并不懂驾船，打量了一番桅杆帆索，然后指点德顺拉动几根绳子，升起一张帆。大船这才加快了速度，离苍水渡越来越远。

岸上有一队游骑沿江追下，似是景王府的骑兵，但水岸相隔，一时倒不觉紧迫。大江东去，卷走了方才激战留下的残骸和尸体，渐渐现出一江清流。远远地传来尖细的几声，小来虚弱地支身子，叫道：“是猴儿！是猴儿！”

江面上果然有一只毛色狼藉的小猴子，正仓皇地从一块浮木跳到另一块，奔向他们。此时听懂了小来的呼喊，更是吱喳蹦跳不停。德顺忙探出一支长桨，帮它上了船。那猴儿受了惊吓，蹿到小来身上抱住不放。小来抚着它哽咽道："琴爷爷，你瞧，是郑大哥的……"说着一通咳嗽，口中竟溅出血沫，显然落水之时受了内伤。

琴老儿右腿亦被碎木洞穿，伤势不轻。他见小来如此，不由长叹一声，颤声道："咱们数十人意气相投，费尽心机谋划杀贼。如今功亏一篑，上天竟要赶尽杀绝，连小孩儿的这条命也不给留下么？"

德顺见不得这样凄惨情形，忙道："琴先生放心，有我们在，一定会保你二人安全！"

琴老儿花白须发随江风颤动，颓然望着江水："多谢小兄弟肯仗义出手。可惜此时，只怕咱们都落入绝地了。"

德顺随着他眼神看去，只见后方江面上有数艘大船不远不近地跟着，为首的船头上站着几个人，正是槛外僧、知县王之佐与多冈。原来官兵已追来了。

"不妨事。托郡主的福，他们暂时不敢靠近。"顾卿河说道。

姬兰闻言瞪他一眼，他只做没瞧见。他口中宽慰众人，其实却有些担忧。他们所乘的这艘船已经破损，众人又不懂驾驶，只能顺水漂流。而追来的船大多完好，水手齐备，虽碍着姬兰的安全不敢逼近，要甩掉却难上加难。

德顺恨声道："跟他们拼了！咱们也用大炮打他们！"

这艘船上也载有一门铁炮。方才官兵轰杀伏击义士甚是惨烈，若此时能狠狠还击，岂不是可以大出一口恶气？

顾卿河摇了摇头：“铁炮在右舷，打他们只能调转船身，可咱们都不会驾船。”他顿了顿，“而且，这船马上就要搁浅了……”

德顺一惊：“搁浅？”

顾卿河指了指前方江面。只见前方一壁高崖如半扇门板伸入江中，下临江水转弯之处。江湾内淤积了许多冲下来的船板碎片，几乎堵了半个江面，他们的船也正被江水冲向那里。

姬兰见槛外僧追来，也不免忧急，叫道：“那还不快转弯？”

“船舵坏了，没法子。其实转弯也可以用帆，但我不会；也可以划桨，但人力不够。”顾卿河面无表情，仿佛在说旁人的事。

“你能不能说些有用的？”姬兰急得顿足，“你不是有很多鬼主意么？”

“我现在还没想出办法。”顾卿河淡淡说道，转身走下底舱去了。

大江回弯处水流深缓，船漂荡无依，果然被推向那一片残骸，仿佛一只落入猎网的小兽，先被碎木拖住，速度越来越慢，最后猛地一顿，彻底停了。远远传来槛外僧高声大笑，更显得江湾空阔，众人心中都空落落的。

眼见逃无可逃，姬兰奔到琴老儿身边，急问：“琴老儿，事已至此，你快告诉我师父在哪里？”

“逝川前后水，浮世短长生。”琴老儿眼望江水，神色怆然，“清歌，戏班众人各依生死之命，皆已流散，你亦找到归宿之处。相见无益，徒增伤感，又何必再掀开往事？”

德顺在一旁听见琴老儿与姬兰的对话，心中不免暗忖：怎么琴老儿唤她“清歌”？竟是个汉家女子之名……

姬兰并不听琴老儿啰嗦，仍是一句：“快说我师父在哪里？”

顾卿河从底舱上来，见她逼问琴老儿，插言道：“咱们能跟官军对峙，就是凭着琴先生肚子里的这句话。你自己也不想想，此时此地怎么可能告诉……”

姬兰不待他说完，返身一拳击向他面门。德顺见状忙拿起长桨猛掷过去，姬兰冷笑一声，手臂沿桨身推来，一挫便震断了那支桨，掌风余威扫过顾卿河，打得他一个踉跄。德顺大怒，刚要起身上前，便见姬兰手中银光璀璨，拿出了灵羽针。

二人怒目而视。

自今日见面开始，德顺与姬兰一句话也没说，连目光也各自避开。德顺知道自己应该恨她，却实在不知恨她的神色该是什么样子，只好当她不存在。不想姬兰竟也仿佛看不见他。此时猝然面对，姬兰涨红了脸，连眼圈儿都泛出泪花来，竟是一副恼羞成怒的模样。德顺也不由脸上一热，莫名地觉得又是尴尬又是愤怒。

“你这反贼，还以为我不会杀你么？”姬兰冷冷开口，手中银针一捻，发出冰冷声响。

“清歌，”琴老儿缓缓开口，“你称他是‘反贼’，却怎么忘了，咱们也曾是‘反贼’啊……你既要见你师父，还带着这副景王郡主的身份么？”

听他言下之意竟是松了口。姬兰微一镇定，眼中火一般的羞愤已冷却，讥讽道：“好个见风使舵的琴老儿，方才还在推三阻四，拽什么浮世长短的酸文，不想告诉我师父下落。现在见我要出手，就怕了么？”

“衰年残躯，何言怕字。我不过是曾与这位小兄弟有约在先，伏击之事一完，有些话要告诉他。”

德顺一怔，忙道：“是啊，那个乐理调息的法子！”

“不行！”姬兰拦住他，“先告诉我师父在哪里，否则……我就杀了他们！”

二人还要争执，却听啪的一声，顾卿河抛来两个纸包，里面黑黄两色的细碎粉末撒了一甲板。“你们这些家伙，死到临头还说些什么师父在哪里、又什么乐理调息……”他喘息着摇头，“听好了，我有个法子逃走……”

绝望之中，他这句话简直是天语纶音，德顺眼睛一亮，问道：“什么法子？”

“就是这个。”他一踢纸包。

琴老儿微微一怔，哑声道：“柳炭、硫黄？”

“底舱里还有硝石、铁渣、磁末、石黄之类，都是那门铁炮用的。”顾卿河看着琴老儿，“江滩上见识过琴先生的精妙幻术，我瞧得极为仔细，也只看破了三分。可也正因这看破的三分，让我斗胆猜度，江滩上的幻术是否也能在船上施行？”

琴老儿眼中的茫然不解渐渐消逝，现出一丝恍然。他思忖片刻，微微点头道：“幻术一技，旁人看来神异，说穿了不过是障眼二字。是借着天时地利人和，再加一点技巧，欺骗人的眼睛。此时此地，我自然也可以做到。”

"若是一个极大的幻术呢？一个——足以让咱们逃离险境的幻术！"

琴老儿沉吟道："咱们为求脱身，齐心竭力来做这幻术，算是人和；今日风浪不大，江面清平如镜，可令障眼法效果加倍，算是地利；最后……还要待天时相助。"

顾卿河如释重负地一笑："好，咱们就等天黑！"

用幻术逃走？姬兰不禁冷笑一声："你们疯了么？用这种小伎俩来糊弄人，以为官兵都是三岁孩童？"

她幼时在琤瑽韵见惯了幻术，知道这都是骗人的把戏。德顺却又惊又喜。他本就对杂耍戏法之类喜欢得不行，心思单纯如他，更以为幻术都是真的，忙问："怎么做？"

顾卿河打量一番江水、石崖与后面紧追不舍的官船，笑了笑："先放一炮再说。"

他走到炮架旁琢磨片刻，开始扭转炮口。那铁炮铸得甚是精密，耳轴、垂直轴俱全，可以上下左右调整炮口方向。众人都当他要对着官船开炮，不想他却把炮口对准空荡江面，点燃了火线。

铁炮如怒龙咆哮，一声巨响喷吐出烈焰浓烟，炮弹落在远处江上，炸起泼天大水。船身猛地一荡，一路挤压浮木咯吱作响，左舷直向石崖上撞去，一直抵上崖壁。德顺被震得昏头昏脑，听见后方官船上传来一阵喊叫，显是这一炮令官兵们大吃一惊，全神戒备。

顾卿河浑不在意官兵嘈杂，只仰头看着石崖。此时危崖悬于众人头顶，上面杂树丛生，藤蔓遍布，他喃喃道："先弄些障眼之物……”

琴老儿不由感慨道：“想不到你只看了一场表演，便瞧破了我这手幻术的窍门。”

“我不过是瞧破了一点皮毛，至于如何施行，还要请琴先生指点。”顾卿河恭敬道。

乐理

一声炮响令多冈等人大惊失色。

王之佐吓得连站也站不稳，颤声叫道：“这些贼人是要跟咱们炮战么？快来人，准备开炮！”

“不可！”多冈厉声制止，“郡主还在那艘船上，谁敢开炮，立斩！”

槛外僧冷冷道：“王老爷稍安勿躁。那一炮只是打向江中，并非朝我们而来。”

“他们为何向江中开炮？”王之佐呆了呆，“啊，定是这群无知反贼不懂操纵火炮，想打官军，却弄巧成拙！”

多冈摇头道：“不会。那人极为狡猾，所言所行皆有常人不及的深意，这一炮定有原因。”

“可是那天罚令使？”槛外僧双眼微眯，随着这轻声一问，目光陡然爆出杀意，仿佛眼睛扫过之处都会灼烫冒烟。

多冈心中微微惊疑：怎么他好似对天罚令极感兴趣？但他并未多想，只点头道："不错。此人武功已废，却仍不可小觑。"

"武功已废？"槛外僧闻言一怔，旋即哈哈大笑，"好，好，好！"

王之佐不知他喜从何来，但因他是洪承畴的亲随，也只好陪着干笑，问道："大师说什么好？"

"贫僧是说他们这一炮放得好！明白告诉了咱们，他们下一步的打算！"槛外僧大声解释，"方才这一炮并非进攻，而是用发炮的后推力将船身靠向石崖！那石壁悬在他们头顶，凸凹嶙峋，草木丛生，正可攀缘而上，岂不是逃脱捷径？"

王之佐与多冈这才恍然大悟，不禁钦佩槛外僧果具慧眼。多冈只觉擒贼有望，冷笑道："这姓顾的小子也有被人看穿诡计之时！那石壁虽可攀爬，却一览无余立在咱们面前，有只虫子爬上去都纤毫毕现，他们绝对无法逃走。"

槛外僧道："他们既有去意，咱们倒可以动一动了！"

多冈也觉有了把握，转头呼唤手下，令众船加快速度，同时调整船身角度对准崖壁，所有官兵都睁大双眼盯着石崖，若有一个人爬上去，立即放箭开火。数艘大船如一群猎犬向崖壁下搁浅的船包围过去。

水面遍布浮木碎片，众船正小心翼翼靠近，忽听风里一声尖哨，有响箭射出，一个少年挺身站在船舷上高喊："还敢过来，是要害死郡主么？"声音朗朗随江风而来，听得极为真切。

多冈认出那正是高德顺，忙令众船停泊，不敢再向前。他对德顺叫道："你们不要负隅顽抗，快快交出郡主，免得众炮齐轰、粉身碎骨！"

德顺却不理他，跳下船舷消失了。

槛外僧等人明知他们是在拖延时间，却一时无计可施。好在官船已靠得极近，这些反贼插翅难飞。

时间慢慢流逝，映在江上的细碎日光不再耀眼生花，反而渐渐镀上一层金红。夕阳远坠于天际，风息浪止，江面上数艘大船张着金帆，静静对峙。

夕照之中，突然响起了一曲晚笛。

多冈等人一惊，只当他们有了什么动作，可那船上却并无异动，只是笛声断续凄婉，如不绝的叹息，随江流绵绵而去。

石崖下的船上，众人静静听着笛声，各怀心思。

姬兰心中只转着念头，不知如何让琴老儿开口；顾卿河漠然看着众多官船，琢磨脱逃之法；而德顺一会儿觉得耳边全是轰鸣炮火，一会儿又想起郑元英赴死情形，顾卿河劝解自己的"天下大勇"四字更是灼灼于心。他从前行事只凭一腔热血，可世上争斗并非正义者必胜，有再大的决心、毅力与手段，也可能一败涂地。"天下大勇"的背后是收敛锋芒、藏拙待机，许多成功只是因为终于忍耐到了临机取决的一瞬。他心思简单，从未想过这样的道理，此时于江风晚笛之中明白过来，只觉得沉甸甸的平静。

琴老儿吹了一曲，举起笛子仔细端详，摇头笑道："笛兄，我琴老儿飘零半生，使过无数乐器，此时行头都丢了，琴箱子也没了。想不到最后陪我的，竟是你啊！”

德顺暗道：琴先生是被水呛糊涂了么？怎么疯疯癫癫起来？

琴老儿神色感慨地抚摸着笛子，半晌，抬头对德顺与顾卿河道：“现在我要告诉你们那法子，可是若听这法子，就要答应为我办一件事。”

德顺忙道：“先生有言但请吩咐，我若能做到的，一定全力去做！”

琴老儿低声唤道：“小来！”

小来抱着猴儿蜷在一旁，无力应答，只嗯了一声，眼中蓦地充满泪水。

“这孩子是个孤儿，满门皆死于乱军，只他一人幸免。我要你们答应，将他安全护送至江宁近郊六塘村，那里会有人照顾他。”

“琴先生，其实不用你说，我们两个早已商量好了，要保护你和小来脱险！你放心……”

顾卿河也附和德顺道：“不错。”

琴老儿微微摇头，闭目沉吟半晌，道：“听仔细！”

德顺知道他要说那法子，忙用力点头，顾卿河也凝神细听。

“九九八十一以为宫。三分去一，五十四为徵。三分益一，七十二为商。三分去一，四十八为羽。三分益一，六十四为角。宫徵商羽角，土火金水木，脾心肺肾肝，口舌鼻耳目，肉脉皮骨筋。”

德顺听得一头雾水，姬兰却不屑地嗤笑：“我当什么要紧的话，不过是五音！五音可对应五行及人体五脏、五官、五形，这谁不知道？”

琴老儿仿佛没听见，道："十二律呢？"

"阳律六：黄钟、太簇、姑冼、蕤宾、夷则、无射；阴律六：大吕、夹钟、中吕、林钟、南吕、应钟！"姬兰语声清脆，一口气念下来，"天下乐户也罢，戏班子也罢，谁不是打小儿就会背的？"

听姬兰说得如此轻蔑，德顺不由有些慌神：难道琴老儿的法子是唬人的？还是他受伤后意识不清，说的都是些疯话？

琴老儿仍不理会姬兰，对顾卿河谆谆说道："阴阳十二律对应十二地支、十二个月，亦对应十二经脉！你明白了么？"

顾卿河道："我明白，却只怕不能体会。"

琴老儿道："我教你体会。"

他把笛子凑到嘴边，清音一声悠悠而出，只吹了这一下，便抬头问顾卿河："如何？"

众人都心惊他怎么行事荒诞起来，听他一问，不由疑惑地瞧向顾卿河。顾卿河微微皱眉，沉默半晌道："无。"

琴老儿点点头，又吹起一声，似比方才稍低浊，问道："如何？"

顾卿河又摇了摇头。

德顺不知他们在打什么哑谜，却紧张得不敢喘息。只见琴老儿思忖片刻，举起笛子连续吹出一串清音："这个呢？"

顾卿河面上露出一丝笑意，道："似有三分了。"

"这便是以五行相生顺序吹出的长音宫商角徵羽，生生不息，如循环之无端，孰能尽之！五音亦可对五指，辅以十二律就是这般……"他俯首一吹，苍老手指在笛孔上跳跃如飞，灵活得令人眼花，笛声如一群翠鸟扑棱棱飞起，盘旋而入天际，"弹指、按指、扭指、洗指……气息、唇舌、手指、心脉并举。凡音之起，由人心生，你听！”

他猝然甩出一声，鹤唳般拔地而起，震得头顶白帆簌簌颤动。

“如何？”

顾卿河垂头不语，半晌才慢慢抬头看着琴老儿，眼中有如水的感激一闪。他整饬衣冠，对琴老儿长揖到地，直起身沉声道：“我懂了。”

旁人都呆呆看着，不知他懂了什么。琴老儿却畅声大笑：“想不到我这百无一用之技，竟也能行小小善事！老夫纵抱憾而死，也有一丝欣慰挂怀！”

顾卿河一怔，缓缓道：“琴先生乐艺出神入化，更能触类旁通，非常人能所能及。何称百无一用之技？”

琴老儿摇头不答，只看着越来越暗的天色，夕照映着他满面皱纹，深刻如镌。德顺想起在江滩上见他第一眼，觉得他像山精树怪，心中不由感慨：这老人对乐理痴迷精熟如此，也许他果真并非凡人……

暮色落下，江面水雾氤氲，官船上的官兵因怕他们爬石崖逃走，用极长的木杆挑起许多大灯笼照着石崖，头顶崖壁上黄色光晕游移不已。

琴老儿喃喃道：“天色已晚，可施幻术了……”他忽地看向姬兰：“你师父在喀尔喀蒙古土谢图汗的领地瀚海大漠……”

方才姬兰一直追问，琴老儿却总是顾左右而言他。姬兰只当他绝不会轻易告诉自己师父下落，早抱定了下狠手撬出消息的决心，不想他此时竟突然说了出来。更想不到的是，师父的藏身处竟是一个匪夷所思、闻所未闻之地，她不由愣住，一句话也说不出。

船身突然一晃，似是水下有什么在翻腾。这一动惊醒了姬兰，她手指微动，一道银光向琴老儿射去——果然她一得到师父的藏身之处，便出手杀人了！

幻术

银针脆响连声，都打在一块船板上。

德顺早有防备，不敢硬接她的灵羽针，早抓起一块木板抡过去，银针钉入深至没顶。德顺怒道："你……好狠毒！"

"我狠毒？"姬兰咬牙看着德顺，"你怎么不问问他们都是怎样对我？"

"琴先生并未伤害于你。我只看见你恩将仇报，要杀了他！"

姬兰冷笑一声，讥讽道："不错，这正是琤瑽韵中人的习惯，恩将仇报！"她纤手一抬又要发针。

琴老儿缓缓道："清歌，正因我太过了解你和你师父，才告诉你那样的一个地址。"

姬兰一怔，这才发觉那地名并不确切。喀尔喀蒙古地广数千里，师父到底在哪一处藏身？她怒冲冲看着琴老儿，气得说不出话。

"听好，你师父在这里……"琴老儿举起笛子，又吹出一段旋律。这段曲子听来短促怪异，不甚顺畅，他却接连吹了三遍。在这古怪曲调之中，船身又颤动了一下，船下水声哗然，小来身边的猴儿忽地发出一声尖叫，惊骇地抬头看着天空。

德顺抬头一瞧，只见夕阳已落，头顶石崖耸立于阴沉暮色之下，崖上的杂树横生乱长，枝条纷垂，更有无数长短不一的藤蔓蜿蜒扭动，蛇群一般下探，仿佛要吞噬他们。这情形太过诡异，德顺震撼至极，不自觉地退到顾卿河身边，惊得说不出话。

顾卿河却笑了一声，道："这才是真正厉害的幻术！"

甲板抖动不已，头顶枝条瞬间已将天空遮蔽，如绿瀑泻而下，桅杆与船帆已消失不见。琴老儿放下笛子看着姬兰："这段曲子你记住了么？我说过你与你师父相见无益，但你执意要去，此行必定要起风波。我将后半段地址隐入笛曲，若你与你师父还有缘分，自会解开这曲子。"

琤琮韵中人个个身怀绝技却又性情古怪，琴老儿本是班中性情最和善之人，行事却也有怪异之处。姬兰气结，一时心乱如麻：笛曲里怎么能隐藏地址？又怎样才能得到破解之法？好在她也是娴习乐理，当下只能将这段旋律记住，待杀了琴老儿，再擒住高德顺与顾卿河，回王府慢慢破解不迟。

她打定主意刚要出手，却听顾卿河在一旁道："郡主可猜到了么？我给你提示一二：那曲子第一个音是徵。"

姬兰大吃一惊：这姓顾的诡计多端，方才与琴老儿嘀咕的什么乐理调息，就连在戏班子里熏陶长大的自己也听不懂，他要解开这段曲子岂不是手到擒来？——真该死，只怕琴老儿那老家伙是变着法儿将师父的所在告诉顾卿河，一旦我将他们捉住送给阿玛，岂不是会暴露了那件事……

她又气又怕，手足一阵发冷。顾卿河却若无其事地对德顺道：“幻术已经开始，咱们趁机快逃！”

姬兰大急，忙闪身挡在德顺面前：“我和你们一道走。”

德顺呆住了，怔怔看着她，目光坦荡清澈，只有疑惑并无仇恨敌意。她一见不由颊上飞红，避开视线低低道：“只要他能帮我解出笛曲，我愿意还是……假装被你们挟持。”

她这是怎么了？做人质上瘾？世上怎会有这样的事？

见德顺发愣，姬兰怕他不答应，接着道：“你们不是要送小来回家么？我阿玛在南下路上到处都派了人，没有我，你们不出几日便会被捉住！”

“老顾……”德顺全无主意，只好望向顾卿河。

“先别啰嗦，逃走之后再说。”顾卿河扶起小来，德顺忙去扶琴老儿。

琴老儿却推开德顺的手，摇了摇头。他怅然道：“我一生漂泊辗转以乐艺事人，所精熟不过是桑间濮上靡靡之音。乐艺削国，千百年来亡于声色之国比比皆是，焉知亡国的诸多原因之中没有我添上的一份？乐艺幻术皆为虚妄，我这种人也许本就不该存于世上！”

德顺大惊：原来琴先生要一心求死！他慌忙道：“怎么会？你以笛声操控伏击，本是极完美的计划，若不是……若不是……”

想起郑元英身中数枪的惨状，他却再也说不下去了。小来叫了声“琴爷爷”，也抽噎起来。

顾卿河也道：“琴先生何出此言！先生乐艺超凡出尘，几无烟火之气，何来靡靡之音一说？圣人有言：兴于诗，立于礼，成于乐。先生不但‘成于乐’，更于我有再造之恩，不但自成，亦可成人；既负绝艺，亦有高义，万不可一念轻生！”他说着声音微哽，竟有动情之态。

“好个自成成人！虽是过誉，但最后时刻结识你这一位知音，也算吾道不孤也！”琴老儿畅然大笑，“只是我心意已决。此刻赴死无关绝望，只是生平至交皆已上路，我这风烛残年之人独自留下岂不寂寞？”他说罢手托竹笛低眉一吹，清音如风四散。

天色渐暗，石崖下的破船摇了一摇。多冈等人见状忙凝神戒备，只见那船下的江水中，不知为何泛起波澜。水波下渐渐现出青绿，似有许多水草摇曳生长。

那青绿之色不停涌动，愈来愈深，愈来愈艳，瞧得众官兵都心惊起来，终有一丝浓稠绿色挣脱了束缚，啪的一声破水而出，紧紧吸附在船帮上，接着便向上伸展蔓延。

更多水草跳跃着、翻腾着从水中蹿起，迫不及待地攀爬，船上方也有许多树枝藤蔓沉甸甸地倒挂垂落。崖上水下的植物转眼包住了整条船，船身如一只奇怪的大茧，绿意森然，诡异而美丽。

众官兵从未见过如此情形，都吓得呆了。王之佐喃喃道：“这……这是什么怪物？”

槛外僧毕竟闯荡江湖多年，见此事有异，一提缁衣飞身而起，向那船上扑去。还未下落，便见到处都是蓊郁枝叶，绿色幽深如海，在夜幕下浮动翻滚，仿佛一个庞然大物正在缓缓呼吸。

怯意猛地升起，他几乎不敢踏足，认出绿叶中最高的一处应是主桅，便张手抱住，飞身一旋，附在高高的桅杆之上。耳边听见笛声洋洋洒洒，正从下方绿叶中溢出。

此时月色渐明，一江月影随流水奔逝，笛曲仿佛也贴着水面疾飞，直钻进每个人耳内。槛外僧自幼便性情刚硬异于常人，出家后更是断绝七情六欲，可此时听了这曲子，不知怎地心中一凉，竟有怆然欲悲之意。

他神思恍惚地立于桅杆顶，莫名想起幼时模糊片段：中年男子一手提着灯笼，一手携着自己，沿幽深山洞向黑暗中走去。山洞甚是阴冷，可自己幼小心中却充满欢喜，偶一仰头看那男子，只觉若爹爹在世，也不过是他的模样......灯光拓出晃动的昏黄光圈，映着壁上斑驳古奥的字迹图画，山洞深处传来寂寂滴水声……

槛外僧忽地全身一抖，惊醒过来，脸上一片冰冷湿润，竟是泪水流下。所幸身在桅杆顶端，无人看见他失态。现实陡然恢复，郁怒便充盈身心，他恶狠狠抹去泪水，决心要杀了那吹笛之人！

四周一片死寂，唯有笛声絮絮倾诉。槛外僧回头一瞧，只见那些大船都静静泊着，船上众多官兵呆立如木雕泥塑，显然也被笛曲所感，像他一样失魂落魄。他不禁大怒，挺身长啸一声，内息充沛威猛，浩浩不绝，立时将压下了笛声。官船上众人听见他的呼喝，这才清醒过来，发出一阵呐喊，船桨翻飞向石崖下聚拢。

多冈首当其冲，刚一靠近石崖，便飞身跃入那团茂密绿色。为防不测，他在半空中抽刀横扫开路，可眼见寒光撒开，锋利刀刃扫过那些枝条，竟毫无应手而断的触感。这实在不同寻常，他大惊，要返回已然不及，只得硬生生向草木中落下。

脚下刚触及甲板站稳，便觉眼前一眩，他不禁惊呼一声，睁大了眼睛。

眼前只有甲板、桅杆、舱室、船帆。船身抵着石崖，嶙峋怪石利齿一般咬入破损的左舷。方才那些疯长的草木藤蔓一根也不见，这只是一艘光秃秃的船而已！

——这是怎么回事？

身后传来一阵乱响，众多官船逐一靠近，搭上了跳板。官兵接二连三跳上来，见船上并无草木，无不惊骇。王之佐颤声问道："这是怎么回事？"他身为文官，本不必亲临，但他想着自己既已得罪了洪督师，那么至少该全力讨好景王府这边，也算留条后路，于是被几名官兵扶着，也爬了上来。

多冈也疑惑不解，听见笛声兀自流淌，便循声去找。只见船头高处琴老儿盘膝独坐，闭目吹笛，仿佛对官兵到来浑然不觉。王之佐立时来了精神，大叫："给我拿下这个反贼！"左右官兵忙冲上去，琴老儿并未睁眼，悠悠笛曲中忽然拔起一声清丽鸣啭。

多冈蓦地一惊！

这瞬间爆发的警醒全出自本能。他脚下一顿，身子倒冲而起，拼尽全力向上飞纵，眼角掠过一个影子，正是槛外僧的黑色缁衣划过幽蓝夜空——他也在全速逃离！

那朵花先自墨绿花萼下绽出一脉金线，然后金光便铺满了整个视野。硕大的花朵鼓涨怒放，带着脉络清晰的花瓣，迸射出万千花丝般的火线与星芒。多冈虽已跃至半空，却还是被那磅礴的力量攫住身体，向外远远抛射出去。

绽放的巨响震聋了多冈的耳朵，让世界寂静得如同死亡。经过漫长一瞬，他终于落入水中，挣扎浮起，看向石崖之下。那里只有水波疯狂动荡，被绿色枝叶包裹的大船已消失无踪。

郡主……

难道郡主也……死了么？

不，不会的！多冈拼命踩水向上，目不转睛看着那里。他看见浮木残船着起了大火，映得石崖一片通明，那上面草叶披拂，并无人影。

他们并未爬石崖！他们趁着黑夜，以幻术掩人耳目，引爆了那艘船，还是从江上逃走了！多冈忽地明白过来，急得双目赤红，大声叫人，可四周却无人应答，只有一片混乱的惨呼哀号。

尾声

马贩子将他们带出城，一直走到数里外，才钻进树林牵出四匹马。

“几位别嫌麻烦，实在是因为官府查得极严……”他一边说一边炫耀地摸着枣红马光亮的马鬃，“私自贩卖马匹刀剑弓弩，捉住就是死！所以咱们只能出城偷偷交易，价格也比往日高了那么一点……”

姬兰根本不理他，扯下腰间玉佩朝他一扔。

马贩子敏捷地接住，见那玉佩润白如脂，刻工极精，透雕着海东青捕天鹅的纹样，显然并非凡品。他嘿嘿一笑，将玉佩揣入怀中，道：“姑娘真有眼光，这四匹都是脚力上佳，不信可以试试！”

小来最喜欢马，早看中了一匹灰白的旋毛骏马，道：“我要这匹！”说着拍拍马颈，对着马耳咕哝了几句什么，那马竟听懂了一般侧过头来，在他身上蹭了一蹭。

德顺见状道：“这小子果然是跑马的……”

姬兰上了马，斜睨他们一眼道：“还不走么？”说着一踢马腹离开。小来也呼喝一声驰马跟上。

顾卿河瞧着她的背影，道：“她竟真要跟咱们一起……”

“她没办法嘛！”德顺道，“琴老儿那曲子只有你解得出，她就只好乖乖听话，一点办法也没有！看她精明能干的模样，其实蛮好欺负的。”

顾卿河闻言不由似笑非笑地瞧着他。德顺渐渐不自然起来，终于涨红了脸，叫道：“怎么！”

“以武功身手来说，你我加上小来都不是她对手。她若威胁用灵羽针刺你或小来，我还能死死咬住那半句地址不说么？”顾卿河淡淡说着，“要得到那半句话，实在太过容易。”

“你什么意思……”德顺皱眉，“难道她是故意示弱，引诱咱们跟她一起？”

顾卿河并未说话，只看着德顺：“你来决定，去不去。”

德顺与他对视一眼，觉得有些担忧，怕顾卿河不愿与姬兰一道。毕竟他是景王府的头号猎物，姬兰更是一心要挖出他的来历，世上自无猎物主动跟随猎手之理。他甚是纠结，嗫嚅道：“就算她真有什么诡计，咱们也要护送小来的，毕竟……已经答应了琴先生。”

顾卿河沉默片刻，点头道：“好，那就去。”他仍旧虚弱，上马也甚是费力，好不容易在鞍子上坐稳。

德顺忽觉一阵不忍，犹疑片刻，又想起了什么，从怀中掏出一物，道：“给！”扔了过去。

顾卿河接住一瞧，却是一支笛子。

“我刚才在集市上看见这个，不禁想着……也不知琴先生的法子是否管用。你且试试看。”德顺说完忙不迭纵马离开，第一次送人礼物倒把他自己闹得脸都红了。

笛子是极普通的朱漆竹笛，工艺并不精致，带着朴拙乡意。笛子尾端细细地刻着两行阴文小字，顾卿河仔细一瞧，却是“渭北春天树，江东日暮云。”

徐徐风来，少年驻马立于林下，长长衣裾掀动不已。他苍白面容浮起一丝笑意，眼睛却是黯然的，仿佛透过微风，已看见了不远的秋色。

第五章

梵林灯

一切有为法，如梦幻泡影。

素行恍然明白，其实自己早已在开封围城之时死去，

接下来十多年的岁月不过是从执念之中生出的一个噩梦。

庙会

时近傍晚，蓝紫薄暮从高旷天际流淌下来，却压不住地上明光灿然的大片灯火。站在路上远远望去，前方人声鼎沸，一片光彩辉煌。

这里叫做吴家堡，已是济南府近郊。德顺等人路过此处，正遇见当地的雪峰寺在做盂兰盆会，要放焰口施食。这是佛门超度亡灵的法会，多在黄昏举行。此时山门前人头攒动，说书卖唱的、玩杂耍的、摆摊的、算命看相的、讨饭的、打拳卖药的……热热闹闹，已成了个集市。

“德顺哥，咱们去逛逛行不行？求求你啦！”

小来在马鞍上乱扭，病恹恹的脸上满是祈望。猴儿从他左肩蹿到右肩，抓着他的头发。

“不行。”德顺摇头，“再有十几里就到济南府了，你和老顾都有伤，还要找个大夫瞧瞧，不能耽误时间。”

小来一听，抱住猴儿就拉长了哭腔：“我好可怜啊——要是郑大哥、琴爷爷、秀姑姐姐还在，怎会连庙会也不让我逛……我没人疼好可怜啊——啊啊——”

见小来一哭，又提起那些故去之人，德顺果然心软，只好求助地看向顾卿河，希望他开口帮忙。

德顺嘴笨，有词不达意时便要顾卿河帮腔，因为这家伙平素不爱说话，可一旦开口，总是引经据典头头是道，唬得住人。顾卿河却没理他，专心琢磨手中的笛子，不耐烦道：“我靠近小孩便打喷嚏，别找我。”

德顺气结，也不知他这是什么毛病，只好哄小来：“别哭别哭，你想逛，那就去看看……”

小来立时收起眼泪，嬉皮笑脸：“好啊，看谁先到！”说着一踢马腹向前奔去。他刚满十一，正是人嫌狗憎的顽劣年纪，几天便摸透了德顺的好性子，德顺拿他没一点办法。

姬兰哼了一声：“被个小孩儿耍得团团转！”顾卿河也不以为然地摇摇头。

德顺自觉丢面子，气鼓鼓道：“难道你们不想逛庙会么？”

“你既这么问，我只能答‘很想’了。”姬兰忍着笑。

小来彻底撒了欢儿，在人群中东钻西钻，看见摊子上卖的牛皮糖、果脯、香豆干、雪花糕等零食，不由又停住了脚。姬兰笑吟吟问：“想吃什么？”便要买给他。

小来却不要，叫道：“不吃满鞑子的东西！”转过脸去。

姬兰并不生气，只笑了笑。德顺在一旁不禁有些尴尬。

说起来，四人之间的情形甚是奇怪。

姬兰是景王府郡主，本与他们势不两立。苍水渡一战之后，小来更是把郑元英等数十名江湖义士的死都算在姬兰头上，对她恶声恶气。姬兰却极有涵养，仍是谈笑自若，德顺瞧着只觉得过意不去。

虽说她是满人、敌人、死对头，还有的是钱，可逛庙会也没有让女孩子请客之理。转眼看见路边卖糖葫芦的，红彤彤插满一车，像一支巨大火把直烧上天。德顺心中一动，从干瘪钱袋中掏出几文，买了四串，笑道："我小时候每逛庙会一定要吃糖葫芦，不知这里的与关外是不是一个味道。"边说边递给姬兰。

姬兰瞥了德顺一眼，似是看破了他的心思，微微一笑伸手接过。

顾卿河郑重地举着糖葫芦，上下左右看了半天，仿佛在鉴赏古玩。德顺道："看什么看，就吃呗。"

小来眼睛一转，忽地放声大笑："难道顾道长你……不知怎么下口？你那么聪明能耐，却不会吃糖葫芦！哈哈哈——"

自苍水渡死里逃生，小来对顾卿河佩服得五体投地，叫德顺为哥，却尊称他为顾道长。顾卿河并非道士，不过是不愿剃发才做道士打扮。小来这样叫他，他也无所谓。

"你们尽管笑。"他侧过头终于成功地啃了一口，"我不过是没逛过庙会罢了。"

"什么？没逛过庙会？"三人一齐睁大了眼睛。凡人居处便有神佛香火，香火旺盛便有庙会。从穷乡僻壤到繁华都邑，庙会非但是祭祀，更是民间最常见的风俗节日，怎么会有人从未逛过庙会？

"我只在书里读过，没见过真的。"

德顺心中升起一阵怜悯：老顾也不知是从什么鬼地方来的，竟连庙会也没见过，干脆趁今天让他好好开开眼界，玩个痛快。

他问：“怎样，糖葫芦好吃么？”

顾卿河沉吟片刻，正色道：“略酸。”

德顺与姬兰再也忍不住，放声大笑。

四人挤挤碰碰走着，边吃边逛，都甚是开心。集市喧声如潮，百货齐集，一派兴旺生发气象，与他们一路所见战乱情形大有不同。走在这里，那些吃穿用住的细小欲望真切得似可触摸，仿佛生命是无数凡俗琐屑拼凑的一场蓬勃热闹，在这浮世欢喜之下，他们经历过的阴谋、仇恨、杀戮、死亡业已消逝退去，遁入遥不可及之处，也许再不复来。

他们与姬兰连日来无时无刻不互相提防戒备，如今被欢乐气氛感染，不约而同放下心防，竟是从未有过的轻松。

雪峰寺“无作门”“空门”“无相门”三门大开，砖石甬路砌着“卍”字花样，笔直铺向内院。四人被人潮推挤，绕过天王殿，走到大雄宝殿之前。

大殿是铺着金色琉璃瓦的九开间重檐五脊殿，极为雄伟华丽，被彩灯香烛一映，如琼楼玉阙一般。殿前灵坛上供着鬼王面燃大士，殿内另设法坛，是主持仪式的金刚上师就座之处。四周立着各色花灯、法船，更有一座极高大辉煌的灯山，扎成六道轮回的故事图样，山水人物花鸟虫兽栩栩如生，有机括使之活动不停，堪称巧夺天工。

灯光映着无数张兴奋赞叹的脸。有人一一指点道：“瞧这六道的图画：天道、阿修罗道、人道、畜生道、饿鬼道、地狱道。那饿鬼羸弱丑恶，像活的一样，真吓死人！”

“这是素行法师今年做的么？真是绝了！”

“是啊，京师元宵节的花灯也比不上咱们雪峰寺！”

小来高兴得手舞足蹈，拉住德顺三挤两挤，在丹墀下找了个好地方。刚站稳，便听铜磬清响，又有木鱼铙钹数声，一队僧人鱼贯而来，在法坛四周就位。

猴儿被灯火晃得吱喳乱叫，小来问：“他们要做什么？”

顾卿河道：“先是开坛唱诵，然后念经文。”

“我还当有什么好看，原来是念经……”小来甚是失望，忽又提高声音，“快看，这个大和尚长得好精神！”

四周信众发出嗡嗡的低沉感叹，说的都是一个名字：素行法师。德顺抬头一瞧，只见一名年轻僧人身披绣金袈裟，低眉敛目登上法坛。他容色清雅，身形挺拔如树，躬身向四方行了合十之礼，从容就座。殿宇华灯如昼，周围花果贡品装饰得金翠耀眼，他端坐于这浩荡繁华之中，竟有种萧索寂寞的庄严。

法坛周围已黑压压跪了一地的人，合掌念祝不停。那僧人微微点头致意，虽未抬眼，可众人都觉他眼波如溪，潺潺濡湿了每个人的脸。

德顺不由转头看顾卿河，嘿嘿一笑。

顾卿河一怔：“怎么？”

“他跟你有点像。”

小来哈哈笑道：“德顺哥，你又说笑了，和尚跟道士也能相像么？”

顾卿河不置可否。姬兰道：“这想必便是素行法师了，果然气宇非凡，只是未免年轻了些……”

她话音虽低，旁边却有信众听见了。一位老妇悄声斥道：“姑娘可别浑说！素行法师佛法高深，早修成了菩萨不老之身，看着年轻，其实……”她神秘地将声音压得更低，“法师已近百岁了！”

四人听了都觉吃惊，仔细瞧瞧素行，怎么看都是二十许模样，不由纳闷。铜磬又敲了数声，木鱼铙钹手鼓等纷纷奏起。素行开口诵起净坛的颂偈《杨枝净水赞》，声音温朗醇和，听在耳内如歌谣般动听，僧侣们附和同唱，梵音悠扬，法事正式开坛。

小来一句也听不懂，瞧了一会儿便耐不住，抓耳挠腮地问：“还要念多久？”

顾卿河道：“大概两个时辰。”

小来闻言眨眨眼，叫道：“哎哟，刚才我瞧见外头有个变戏法的！”扯着德顺便跑。

戏法

街边灯下果然站着一个干瘦汉子，身着破旧的斑彩长衫，旁边跟着个五六岁的小女娃，生得面黄肌瘦，怀抱笸箩预备收钱。

那汉子左肩披着一块大红绸缎遮住半个身体，不时吆喝一声，从空荡荡的绸缎下变出各色物件：瓜果、盘碗、灯笼、花盆……

东西各不相同，越拿越多，越拿越大，周围观者阵阵喝彩。

小来拉着德顺钻进场子，还没站稳便大喊："炭火盆，火折子在他袖子里！"

那汉子正满面笑意将手伸入绸缎，闻声不由吃了一惊，动作已见僵硬，手却不能停顿，生生掏出一个火盆，火焰跳跃，烧得甚旺。

这一手本极为高超，可被小来嚷破，众人不由放声哄笑。那汉子面有怒意，强忍着表演下去，德顺一个不妨，小来又叫道："金鱼缸在他裤裆里！"

仿佛为配合他的话，那汉子从绸缎后掏出一只大瓷钵，里面盛满了水，果然有一对金鱼悠游其中。戏法的趣味在于出其不意，一被人喊破，便再无魅力只余滑稽。围观众人想着他裤裆里藏着鱼缸的模样，不由捧腹顿足乐得死去活来。爆笑声几乎掀翻场子，那汉子又是愤怒又是凄苦，呆立于地演不下去了。

观众嘻嘻哈哈地散了，德顺气得双眼发黑，对小来怒道："你太过分了！"

"是他笨嘛！"小来毫不服气，"那点三脚猫的手段也出来卖艺，跟琴爷爷比……"

"住口！"德顺火冒三丈，要教训他却一时卡住，憋了半晌脸色通红。

那汉子甚是老实忠厚，看了一眼小来，终于忍不下这口气，叹道："我不过是卖艺糊口，纵是手艺不精，又何苦砸我饭碗！"扯下绸缎收拾东西准备离开。他女儿尚小，不明白发生了何事，见爹爹演完了，还端着笸箩跟在人后讨钱，可众人都已散去，无人理她，一张小脸不由现出凄惶。

姬兰忙掏出一块银子放在小女娃的笸箩里，将她微黄的一绺散发拢在耳后，柔声哄道："小娃儿好乖，瞧帮你爹爹赚了好多钱呢。"

小女娃立时高兴起来，回头叫了声"爹爹"，一双眼睛因瘦而显得又黑又大，满眼都是天真喜悦。姬兰又对那汉子施礼道："我弟弟年幼不懂事，扰了你的场子，实在抱歉。还请这位大哥大人大量，别跟小孩子一般见识。"

那汉子讷讷不语，只点了点头。

德顺本被气得手足无措，见姬兰解围不由感激。小来却叫道："谁要满鞑子来装好人！"怒冲冲转身便走。

他一时调皮，捣起乱来没轻没重，方才叫破戏法只因好玩，转眼见到父女二人凄苦饥馁模样，已知自己错了。可要他开口认错，那却是万万不能。更何况是姬兰帮忙道了歉，他若服软，岂不是长了她这满人的威风？想到此，他索性嚷道："什么破庙会，不好玩！不逛了！"

德顺与顾卿河对视一眼，同时叹了口气。自从接手这个小魔头，德顺日日头大如斗，顾卿河心眼儿再多，扛不住凑近小孩便狂打喷嚏的怪毛病，只能躲得远远的。他们无奈只好跟着小来向拴马的地方走去。

路旁花灯嘶的一声忽然灭了，光芒一暗，仿佛空气也冷下来。顾卿河微微一怔，停住脚步回头看去，只见那汉子表演的场地被黑暗吞没，远处灯光杳杳投来，勾勒出他枯瘦的身影轮廓。

四周仍是人流涌动，欢声笑语不绝，他眼中却闪出一丝刀锋般的警醒——这里有什么不对！

黑暗中静了片刻，猛地响起一声嘶哑惊呼：“小雀，你跑到哪儿去了？小雀！”

这声音惊骇绝望，听得人心中一紧。顾卿河过去一看，只见那汉子张皇四顾，手中东西掉了一地，身边却没了小女娃的身影。只有笸箩在地上滴溜溜打转，里面还放着姬兰给的那块银子。

“怎么了，小姑娘呢？”德顺惊问。

那汉子一脸惶惑，喃喃道：“方才……还在这里，我收拾东西的工夫，一转眼……小雀，快回来！”他颤声大喊，眼中泛出泪花。

姬兰道：“也许她一时顽皮，跑去哪里看灯了。咱们帮忙找找……”

“不是她自己走的。”顾卿河断然开口。

众人都是一怔：“什么？”

顾卿河眼光飞快向四周一扫。

花灯摇曳，人山人海，一个父亲的惊骇悲伤如涟漪泛起，转眼便被奔流人潮冲刷无踪。不远处又有彩灯灭了一盏，他低喝：“掳走她的人在那里！”

话音未落，姬兰已会意跃起，在路旁树干上一按，借力扑入那片暗处。她轻功极好，人群欢笑经过，几乎无人察觉她的动作。刚起身便见前方又有灯光熄灭，隐约之间，见灯下有人影急奔，怀中似抱着什么，显然是小雀。

姬兰一瞧心中便明白了几分。那人短衣蒙面，身形轻捷，在人群中游鱼一般寻隙奔逃，可有的地方人群太过密集，挤不过去，他便打灭附近灯火，趁黑纵身跃过。姬兰冷笑一声：瞧他这几下，不过是小贼的身手，只是贼胆也忒大了，竟在亲人眼皮底下盗取孩童。今日算他倒霉，犯在我的手上！

她人在半空，左手一扣灵羽针滑翔而下，喝道：“站住！”

话音未落已至那人身前，银针挥向他面门，右手去抢小雀。那人陡然止步，肩膀忽地向前一耸，身子偏转，竟以肩肋迎上姬兰的针尖，将已无知觉的小女孩藏在身后。

这动作甚是奇怪，倒像在保护小雀一般。姬兰一怔，只觉指间一阵酸涩，灵羽针刺上他身体，却被什么挡住。只听刺耳金属摩擦之响，针尖在他肩上滑下，一路破开黑衣，里面银光一闪——那人穿了一件软甲。

虽只一瞥，姬兰已看出软甲细密精致，绝非凡品。她心中一惊，被那人伺机逼近，身体发力，咔的一声将灵羽针顶断。那人也不顾惊动人群，扭身在街边摊子上一跃，攀上了屋顶。

灵羽针是琤瑽韵的独门暗器，姬兰向来引之为傲，不想出手竟遇此挫折，她又惊又怒，杀心顿起。手指一弹将断针射向他，怒喝：“还敢跑！”飞身抓住檐角，身体一荡如惊鸿掠水划过夜空，再次拦住他。

断针击上那人后心，被软甲所隔并未刺入，强劲力道却将他打倒在屋顶上。姬兰冷笑上前，刚要去捉他，身后却有铁屑摩擦般的怪声袭来，令人心悸牙酸。幽蓝夜色骤然一黑，一双巨翼遮天蔽地压下，将她裹入深渊。

姬兰从未见过如此怪异的兵器，不禁发慌，双手灵羽针飞射而出，身子伏贴于屋瓦飞速滑开。银针在巨翼轰响下纤弱如毫毛，在那一大片黑上迸出数点星芒。巨翼受痛一般得得乱颤，蓦地一收，黑暗消逝，头顶璀璨星河哗然泻下。

一招瞬息而过，姬兰已惊得满身冷汗——这兵器来去如鬼魅，到底是什么？

来人也是一般的蒙面打扮，他手执一对短短的铁杖，不待姬兰反应，一团黑雾般的东西从杖端飞出，如一对垂天之翼锵然抖开，带着金铁之声咬噬而前，所过处屋瓦碎裂激飞。姬兰惊骇退避，手中灵羽针飞射不绝，可方才一招过后，那人已摸透了对付灵羽针的力道角度，一手抖动翼展，将银针裹挟打落，另一臂奋力甩开，巨翼震荡飞卷，一上一下，如双掌合拍，要将当中的姬兰拍成齑粉。

巨翼挟风劈来，劲力刚猛透骨，脸颊痛不可挡，一缕散发被翼缘斩断，悄然而落。姬兰手足发软，眼睁睁看着巨翼逼近眼前，上面无数细小铁环历历可数。正绝望之际，忽觉身子一沉。

灼热手掌贴上她后心，令她顿觉安慰。德顺的声音道：“别怕，我来了！”

姬兰眼中一热，莫名觉得万分委屈，哽道：“我的脸……”

德顺疾奔而至，刚好来得及接住她落入屋侧山墙夹壁之间，认真瞧瞧她，道：“不妨事，只青了一块儿——你还是很好看。”

巨翼轰鸣扫过二人头顶，砖瓦飞迸，可有那么短暂却漫长的一刻，他们全然不觉。

拐子

街上行人已被惊动，喧声四起，屋顶下很快密密层层围了一大群人。小雀的爹爹也追了过来，仰头大叫小雀的名字，众人渐渐明白发生了什么，纷乱叫着捉人。正嘈杂之时，有清亮笛声旋起，正是顾卿河。

德顺循声探头，只见他在人群中被推来挤去，一脸厌烦。见德顺看他，收起笛子皱眉叫道："他们不会武功！"

什么——不会武功？

德顺一怔，忽地明白过来：这二人身手颇快，动作却毫无招数套路可言。姬兰吃亏也只是因为他们倚仗软甲及那怪异兵器，仓促间被吓住了。德顺信心大涨，对姬兰道："你去救那女娃儿！"一拍墙头纵身跃起，掌中热焰喷发，扑向持双棍之人。

离开关外大半年来，他一路流浪逃亡，功夫却从未松懈。再有顾卿河随时指点，赤炎掌已有不小进境。此时一掌击出，自己也觉内息奔涌，感受与从前大不相同。手掌未至，掌风已罩住那人全身。

那人故技重施，左手铁杖内抖出巨大翼展，右手持杖下劈，动作利落凶悍。德顺侧身避开短杖，一掌拍中巨翼。触手冰冷坚韧，原来是无数铁环结成的网。那网细韧无比，想是刀剑亦不能破，他大喝一声手上加力，炽热内力喷薄而出，透过铁网烫得那人惨呼出声，后退数步才踉跄站稳。另一侧的姬兰亦已将抱走小雀的人逼住。

蒙面头巾之下，他们眼神闪烁，分明不甘心束手就擒。姬兰一捻银针刺向那人面门，喝道："还不放手！"

灵羽针淬有"碧云天"之毒，中者立死。德顺不想滥伤人命，忙喊："慢着！"

姬兰微微一怔，怀抱小雀之人见机忽将身子一矮，将小女娃向空中掷了出去。

众人仰头看着小雀轻飘飘的小身子飞升而起，不由发出一片惊呼。星空下阴影一展，丝网簌簌而出向她兜去。这一瞬间，德顺终于明白小雀为何会突然消失不见，原来这古怪兵器竟是如捕兽网一般捉人用的！

巨网漫卷如烟，一翻便将小雀覆入其中，嗖嗖缩回杖内，将女孩紧缚成小小的一团。恰在此时，一声锐响破开夜色，灵羽针飞射而出。

姬兰耐心已尽。一匣灵羽针共四十九枚，方才她惊骇中几乎用完，只余三枚在手。见他们居然还敢顽抗，不由满心怒火，手上使了全力。持丝网者一听声音已知不妙，手臂一转，另一张丝网拂张如旗，向银针卷落而下。可灵羽针劲力极强，钉在网上铮地一响，丝网蓦地一舒一垂，翻飞之势立破，接着又是铮、铮两声！

丝网倒卷蒙上那人身体，他一顿，双手缓缓垂下，手上皮肤泛出青绿。

德顺惊道："碧云天！"——姬兰还是杀了他！

"拐子都该死！" 姬兰收起银针咬牙道，眼中微光一闪，竟似凄色。

丝网以细密铁环编成，刀剑难开，可她三针依次发出，射于一点之上，前两针破开丝网，第三针终于刺入他脖颈。那人向后倒去，手中铁杖滑落，被丝网裹住的小雀摔在屋顶上，骨碌碌向下滚落。

德顺不及多想，飞扑上前去救小雀，只听身后传来凄厉嘶吼，怪异悠长，几乎不似人声。余下那人搏命般直冲上来，德顺反掌一招"澜火飞焰"将他击退。交手一错而开，那人眼中血红的暴怒却令德顺极为惊骇。他被德顺击伤，返身抱住同伴，向屋后深巷跳了下去。

身后传来姬兰惊呼之声，她去救小雀却不及，眼睁睁看着那一小团落下房檐。下方人群哄声乱喊救人，纷纷涌向前，小雀爹爹带着哭腔的呼唤亦夹杂其中。德顺一颗心直向下沉落——难道好不容易抢回了小女娃，却给摔死了么?

人群聚成一团又渐渐分开，只见小雀并未摔落于地，反而被人接住了。只是接住她的人也被砸倒，直挺挺地躺着。

——小来。

德顺松了口气，旋即心中气血一翻：小来内伤未愈，怎受得了这一砸之力！

他飞身跃下，扑到小来身边。只见他面色惨白地抱着小雀，得意又虚弱地对德顺笑笑，还想说句什么，未开口便晕了过去。

德顺又急又怕，想也不想放声嚷道："老顾快来！怎么办？"

身边猝然响起两声喷嚏，吓了德顺一跳。顾卿河已蹲在身边，一边用手背蹭着鼻子，一边摆弄那支铁杖。丝网缩回铁杖内，小雀软软的身体落入爹爹手中。顾卿河探探小雀的脉搏，道："她没事。着了些迷药，睡两天就好了。"

那汉子感激涕零，抱住小雀不住道谢。顾卿河却不理他，在小来身上摸索一番，又捉住他手腕，微微皱起眉。

德顺心急如焚，道："他怎样？"

"骨头没事。可他内伤未愈，脏腑又受震荡，只怕暂时不能……"顾卿河皱起鼻子，"啊——嚏——"

"不能什么？"

顾卿河起身推开人群走出数步之外，忍着鼻涕眼泪："不能赶路。先找个医馆抓些药。"

德顺忙向周围众人问道："请问哪有医馆？"

众人甚是热心，七嘴八舌地帮忙出主意。有人说出了拍花的拐子这等大事该先去报官；有人说人命关天还是该先救人，而吴家堡就有个老乡医；又有人说乡医庸常，不如雇车去济南府……

德顺脑中本就嗡嗡作响，被他们哄声一说，更是心绪纷乱。正忧急之际，只见人群渐渐分开一条路，几名僧人缓步而来，为首之人风姿洒脱，袈裟一路洒开浮光跃金的碎影，正是素行法师。

素行走到德顺面前，合掌施礼："施主有礼。法会上出了这等乱子，幸有施主仗义出手，纾解危难，救回被拐幼童。贫僧感激施主侠义之行，特邀施主至寺内盘桓，一并致谢。"

德顺一怔，几乎没明白他说什么。顾卿河漠然接口：“多谢法师好意，我们有女眷，不方便去寺庙。”

“这个不妨，鄙寺历来多有女施主供奉香火，有单独客房招待女眷，极清净安全。施主尽可放心。”素行笑意浅淡，眉眼中隐隐都是尊严正派，教人一瞧便觉全心信任。

顾卿河不为所动：“我们还要急着去找大夫，就不叨扰了。”

素行名声颇响，深受信众敬仰。听顾卿河与他一问一答，围观众人早忍耐不住，有人插嘴道：“素行法师有请，你们可有造化了！法师医术高超，连巡抚大人都找他看病，正好能救这两个小孩儿……”

素行笑道：“不错，贫僧略通医术，寺内亦常备药材。施主入寺便不必再去医馆。”

德顺一听素行法师会看病，忙抱起小来，对顾卿河道：“既是这样，咱们去庙里吧。”

顾卿河哼了一声：“我也懂医术。”

众人见素行法师好话说尽，这小道士还是冥顽不灵，直是替他们着急。姬兰也劝道：“小来现在人事不省，总要找个地方静养，他这样子难道还能赶路么？”

顾卿河还要摇头，德顺却再也等不及，对素行道：“好，我们就去庙里，有劳法师带路。”

法事正在进行，雪峰寺仍是一片热闹，素行带他们绕过大殿转入侧院。侧院内树木扶疏，安置着几间清净禅房。众人进入禅房，有小沙弥奉上茶来殷勤相待。素行恭谨说道：“法事尚未结束，贫僧事情未完……”

“法师不必管我们，尽管去忙。”顾卿河不客气地打断他，要来纸笔飞快写了个方子，冷着脸吩咐，“小女娃不用吃药，给他们父女找个地方歇息便可。按这方子抓药送过来，快点！”

他态度之蛮横让德顺觉得极为难堪，素行却不以为忤，拿着药方道别离去。房内剩下他们几人，德顺再也忍不住，怒道：“这些和尚又哪里不顺你的心了？邀咱们来庙里，你左也不行右也不行，人家一片好意，你这是干嘛？”

顾卿河好像没听见，皱眉打量桌上茶碗。

姬兰知道他向来心思敏捷，只当他发现了什么可疑之处，低问：“怎么，这庙有哪里不妥么？”

“你瞧茶碗。”顾卿河示意。

茶碗是极细的德化白瓷，皓白碗壁上蜿蜒着一道金线，被琥珀色的茶水一衬，宛如游龙。姬兰拿起仔细一瞧，道：“原来这碗是摔破过的，金线是后来用金漆粘补形成的痕迹。这样一补，反倒别致——可这又怎么了？”

“就跟寻常人家锔锅、锔碗、锔缸一样的嘛。”德顺插嘴，“茶碗摔坏了舍不得丢掉，补好再用，有什么奇怪。”

“照你这样说，找个锔匠一锔便可，何必用金漆？”

“用金漆怎么啦？”

“事物本已不完美，却偏偏以极完美手段对待。用世上最贵重之物来弥补缺陷，若是凡人如此也就罢了；出家人本该清心寡欲，对器物如此在意，‘执’太大而空性全无，难道不奇怪？”

“你……”德顺被他的歪理气着了，“什么空啊执的，这明明是勤俭节约！难道和尚就该大手大脚，不爱惜东西？”

“反正我不喜欢这里。”顾卿河声音闷闷的。他似是有些心烦，凑近小来摸摸他的额头。

“只因为一个茶碗？” 姬兰也甚是疑惑。

“嗯。”他又打了个喷嚏，忙起身走到窗边，“就是不喜欢。”

流觞

德顺睡得迷迷糊糊，听见动静睁眼一瞧，只见素行坐在床边，正低头为小来把脉。

禅房内一灯如豆，照着他凝神沉思的侧脸，如黑暗之中琢出的一块美玉。德顺定定神，忙从椅子上站起，轻声道：“法师。”

素行转过头微微一笑：“这孩子病情稳定，你那道家同伴开的方子很管用。”

昏暗禅房被他笑容映亮，佛经中所说的拈花一笑想必当是如此。德顺不由自主生出恭敬之心，道：“还是多谢法师邀我们来此借宿，可以安静养病。”

“举手之劳何足挂齿。你们仗义出手救那小女孩，才令人佩服。”

“哪里……既然撞见，总不能不救。”

素行站起身，袈裟窸窣展开满墙的星芒。想必法会刚办完，他连僧衣都没换，便先来照看小来。德顺心中感激，道：“法师忙了一天，一定甚是辛劳，还是好好休息，不必挂心我们。”

素行笑道：“法会还未结束，贫僧又怎能休息。”喧声远远传来，二人走到廊下，只见禅院外灯火通明，映得半个夜空都是亮的，不时爆发出人群哄闹的声响。

“天下战祸连年，生灵涂炭，贫僧因此发愿，每年焰口施食都要举办三天法会。每日诵经之后散发冥食，最后一日烧掉法船、花灯。”

“烧掉法船、花灯？”德顺想起大殿前彩灯华美景象，“那么好看的灯，烧掉真可惜。”

“这是依照佛陀所授的《焰口经》及施食之法。施水施食，再烧掉法船及花灯，是给饿鬼众持灯得渡之机。”

德顺与世上大多数人一样，平素虽不算虔信，对神佛也颇怀敬畏之心。他听过六道轮回之类的佛家道理，却不甚详解，便问：“什么是饿鬼？”

“生前悭吝贪心之人，死后堕入饿鬼道中，身形变得丑恶枯槁，腹大如山、咽细如针、面上喷火，常年受饿无食，备受诸苦。”远处灯光照着素行眼窝里淡淡的倦色，“值此乱世，贫僧只能出此绵薄之力，饿鬼道众生如恒河沙数，一次道场不过是杯水车薪而已。”

德顺想起一路所见，也不由感慨：“世道动荡，百姓多是苟延残喘，我瞧人间跟饿鬼道也差不多。”

素行微微一怔，似乎没想到德顺会发此议论。他沉思片刻道：“昔日佛陀前世未成佛之时，曾舍身饲饿虎，经此啖肉饮血之苦，终能往生天界。如今生逢乱世，出家之人更要有这般济世度人的慈悲之心。”

他的叹息深缓悠长，德顺被他悲悯心怀感动，简直不知该说什么才好。忽又想起顾卿河那家伙竟因为一个茶碗就对他大放厥词，真是莫大不敬。

却听素行道：“你们尽管在此居住，安心养伤，有什么需要开口便是。”说着合掌一礼，转身离去。德顺忙应了一声，目送他身影渐远，在夜色中一闪而没。

喧声极低，更显出禅院夜晚寂静。德顺在院中站了片刻，只觉素行法师来去都如梦境一般，果真超凡出尘。他感叹一声转身回房，却见树下阴影中动了一动。

“老顾？”德顺一怔，“你怎么没睡？”

“出来上茅房你也管？”顾卿河没好声气。

德顺知道他是不放心才在外面守着，便道：“法师人很好，你不是也看见了？庙里很安全，真有什么事，也有我和姬兰顶着。你现在风一吹就倒，跟纸糊的一样，又不能打……”

顾卿河回房摔上了门，根本没等他说完。

雪峰寺果然是休养佳处。这里清静安全，三餐皆素，小来恢复得极好。德顺颠沛流离了大半年，能有这几日安稳，对素行愈发感激。

转眼已是法会第三日傍晚，寺外喧闹一阵高过一阵。素行说过今夜要烧掉花灯法船，想必最是热闹，德顺不禁心中痒痒的想要去看。可转眼看见小来百无聊赖地在床上逗弄猴儿解闷，只好暗自叹了口气。

这小鬼头一醒来就再也躺不住，早哼唧着要跑出去玩。德顺自己也不过是个少年，可要管住小来，就只好拿出大人派头，再不能提一个“玩”字。二人一猴大眼瞪小眼闷在房里，又听窗外传来古怪笛曲，那是顾卿河闲来无事，坐在廊上按琴老儿所授之法吹笛。他吹笛全不看工尺谱，听来不成腔调，堪称恐怖，更显得时间难熬。

正无聊，忽听房门叩响，有小沙弥来报素行法师主持的法事已毕，请他们同去观看焚烧法船花灯；又为照顾小来有伤，并不出寺，在寺院后山园中便可一览无余。

德顺闻言简直喜出望外，忙跳起身带着小来，与顾卿河、姬兰、小雀父女一同过去。

众人沿山路石阶而上，两侧林荫浓密，尽头是一扇月门。沙弥推开门，众人眼前一亮，门内竟是一座幽雅的园子。

园内灯盏通明，映着碧树琼花、山石亭榭。德顺与小来连声赞叹，姬兰也觉意外，景王府虽有园林，与此处比却宽敞有余精雅不足，失于粗陋。

一座水榭依山而建，可俯瞰下方灯火辉煌的寺院全貌。曲折池水穿榭而下，每人皆是单独坐席，沿池水零落铺设在石岸花荫。坐席旁各立着一盏巨大紫铜地灯，照着桌上精致的茶酒果品。池水中漂满荷花灯。

小沙弥道："法师片刻即来，众位施主请稍坐。"说着引他们在池边座位一一坐好，便退下了。

顾卿河哼了一声："这是要玩曲水流觞么？"

小来兴兴头头地抱着猴儿坐好，笑问对岸的顾卿河："顾道长，什么是曲水流觞？"

顾卿河自住进雪峰寺便心情不佳，不搭理小来。姬兰接口道："曲水流觞是古人的一种游戏。大家聚会时坐在河两边，从上流放只酒碗顺流而下，停在谁面前，谁就拿起酒碗喝酒……"

小来不待她说完，又拈起盘中一片东西，大叫："啊呀，这不是火腿么？和尚怎么还吃肉？"

那片火腿色泽鲜艳，看上去甚是好吃。德顺道："想必是素火腿。寺庙里常有仿荤菜，看着像是肉，其实是面筋豆腐做的。"

小来闻言撇撇嘴："要是肉便好了。"说罢丢在一旁。

四周花树琳琅，脚下灯河与天际星河交相辉映，美得不似人间，当此梦境之地，言语都显得多余。德顺掬水一捧托起万千星火，抬头见姬兰坐在对面凝望池水，面庞镀着一层柔光。顾卿河的笛声又起，说来也怪，白日里听着古怪的曲子此时却觉悦耳，仿佛笛声里也有光芒泛起，如暗夜深处生出的一簇火树银花。

德顺一时真有今夕何夕之感。自他与顾卿河离开关外便颠沛流离，一路所见皆是残破山河。生民刚出经年战事，又入清廷苛政虎口；有志之士或消隐于山野，或被屠戮残杀。世事晦暗压抑，越发显得此刻的静谧珍贵无比。倘若时光能永驻，再不流转……

可这片刻幽思又被小来打断，他大声叫道：“素行法师！”

素行身着暗灰僧衣，自曲径缓步而来。整个人如满园繁丽之上抹的一笔淡墨，花树亭水虽极尽妍态，却都及不上他这一笔的余韵不绝。

德顺忙起身合掌施礼：“法师。”

素行还礼结半跏趺坐，僧衣半垂，坐在一块三面临水的玲珑太湖石上，与画中说法的南海观音有七分相似。他笑道：“法事已毕，终于有时间招待贵客。今日曲水流觞，贫僧以茶代酒，特邀诸位一叙。”

他话音刚落，便听咚的一声竹木敲击之响。众人循声望去，只见远远的池水上游立着一个精巧竹架，水车般转动，放出一只雕漆茶盘，上面托着一盏茶顺水而下。

“当此良辰美景，请诸位尝尝我这‘无妄’茶。”

德顺从未做过这等风雅之事，表面还镇静，其实心里与小来一般好奇雀跃。抬眼望向姬兰，只见她一双秀目注视着飘荡而下的茶盘，显然也觉有趣。

“‘无妄’？”顾卿河没精打采道，“莫不是易经卦象？这是要算命么……”

素行莞尔：“出家人怎会推衍易卦？无妄茶名来自佛家五戒之一：不妄语。贫僧与诸位有缘一聚，只盼诸位能以至诚之心待人，言谈无欺瞒。”他幽深目光扫过众人，“这要求可否？”

“待人以诚，那是做人的基本道理。”德顺点头同意，“咱们既然在一起喝茶聊天，自然也不能扯谎胡说。”

“高施主所言极是。这茶到谁面前，谁便喝了，再讲讲他的故事，可好？”

姬兰一惊：难怪顾卿河疑神疑鬼，这法师果然古怪。什么无妄茶会，竟是来套大家的根底！不过是萍水相逢，为何要讲自己的事给他听？哼，若是轮到我时，我便只喝茶，随便诌些什么，才不会把老底都亮出来呢！

她正想着，却见茶盘在水边一磕，打了个旋儿，越过德顺与小来，撞向小雀父女，停在他们面前。

小雀爹爹本是乡野卖艺之人，从未见过这样幽雅园林，也不知什么曲水流觞，一进园子便有些手足无措。见茶盘在面前停下，几乎怔住。小雀不知害怕，探身拿起茶碗，笑嘻嘻道：“爹爹，喝茶咯！”

那汉子只好接过，手也有些抖，一仰头喝了，对众人腼腆一笑。

素行笑道：“好。施主请讲。”

“我……没什么好讲。”那汉子咳了一声，抬头看见素行鼓励眼神，又结巴开口，“我家里本是庄稼人，崇祯年各地闹兵贼，官军来剿时不敢去杀贼，却进村将我爹娘与许多乡邻杀死，割了头去请功……村里活不下去，我只好四处流浪卖艺，好不容易也有了妻女。不想走到曹州，又遇着官军剿榆园匪，婆娘被乱军掳去，再没消息了。只剩我与娃儿相依为命……”

他话音平板，人生至痛之事几句便说完，低头抚摸小雀毛茸茸的头顶，哑声道：“就是这般。”

杀良冒功是前朝官军的拿手好戏，剿灭榆园军的却是清廷军队。两朝战乱害得小雀一家家破人亡，天下不知有多少百姓也是这般。素行闭目长叹，众人一时无言，只觉园中景色也黯淡下来。

德顺听得心中郁愤，正难过之时，却听水声沥沥，上游又有茶盘放下。那茶盘在众人注目下漂流无依，缓缓而近，终于被一个小小漩涡乱了方向，陷入岸边草丛。

正在顾卿河面前。

无妄

顾卿河一脸厌恶看着茶盘，好像那是一团屎。

素行饶有兴趣看着他，问道："怎么？道长不愿喝？"

小来不知就里，只当他耍赖，替他难为情道："顾道长，别这样玩不起嘛。"

顾卿河的过去极为神秘，德顺只知他与江湖中人人谈之色变的天罚令有关，其他却一概不知。二人虽交好，顾卿河既不愿说，德顺也无心去问。此时见他为难，德顺忙打算对素行解释，不想顾卿河忽然伸手拿起茶碗，微微一嗅。

"无妄！"他冷冷一笑，"好个无妄！"

姬兰在一旁屏息而待，只瞧顾卿河怎么收场。顾卿河的秘密也是她一心想挖出来的，可每与他交锋无不落败。若素行能代自己问出他的过去，岂不省事？转眼见顾卿河神色不对，心中又是一惊：难道茶里有毒么？可刚才小雀爹爹喝了也没事，他为何这般……

众人正自惊疑，只见顾卿河举起茶碗一饮而尽，丢下碗道："我自幼离家，无父无母，在秦岭山中被人抚养长大。"

这话说得平淡已极，可听在德顺与姬兰耳内，却惊雷一般震动。德顺心中咚咚直跳，暗自叹道：原来他也与我一样，是个无家可归之人……姬兰却默念着"秦岭山中"四字，心中飞快回忆秦岭之地有何门派组织，可能与他有关。

"然后呢？"素行点点头，探询地看着顾卿河。

顾卿河垂眼看着膝前流水，缓缓攥紧双拳，指节迸出青白之色，手中笛子仿佛都要被折断。德顺见他脸色愈发苍白，额上有细汗渗出，不由担心，问道："老顾，你怎么了？"

园内一时沉静下来，顾卿河默然不语，座下洁白的苇席之上，忽地溅落数点殷红。小来惊道："顾道长，你……你流鼻血了！"

德顺起身就要过来，顾卿河抬手制止他："不妨事……"他说得生硬至极，仿佛每一个字都耗尽了全身之力，"不过是……暑热而已。"说罢以手背一抹鼻子，对素行一笑。

灯光映照之下，他的脸已毫无血色，苍白得近于透明。这一抹自鼻端至右颊擦出一道浅浅血痕，衬着他冰冷双眼与隐约笑意，竟让他有种德顺从未见过的诡丽气息。

"我——接着说么？"他笑问。

素行凝目注视他片刻，淡淡道："不必。顾道长既感暑热，且安心坐着歇息饮茶即可。”

德顺再迟钝，也知事情有不对之处。

此时夜色凉爽，哪来的暑热？老顾到底是为何流鼻血？难道他内伤发作了么？他这样不喜欢素行法师，又到底是为什么？德顺忧心忡忡盯着顾卿河，并未在意茶盘顺水漂下，撞在姬兰面前。

姬兰一打量顾卿河与素行二人的神色，已明白今日曲水流觞并非简单的喝茶聊天。只不知素行其人是善是恶，这茶能不能喝？转念一想，顾卿河那狐狸一般的家伙都喝了茶，想来茶中不会有毒，且先周旋下去，纵有不测，谅他们也敌不过我的灵羽针！

她拿起茶碗抿了一口。无妄茶入口微苦，回味却甘醇，甚是好喝。她放下茶碗，双眼灵动一转，已想出好几个谎话，略一思忖，便选了一个京师富商之女的身世。她嫣然笑道："我啊……"

二字一出，后面编得活灵活现的故事如风中残烛猝然熄灭，她怔了怔，听见自己的声音干涩说道："我姓缪，名清歌。"

寒气猝然蹿上脊背：我这是怎么了？居然在说真话！

可这残存的理智瞬间便消失无踪，心防的高墙彻底轰塌，她陷入一种诡异的镇静，将自己身世原原本本剖露于人前。

对面的德顺惊得喘不过气，听姬兰木木地道："我自幼在戏班中被师父养大。师父性情古怪，喜欢我时便教我唱戏、教我功夫；不喜欢我时便打骂我……我却并不恨师父。我八岁时，戏班子在盛京表演，有满洲贵人喜欢，传我们进宫演戏。不知怎么，班子里混进了谋杀睿亲王的刺客，事情败露，连累了我们。师父带我逃跑时，仓促间告诉我，原来我是尚在襁褓之时，被拐卖进戏班的。

可还没来得及说更多，我们便被追兵冲散，至今再也没见面……”

“清……歌……”

她新的名字在唇齿之间辗转，每个字里都有苦涩的怜惜和微甜的惊喜，德顺万万没想到她竟会有如此可怜的身世，而看她神色漠然，仿佛在说不相干的人，更觉心中莫名疼了起来。他忽地打断她：“别说了，你不必说下去了！”

姬兰茫然望向德顺，仿佛不认得他是谁。素行法师点头道：“哀亦伤人。既是如此，就说到这里罢了。”

小来也觉得难以置信：原来姬兰她不是满鞑子，我一直错怪她了？那她为何又是什么郡主？他还想刨根问底，忽觉肩上一动，一直老实蹲着的猴儿跳到顾卿河那边去了。顾卿河平素对猴儿烦得要命，这时不知怎么转了性子，拿桌上瓜果花生逗引猴儿。猴儿终于耐不住，跳到他膝间开怀大吃，众人都被姬兰身世吸引，都不理会他。

德顺心中翻来覆去的都是清歌二字，正感慨之时，忽见面前池水打起漩涡，下一个茶盘却停在他面前。他本就神不守舍，拿起茶碗猛灌下去，深吸一口气开始讲：“我是关外朝阳府人……”

素行点点头，正待他说，却听顾卿河劈头问道：“高德顺，你给我这笛子是什么意思？”说着举起朱漆竹笛晃了晃。

众人一怔，都不知他在胡乱打什么岔。德顺道：“是让你练习琴先生的乐理调息之法……”

“上面这两行字：‘渭北春天树，江东日暮云’是什么意思？”

德顺怔住，一时答不出。小来嚷道：“我知道我知道！郑大哥教我背过这首。这是杜甫怀念李白的诗，这句是说两个朋友分开了互相想念。”他能有此机会显摆学识，甚是高兴。

德顺恍然：“是这样啊……”话音刚落，便见眼前一花，那根笛子打转飞来，砰的一声正中他脑门。

“你想要大家各走各路，只管走便是。”顾卿河冷哼一声，“你一个粗人，何必做这些曲折文章？扭扭捏捏扯什么诗文，可笑！”

“我……什么……各走各路……”德顺莫名其妙地捂着脑袋。

素行一瞧已明白了几分，微笑道：“顾道长见你送了那句话给他，以为是你示意要与他分开。”

德顺一听怒火上冲，拾起笛子对顾卿河丢回去：“什么乱七八糟的！我又没念过这首诗！只不过看见店里一堆笛子，顶数这根光亮挺直，我才买的！谁在意上面写了什么？一片好心被你当驴肝肺……”

顾卿河闻言甚是安然，若无其事道：“既是如此，那算了。”拾起笛子揣入怀中。

见他这样，德顺气得发昏，一摸脑门已肿起一个大包，愤然叫道：“算了？你刚才说我什么？粗人？可笑？”他尽力哼了一声，模仿顾卿河鄙夷神情，因为那样子实在气人，“不错，我是粗人，你是雅人！一直以来都是我拖累了你！你那么无所不能，我又有什么能耐配做你的朋友？那句诗我虽不知是什么意思，却歪打正着。你猜得一点没错，我送你笛子，就是为了让你恢复内力，做回原本的你，再不必跟我一起当丧家之犬了！”

他放声吼完，还气得喘吁吁的。顾卿河沉默半晌，轻笑一声：

“原来你是这样想的。”

德顺捂着脑门，看着膝前流水闷闷不语。今日无妄茶会，他们纷纷说出自己压抑之事，说者并不轻松，听者更是觉得哀伤怅然。

流水声淙淙如弦，又一个茶盘如水上枯叶起伏而来。茶盘到了池中央团团打转，眼看就要卡在小来脚下的太湖石上。恰在此时，顾卿河膝前的猴儿忽地叫了一声，向池水扑去。只听啪的一声水花四溅，猴儿落入池中，吱吱乱叫四肢扑打。

小来大惊，忙与德顺一起上前去救猴儿，正手忙脚乱，却听顾卿河道：“茶盘停了。”

众人一瞧，只见茶盘被猴儿激起的动荡水波所推，溯流而上，在素行面前团团打转。素行微怔，低眉看看茶盘，淡然一笑。

“听说素行法师每次登坛说法，聆听信众都数以千计。今日我等逢此机缘，能听法师讲述生平，必如醍醐灌顶而有大得！”顾卿河笑意悠然，抬手相请，“法师请用茶。”

饿鬼道

“出家人不打诳语。其实喝不喝这‘无妄’茶，贫僧都不会说谎，何况，贫僧本就打算对你们披肝沥胆。”素行拿起茶碗，仰头喝下。

他说得郑重，众人都专心听着，园中潺潺水声伴着他温雅话音：

“贫僧年少时在开封善化寺出家。善化寺是个小庙，不像大相国寺、上方寺、祐国寺那样僧众聚集，不过是师父带着我们几个师兄弟，每日功课劳作而已。”

小来忽然问：“大师，你这是从多大讲起？”他虽年幼，却颇有些鬼心眼儿。想起法会上有老妇说素行已近百岁，一直好奇惦记着。

“崇祯十五年，贫僧十六岁。”

小来扳扳手指，心里便有了谱，不由嘿嘿一笑。

“你是笑贫僧并未有传说的那么老么？”素行微微笑道，“信众常以讹传讹，却也有他们的道理。贫僧虽未及而立之年，一身却已经历百岁的磨难。”

“什么磨难？”德顺听得入神，脱口问道。

顾卿河在一旁道：“开封围城。”

众人一惊，小雀爹爹插言：“崇祯十五年，可不正是闯贼围开封！这事我也听过的，死了好多人，实在是惨……”

素行点点头：“那年八九月间正是麦收打粮之时，开封城却已粮绝。官仓早已空了，市集更是萧条无人。野菜、野草，树皮，转眼也没有了……”

善化寺殿顶之上，是空阔碧蓝的天。轻风送来不远处沉雷般的隆隆声，每一响都震得后殿壁画簌簌落下尘屑。壁画上三世十方诸佛在震动中隐隐悬浮，似活了一般。

那声音并非打雷，而是城外贼兵与城上守军互相开炮。年初，炮弹曾落在寺院墙外，轰倒了数间民房，他与师兄弟们极为恐惧，四下奔逃。可到了今日，他听见炮声却不躲了。因为太过饥饿，恐惧也淡去，人再无别的感觉，最后一点神智细若游丝地吊在心里，晃来晃去的都是‘吃’。

街上行人皆如游魂，失神的脸上只剩一双搜寻食物的眼。他也是一样。

上顿饭还是前日吃的一把煮野草，他身上全无力气，踉跄走在街上，时不时要扶着墙。到了医馆门口，连门都捶不动。

医馆的门是虚掩的，他一推便扑了进去。眼前一片凌乱，柜台翻倒，桌椅家具被砸得七零八落。他唤了半晌，老大夫才惊慌探出头，摆手道："没有药了！乱兵流民抢药材吃，天天都有人来搜刮，全给抢光了！"

他怔怔道："可师父的病……"

"你师父也拖了几个月，枉自受苦，还不如撒手去了！"老大夫哀声摇头，"还抓什么药？这世道，死了才是享福！"

回去的路愈加漫长。路边有人用水灌鼠洞，只听老鼠吱吱乱叫，接着便是骨肉离析之声。也见到有人在挖泥土，捉出蚯蚓爬虫忙着塞进嘴里。他不忍再看，转头闭目默念佛号，脚下愈发虚浮。

身后传来一阵马蹄声，有官兵大声呵斥："让路！让路！"他慌忙闪到一旁，看见那骑兵奔至前方城墙边，跳下马进了守军营地。骑兵刚一离开，不知从何处钻出许多人，纷纷向那匹马涌了过去。他莫名其妙地看着那些人在马腹下翻滚厮打，不知他们在抢什么。

有人哀号一声爬出人堆，不顾身后的追打，双手紧捧着一团黄色东西塞进口中，糊得满头满脸，可神色竟是狂喜。他呆了片刻，迟钝地意识到那是马粪。

奇怪，他原该觉得恶心的。

此时看着那人大嚼大咽，他只有羡慕。马吃草，想来马粪未必不洁，也许不会难吃……他茫然想着，忽然清醒过来，只觉得惭愧惶惑之至。

阿弥陀佛，怎能如此胡思乱想，竟垂涎起马粪这等肮脏之物！他慌忙离开，选的是小巷近路，只为省些力气。

城中早已秩序全失，常有乱兵入户抢粮，巷里人家皆门户紧闭。拐角处倒有个摊子，还有人在讨价还价，不知卖的是什么。

他缓步走近，心中悚然一惊，念了声佛。摊子上血迹斑斑，两个大汉正与一个人称肉。见他路过，年长的大汉抬眼一扫，眼中全是阴厉狠辣之色。他不敢与他们对视，忙低下头。

只听那客人道："昨日还是三两银子一斤……"

"银子？银子能当饭吃？"卖肉的冷笑，"今日不买，明日再没有这样上好的马肉！"说着把刀在门板上一剁，溅起碎肉碎骨落在地上。他眼光一扫，全身都僵住了。

那分明是一段指节——人的指节！

自古只听说挂羊头卖狗肉，今日竟挂马头卖起了人肉！他脊背发寒，加快了脚步，只担心背后有人一刀砍来，将他也变成摊子上的货物。

挨到寺里，他已累得天旋地转，勉强走到后殿，听见小师弟素明与素心的哭声。他循声走进禅房，见师父直挺挺躺在床上，已经圆寂了。

也许真像那老大夫所说，师父这样离去反是一件幸事。他心中悲恸至极，却连流一滴眼泪的力气也没有。

师父的尸体就停在床上没有动过，他们已无力去动。

日影一寸寸从廊前移过，像是倒数死的光阴。不知过了多久，后殿传来模糊声响，他循声去找，见素心趴在神龛下，拼命啃着一团东西，像是馒头。

他扑过去，抓了一把就往嘴里送。入口才觉苦涩黏牙，原来是一团胶泥。可泥又如何？吞咽的热情已被激起，这胶泥真是香！他颤抖着吃了几口，渐渐恢复了神智，胶泥里拌着木屑杂草，本是泥瓦匠人修补之用，肠胃并不消化，吃多会堕腹而死。

素心满脸是血，胶泥里的木屑杂草已将嘴巴划伤。他按住素心的手，不许师弟再吃，可素心竟疯了一般，嚎叫着抢夺入口。素明听见动静来帮忙，二人拼命将素心按在地上，这才发现素心的喊声已如野兽般嘶哑怪异。

木屑划破了喉咙，从此素心再不能说话。

他抱住师弟不肯撒手，无声地抽泣。素明低声安抚道："后面灶上在煮东西，一会儿还有吃的……"

"煮什么东西？"他心中升起一丝渺茫希望。

素明眼神躲闪："我捡到一个皮口袋，煮皮子……"

他怔了片刻，道："皮革……不能吃。"出家人终生持斋茹素，怎能吃牲畜之皮？

素明哭道：“不吃就要饿死，师兄！”

“不能吃……”他恍若不闻，踉跄走向后院。

锅已经滚开，香气勾魂夺魄。锅里漂着几片灰白皮革，被煮得不成样子，上面的毛孔还依稀可见。

“不能……”他俯身想将锅里的东西丢掉，却眼前一黑倒了下去。

昏睡之中，忽然闻到一丝微甜而醇厚的气息。他的神智还未回复，本能却驱使鼻翼贪婪地翕动嗅闻。鼻尖至百会豁然开朗，辟出一条香滑的金色通道，通道这一头始于鼻尖，那一头直连西方极乐世界，光明流转、妙音响彻，令人心神悸荡。

这是食物的香味！

朦胧中有碗送到嘴边，他疯狂地大口喝下，感觉生命注入体内。终于有力气睁开眼睛，看见素明坐在床前。

“你醒了，师兄。”素明脸上的浮肿消散了些，眼里闪着微赤的光，“你睡了好几天，再喝一碗吧。”

他虚弱抬头，想起浮在汤里的皮革，忙问：“这是……”

“这不是皮子。”

他放下心，狼狈地吃起来，直到第三碗才慢慢品出这甘美之味如此可疑。他低下头，看见热汤油汪汪的表面映着自己的脸，眼里有满足而木然的笑意。

“这到底是什么？”

素明并未看他，收起碗就要离开。一阵不祥的感觉涌上头顶，他死死抓住素明：“说！”

“马肉……”

有一瞬间他根本理解不了这两个字的意思，下一刻，他猝然俯身呕吐起来。

我吃了什么？

我吃了什么！

“哪……哪里来的马肉？”他的声音已嘶哑走调。寺里一贫如洗，素明绝对买不起那几两银子一斤的马肉——这肉是哪来的？

素明木着脸没有回答。而他其实已知道答案。

眼泪迸射而出，他抠着喉咙强迫自己继续吐，但胃肠活了一般痉挛抗拒，分明已背叛他的意志，不愿交出得到的食物。他嘶声笑起来，想起肉汤倒影里自己眼中的喜悦。原来生的欲望超过一切仪礼、道德、规则、律法，再没什么比咀嚼吞咽更能昭示生命的本能——植根于撕咬与粉碎、杀戮与吃食、吸收与占有——那磨牙吮血的本能。他自幼出家，十余年的修为却被这一碗的重击砸得粉碎！

“师兄别怪我，我不能让你死啊！师父已经去了，要是你也不在了，我跟素心怎么办？城里早就吃这些了，我也没办法！”

他听不清素明的哭喊，因为有巨钟般的轰响越来越近，夹杂着尖锐嘈杂的惨叫。素心突然冲进房里，含混不清地啊啊叫嚷，指着外面要他们看。他抬起头，看见的却是噩梦：浑黄的大浪高过屋脊，一扑便将山门拍得粉碎。

崇祯十五年九月十四，黄河堤被掘溃，大水倒灌。开封成泽国，城中百姓十不存九。

度人

四周华灯闪烁，暖风融融，众人却都如坐冰窟，一身的冷汗。

德顺结巴道："后……后来呢？"

素行眼中有微赤的暖意，似炭火余晖。"后来便是现在。"他微笑道。他一笑，方才的悚然之感如春风化雪，一时消融，众人稍觉安心。

小来还有些惊魂未定，问道："大师，那你吃的东西到底是……"

"你想尝尝么？"素行认真瞧着他。

这该是一句玩笑，德顺刚要附和发笑，却觉不妥——那样可怕的故事不该拿来打趣。正发怔，只见素行指着身边桌上一碟菜肴，对小来示意："你可以尝尝。"

那是小来方才拿来说笑的素火腿。只听素行道："红白分明，薄透如玉，只有垂髫幼童方可得此。"

园中一片死寂。

半晌，姬兰突然骂道："好个吃人的妖僧！"她右手一翻，数枚灵羽针已滑落于指间，还未出手便觉动作笨拙迟滞，想来受了'无妄茶'的影响，全身无力，但素行不懂武功，要他的命还是绰绰有余。

银针还未射出，耳边便听一阵喀拉拉巨响，水榭之中灯火全熄，立柱上猝然飞出数张铁网，将他们一一罩在其中，飞快收紧，直勒进肉里。

德顺惊怒交加，失声叫道：“老顾！”

“出了事就喊我。”顾卿河坐在对岸阴影里嘟囔，“这时怎么不提‘渭北春天树’了？”

“你……”德顺几乎要疯了，都什么时候了，他还说这些！

榭内昏暗，山下灯火远远投来，映得素行面目半明半暗。他低眉端详手中茶碗，淡淡道：“无妄茶药性因人而异，从无一失。心怀坦荡者语出必真，几乎不会有什么反应；而心思愈诡诈之人，药性愈烈。”他看向顾卿河，微露感慨，“你心中分明有所隐瞒，却抗住了药力，意志之强世所罕见——难怪有人要以重金买你的秘密。”

有人要他的秘密？是谁？

德顺惊骇莫名，不由望向姬兰。姬兰见德顺怀疑自己，只觉心跳都停了一停，血脉之中药性奔涌，难受至极，叫道：“为什么看我？我又不认识这个妖僧！高德顺，你……你欺人太甚！”她方才莫名将身世全盘托出，此时又惊又怕，只觉从未有过的软弱，一时失控哽咽出声。

德顺见她哭了，心中一阵慌乱，愈发痛恨素行，骂道：“你这妖僧！我全心信任你，你竟陷害我们！”

“施主请息怒，莫犯贪嗔痴三毒。”素行微笑相劝，“若不是你们插手救那小女娃，又怎会撞入贫僧设好的局？可见天下事皆是因缘，贫僧答应那位旧友托付之时，也没想到会巧合至此。”

他又转向顾卿河，“你也不是钢浇铁铸，方才药力之下，还是说出了秦岭地名。素心，再给他喝，贫僧定要听听他到底是什么人！”

随着他一声吩咐，树影中转出一名僧人，身形却有些眼熟。小雀本来缩在爹爹怀里吓得发呆，一见那僧人立时放声大哭。德顺这才回过神，难怪锁住自己的铁网如此眼熟，原来素心便是那个掳走小雀的蒙面人！

联想起事情前因后果，德顺已隐约明白：那两个蒙面人是素行的师弟素明与素心，他们趁夜掳夺幼童，只是为了给素行这个恶魔……他只觉背上蹿过一道寒气，不敢再想下去了。

顾卿河却不慌张，若无其事地笑道：“素行法师费尽心机设这个局，只想知道我是什么人？法师一向只管人去处，怎么也关心起人的来处了？”

素行一怔，打量顾卿河，目光闪烁。

素心走到顾卿河身后，扳住他肩膀，就要给他灌下“无妄茶”。德顺目眦尽裂，大吼：“住手！你敢动他，我就杀了你！”他怒视素行，“你这个骗子，还说什么以身饲虎的慈悲之心，都是骗人！”

“那是你理解错了。”顾卿河在素心压制下艰难抬头，“他说以身饲虎，是指他才是老虎，吃了人，正是帮了那人，可不正是慈悲之心么？”

素行直盯着顾卿河，目光说不出是沉重还是轻盈，真似一头猛虎在嗅闻掂算猎物的斤两，令人毛骨悚然。他忽地冷笑：“你若想以什么伦常礼教来驳斥，大可不必。贫僧以霹雳手段显菩萨心肠，所行之事非常人能懂。”

“法师何必有此孤寂之感，我就能懂你啊。法师有大修行，以身为饿虎，本是无量功德。”

德顺怒道：“胡说，他那是吃人！”

“不是吃人，是以腹度人。”顾卿河一本正经。

“什……什么？”德顺懵了。

素行眼中光芒一闪，抬手制止素心：“你接着说。”

“此话说来就长了。”顾卿河撞开素心笑了笑，“法师以腹度人，世人第一不能理解的便是犯了杀戒，可人却不是你杀的；第二不能理解的便是犯了荤戒，可开荤本来也无关大事。佛法西来时并未规定茹素，若不是梁武帝那篇《断酒肉文》，想必汉地佛家也没有食素斋戒的严苛戒律。佛祖允许吃三净肉，眼不见杀、耳不闻杀、不为己所杀……照这样看，法师吃的也算是净肉……”

“不错，贫僧也这样想！”素行点头，眼中竟有些激动。

“如今天下大乱，民生涂炭，众生就算托生于人道，也跟在饿鬼道里差不多。比如小雀这娃儿……”顾卿河想要抬手指指小雀，却被铁网所缚，只能向她微一示意。众人瞧向小雀，只见她缩在爹爹怀里，哭得脸色通红，好不可怜。

“这娃儿小小年纪便出来卖艺，饭也吃不饱。生下来便是受苦，这样活着还不如死了。”

“你胡说……”小雀爹爹将女儿紧紧抱住，吓得眼中迸出泪来。

素行看着小雀爹爹摇头叹息：“众生汲汲营营，脱不出人间八苦。可叹这顽愚之人并不懂得什么才对女儿最好，还是执迷不肯放手。”

顾卿河帮腔道：“不错，法师不是要杀小雀，是要她经法师腹内转生，也如佛陀前世的王子摩诃萨埵一般，经饿虎之腹往生天界。这岂不比在人世受苦强得多？”他微笑责怪小雀爹爹，“法师帮小雀往生，你该感激才是，怎能心存怨恨？”

“顾道长见解透彻之至！”素行猛一拍手，看着顾卿河竟有惺惺相惜之感，“若不是贫僧已答应了那位旧友擒住你，今日你我二人定要把盏长谈一番！”

“法师既这样瞧得起在下，还是给我们解开铁网罢。”顾卿河笑嘻嘻道。

素行摇头笑道：“贫僧可以给你解开铁网，你的几个朋友却不成。他们杀了我的师弟素明。” 他说着对素心示意，素心上前扳动水榭机关，放开了顾卿河。

黑漆漆园中光影跃动，顾卿河与素行谈笑甚欢，身边是纵横铁索及被铁网牢牢缚住的众人，情形甚是诡异。

顾卿河笑道：“那日在殿前看法师扎的灯，已看出法师巧手非凡。想必素心所用的软甲铁杖、池水亭榭之中的机关也是出自法师之手，果真别出心裁！”

“别出心裁又如何，池水中的机关还不是被你瞧破了？茶盘本该按我心意停泊于客座，可你竟用那只猴子扰乱水流，在我面前停了。客人的底细还未问完，贫僧自己反说了一大堆。”

二人相视大笑，竟如知交好友一般。素行更是喜色上脸，山下火光一映，双眼流光溢彩。

素行平时举止端方从容，从未这样兴奋狂喜，德顺见状心中惴惴：老顾与这妖僧套近乎，显然也是想出了什么脱身的法子。可他计策再高明，也不能光靠耍嘴皮子就将众人都从铁网中放开，他到底是要怎样？德顺边想边挣扎，全然抓不住一点头绪，只是干着急。

却听顾卿河道："法师性情爽直，是个妙人！"他缓缓收起笑容，"只可惜……"

素行眉头一挑："可惜什么？"

"可惜太过聪慧。当今浑浊乱世，只怕心思粗钝者才会活得更好罢。"

"此话怎讲？"

"你瞧那猴儿。"

猴儿正蹲在地上，抓着小来的铁网吱吱乱叫，急着想要主人出来。可叫归叫，它爪中仍满满攥着一把花生舍不得丢。

"昔日佛于王舍城说法，广说众喻。其一说道：有一猕猴持一把豆，误落一豆在地，便舍手中豆，欲觅其一。未得一豆，先所舍者鸡鸭食尽……法师可知此喻？"

这是佛经中的比喻故事，素行自然是读过的。他点点头，神情疑惑。

顾卿河拿起面前茶碗，手指滑过白瓷壁上金漆修补之痕："有人便如猴儿一般，初犯一戒未曾悔改，反而放逸滋蔓，就像猴儿丢了一颗花生之后……"他说得极慢，蓦一用力，只听"咔"的一声脆响，生生掰开瓷碗，"接着丢了一切！"

众人不觉心中一颤，素行惊吓尤甚，猛地起身："你——"

"白瓷已碎，饰以金漆亦不可复原；根基既错，筑起万丈高厦又有何用？为掩饰最初破的一戒，搜寻浩瀚三藏截出只言片语，编出以腹度人的慈悲谎言，只可惜……"顾卿河冷笑一声，"法师读经万卷，修行多年，所思所行仍强不过一只猴儿！"

素行初听顾卿河所说句句皆中自己所想，心中乍喜，几乎恍惚起来，可随着瓷碗猝然碎裂，顾卿河口中说全然变了意思。他一惊之下，似有凉水泼头浇来，寒意直透入骨，转眼看地上猴儿形容滑稽，吱喳乱叫，不由一口气逆转堵在胸前。眼前闪出师父生前慈严之态，转瞬变成死时干瘦模样，最后却是血肉支离之貌，他喉中猛地涌起一股甜腻，竟是当年昏迷时初尝的肉汤滋味，那样甘美怡人，却又腥臭发呕。

他大叫一声："住口！"身体摇摇晃晃，眼神也散乱起来。

顾卿河轻声道："是食肉人，非佛弟子！"

四字平淡简单，素行听了却如中刀剑，痛苦得面目扭曲。这本是佛徒必修的《楞严经》中的两句，他从前假作不见，不过是自己欺骗自己，此时被顾卿河劈面说出，却再也无处可避，当下不自觉地喃喃念下去："汝等当知，是食肉人，纵得心开似三摩地，皆大罗刹，报终必沉生死苦海，非佛弟子。如是之人，相杀相吞，相食未已，云何是人得出三界……"他忽地双手抱头，狂吼乱叫，"不是！不是！"

素心见状大惊，一拳将顾卿河打倒，转身奔向素行。

佛性

水榭之中一片嘈杂，众人都在放声大喊，夹杂着小雀的哭声与素心含混的叫嚷。正混乱之际，忽有火光一跳而起，顾卿河推倒了身边紫铜地灯，灯油泼洒一地，立时着了起来。他扳动水榭廊柱的机关，放开众人，又晃晃手中的火折子，丢还给小雀爹爹。那是小雀爹爹表演戏法所用之物，不知怎么到了他手里。

火焰沿水榭木柱攀缘而上，飞快舔舐一切可燃之处。这火涤去了素行的优雅仪态，让他现出癫狂本色，他喃喃念诵佛经，根本不顾身边素心的拉扯和喊叫。素心力气极大，将素行从水榭中拖出，一扯自己胸前衣襟，将身上宽大僧袍撕下甩飞。众人眼前炫然一花，素心全身在火光下银芒璀璨，露出软甲及两手肘扣着的铁杖。

小来惊叫：“当心！”

半空中锵然一片杂响，素心的铁网已飞兜而至，不偏不倚扫向顾卿河。德顺不及多想，飞身跃过池水，将顾卿河推到一旁，收身闪避之时终是不及，被铁网扫过右臂，登时鲜血淋漓。

素心一击未中，另一支铁杖已破空扫下。这一杖挟着满心狂怒，镔铁杖端划出一声尖啸，铁网甩发如鞭，仍抽向顾卿河。他虽不会武功，身手却极为利落斩截，举动之间绝无拖泥带水，想必是素日盗取孩童练就的本事。德顺忙出掌格住他手臂，另一手向他后心拿去。

素心身着软甲，后背光滑坚硬根本无从着力，德顺仓促间变招“云烟燎照”，双手一搓一顿，牢牢绕紧他持铁杖的手肘。可素心的疯狂已非常人能制止，他身体前撞，如耕牛犁地般拼力向前，软甲衣袖圆滑，立时从德顺手中脱出。

这瞬间的格挡已足以让顾卿河避开素心一击，铁网在他身侧拍下，将一块太湖石劈得粉碎。素心狂吼一声又抖起铁网，半个天空已被遮蔽。

这软甲和铁网着实令人头疼，德顺叫道：“老顾快躲开！”

顾卿河不慌不忙道：“你不是说真出了什么事，也有你和姬兰顶着么？”

德顺气结，一时不知如何接口，头顶铁网已乌云一般压下来。德顺双掌蓄势，一招“酒酣火暖”还未使出，只听顾卿河大声提醒：“柔乘他力后，刚在他力前！”转头对小雀爹爹抱怨，“我明明教过他的。”

这一招本是挟内力拍击的刚硬招数，当年师父教授之时也没提过这招有何变化，德顺一听心中微惊，手上力道已变了一变。铁网因在空中飞甩之故，速度极快，尖啸着压下，德顺暗道：果然来了！内力立时转柔，顺着铁网下劈之势推出，化去他的力道，一掌捎在素心小腹，将他击倒在地。

若对方力量先至，便以柔克之；若对方力量未至，便以刚猛掌风迅疾一击中的——原来这一招该是如此！

德顺又惊又喜，也不顾右臂伤痛，对顾卿河笑道：“果然！”

“德顺哥，快杀了这两个妖僧！”小来跳脚大叫。

顾卿河却道：“他是个可怜的疯子，算了。”

“可怜？”小雀爹爹忽地开口，紧抱着小雀不住颤抖，“什么可怜！他是个吃人恶魔，差点害死我的娃儿，该杀了才对！”

“他昏迷中被灌下肉汤，那汤又是他师父，想必他醒来得知真相之时，心智就已失常。”顾卿河淡淡道，“可他天资极高，纵然疯了也是个聪明的疯子，苦心编出许多理由为自己的开脱。只有说服自己，才能看似正常地活下去。若没经历围城之灾，想必他也会是个不凡之人，可惜生逢乱世，最后却是如此结局。”他话中竟有惋惜之意，素行听见了他的话，缓缓抬起头。

“聪明的疯子？可他还是没有你聪明呀，被你说得发疯了！”小来解恨地大笑。

“我可没有把人说得发疯的能耐。”顾卿河摇头一笑，与素行对视，“让他发疯的是他自己的佛性。那佛性本就在他心中，我不过是掀开遮蔽，让他重新看见。”

素行无声地笑了起来，笑得全身颤抖，宛如多年前饮下肉汤时一般。他缓缓站起，看向山下焚烧花灯法船的大火。五彩辉煌的各色花灯在火中蜷曲萎灭，现出秸秆骨架，化为灰炭散入夜空。火光照亮无数信众虔诚的脸，他们身处黑暗，双眼却热切向往来世的光明。

一切有为法，如梦幻泡影。素行恍然明白，其实自己早已在开封围城之时死去，接下来十多年的岁月不过是从执念之中生出的一个噩梦。

——而今已是梦醒之时。

他站起，双手合十对众人一礼，礼毕，向烈火熊熊的水榭走去。素心一时不知他是何意，只是瞪大眼睛瞧着，转瞬明白过来，大吼一声冲过去，扑跪于地去抱他的腿。素行以目光制止了他。

水榭飞挑的檐角火焰猎猎，照得四下通明，如半空中的一盏明灯，却不知会引领灵魂向何处而去。素行走入大火之中，屋顶轰然塌落，彻底掩埋了他的身影。

跪在水榭前的素心呆看着燃烧的废墟，半晌才站起身。他转过头，脸上竟挂着一丝笑，似绝望又似轻蔑，他虽不能言语，这笑却已诉尽一切。他双手猝然一张，铁网锵锵缩回铁杖之内，脸上还笑着，眼中却全是决死之意。

德顺不自觉后退一步。他从前与人对战，总是被强敌所逼不得不拼死搏命，还未遇过对手也是不要命的。可不及他多想，素心已嘶声大吼冲上前来。德顺右臂伤得甚重，仓皇之下屈身欺向素心，左掌一招“烽火照夜”自下而上击出。这一掌端端正正打在素心胸口，顺利得出乎意外，素心如鱼跃起，远远向外摔去。德顺仰头看着他，莫名觉得极不安。

——他明知打不过我还要上前，是为了让我杀他么？我……终于杀了人？

素心身在半空，双手猛然一抖，两支铁杖如羽翼撒开，御风一旋，向不远处的顾卿河疾冲而下——原来他是拼死要杀顾卿河！

德顺纵身而起，劈空一掌击向素心，一招刚出，便听身后嗡的一声，有沉郁之力排击而至。四面罡风旋起，草木震荡哗然，来的是高手！

小来尖叫猝然响起，声音里满是恐惧：“槛外僧！”

德顺一惊：他怎会来此？他的大般若掌自己根本无从招架……

电光石火之间，德顺已定下心——我也不要招架！他激怒之下全不管背后劲敌，拼着自己重伤身死，也要先阻止素心击伤顾卿河。他飞身欺近，只觉槛外僧的掌风已在自己脊梁威压下来。

生死一瞬极为漫长，德顺掌中内息勃然自发，呼的一声盈满心胸，全身血脉奔腾咆哮。赤炎掌练至最高境界“无名火”之时，会遇强敌而真气自盈，德顺此时不过是第三重烈焰火，却不知为何也真气爆燃。

这奇异感觉似开通了他的心窍，他忽地收回击向素心的一掌，反而以全身之力向他扑去，一举将他撞飞；回手一掌“澜火飞焰”如流云疾射，抛向槛外僧。

槛外僧内力盘旋于全身上下，鼓涨得缁衣飘飞，如一面巨大黑旗猎猎有声。德顺这一掌打斜切向他胸前，却被他内力所阻擦身而过。风里一声撕裂之响，槛外僧左手衣袖破了长长一道口子，正是被德顺掌风切开。槛外僧眉头微皱，只见德顺第二掌“火起龙阙”已奔袭至眼前。

赤炎掌秉雄浑内力而发，大般若掌源自证悟佛法的大智慧，二者原理大相径庭，看起来却都是刚猛一路的内家掌法。德顺本是槛外僧不屑一顾的无名小子，不想凭空打出这凌厉至极的两掌，竟令槛外僧也觉错愕。可他的惊讶转瞬即逝，右侧大袖蓬飞，手掌将出未出，笼着狮吼般的劲风。他闪身微微一让，似是避开攻击，其实却是待德顺近前一掌毙之。

风里细细数声锐响，正是姬兰的灵羽针。方才喝下无妄茶，她所中药性最深，举手投足都觉艰难无比。她方才一直凝神运功抵御药力，连话也不敢说一句，此时眼见德顺性命堪忧，忙拼力发出银针。这一针射出，她立时头晕目眩，瘫坐于地。

槛外僧武功深不可测，却也不敢以肉掌硬接姬兰的毒针，旋身一跃提起身子避开，缁衣飘飞悠然落地，动作流丽之极。

槛外僧半招撤回，丰沛内力却也震得德顺喉中一甜。他心知今日凶多吉少，忙一把提起顾卿河，喝道："你们快走！" 返身双掌上抵，使出杀招"火焚昆山"向槛外僧撞去。

手臂忽地一紧，却是顾卿河拉住了他。"你这傻子除了同归于尽的杀招，还会什么？"

德顺心急如焚，大吼："少罗嗦，你还不走！"

"走不了了。"顾卿河摇摇头，无奈一笑。

旧友

槛外僧生得狞恶丑陋，但缁衣飘飘昂然而立，也自有一种绝顶高手的潇洒风姿。他冷冷扫了众人一眼，先对姬兰合十一礼："贫僧冒犯，还请郡主见谅。”

姬兰挣扎于药力之中，冷汗已湿透衣衫，见他施礼不由咬牙冷笑：“你还知道我是郡主？洪承畴给了你多大的胆子，敢来对我无礼？”

槛外僧本是洪承畴的亲随，前些日子在苍水渡击杀江湖义士，立下了汗马功劳。他本该随侍于洪承畴身边，却不知怎么出现在这里。却听槛外僧答道：“今日之事是贫僧一人所为，与洪督师无干。”他顿了顿，“也与郡主无干。”

“好个与我无干！”姬兰怒道，“素行那妖僧竟敢给我下毒，这也叫与我无干？”

槛外僧神色恭谨，语气却并未软下一分，“郡主请稍安勿躁。贫僧只为姓顾的小子而来，绝不会加害旁人。至于郡主与这几个小贼的交情……”他微微一笑，“贫僧都不感兴趣。”

姬兰这才明白他已看穿了自己与德顺同行并非是被劫持，而是自愿。她一时怔住，微微颤抖：“原来你就是素行说的那个旧友……”

“不错。”槛外僧坦然应承，“贫僧与素行本为旧识。”

德顺闻言只觉吃惊。槛外僧面目狰狞，素行却俊逸儒雅，二人对比全然不同，正如明王与菩萨，想不到竟是挚友。

顾卿河却道：“我早该想到的。你是屡犯杀戒的游方野僧，素行却是披着高僧法衣的食人恶魔。你们同为佛门中的异类，自有许多谈得来之处。”他叹了口气，甚是懊恼。

槛外僧阴森森盯着顾卿河：“贫僧托素行法师帮忙，他心怀仁恻，不愿大动干戈，只要问出你身后的秘密便罢。不想你们竟如此狠毒，竟将他害死！可惜贫僧来迟了一步……”他话音转低，“你诡计多端，心狠手辣，果然是‘那些人’中的一个！”

顾卿河一怔：“你认识‘那些人’？”

“贫僧生平心无旁骛，苦修武学，如今自信天下难逢敌手，就是要有朝一日寻到你们，用大般若掌让你们尝尝痛悔之意！”槛外僧满面狠厉，眼中全是仇恨。

顾卿河淡淡一笑，没有答言。

素心被德顺重创，在地上勉强喘息，听了槛外僧的话，发出一阵长长怪叫，似哭似笑，令人毛骨悚然。

槛外僧蹲身于素心身旁，温言道：“你放心，我定会杀了他为你师兄报仇！”

素心点了点头，转眼看向水榭废墟，发出粗哑呜咽。槛外僧伸手抚上他胸口，动作轻柔，似为他顺气。素心的声音渐渐弱下去，终于消失不闻。

他杀了这个哑和尚！

“你……你们不是挚友么？怎么还杀了他？”姬兰大惊。

槛外僧笑道：“这是挚友间的事情，旁人又怎会理解？”

他此时说话与素行发疯前的语气简直一模一样，姬兰心中惊骇，强自镇定道：“槛外僧，今日素行之死并非我们有意加害，实在是因为他要……吃掉那小女娃儿。我知道你是洪督师帐下的得力之人……”她平生从未对谁如此费心解释，此时惊骇之下加上药力未褪，竟软语恳求起来。

“小女娃儿？”槛外僧眼光一扫，已钳定了一旁缩在爹爹怀里的小雀。众人眼前黑影一闪，小雀从爹爹怀里脱身而出，已被槛外僧一把抓在手里。“素行此去不远，我就以她为祭！”

众人失声大叫，德顺抬脚就要冲上去，却觉经脉之中空空荡荡，全身竟如被抽筋剥骨一般疼痛，使不出一点力气。

“住手！”顾卿河高声喝道，“你不就是要我的秘密么？我带你去！”

“什么？”德顺大惊失色。

姬兰也觉意外，难以置信地望向顾卿河。槛外僧城府深邃，喜怒不形于色，闻言打量顾卿河半晌，似在犹豫。

“你放了这女娃儿，我跟你走便是。”顾卿河用笛子敲着手心，甚是沉着。

槛外僧冷森森一笑：“好！”反手将小雀丢了出去。姬兰忙扑过去接住她，踉跄半跪于地。

小来急道：“顾道长！”接着便哭了起来。

“哭什么！”顾卿河对他一笑，又转向德顺，“据说赤炎掌有‘火正’之能，从前我一直不解，方才看你那两掌才明白。只是瞬间凝聚内力怕会伤筋骨，你要好好歇歇。”

他说话仍似日常聊天，仿佛并非生离死别之时。德顺一时哽住，说不出一句话，冰冷的绝望一点点覆上心头。德顺心中清楚，从前顾卿河曾指点自己对战姬兰多冈，也提醒过自己对战素心素明，只因这些人虽是强敌，以自己之力仍有战胜的机会和希望，而对战槛外僧——自己却是无论如何都打不过的。

任顾卿河有通天之能，可惜自己武功实在是太差了！

“别走！”德顺忽地大吼，怒视顾卿河，“你当我打不过他？咱们两个像从前一样，你指点我，我来跟他打！”

他见顾卿河笑意悠然，声音不由颤抖：“你不是说……咱们两个这样联手，便是天下无敌么？”他拼力大吼，“你怕个屁啊！来，咱们一起上！”

“小贼倒有些胆色。”槛外僧看着德顺忍不住冷笑，“天下无敌？哈哈哈——”他上前按住顾卿河肩膀，一拿一捏，已封住他几处大穴。

顾卿河笑道：“你这和尚也太过谨慎了，我武功已废，还用封穴么？”他话音未落，槛外僧手指疾点，竟将他哑穴也封了。

德顺怒极，要冲上前却连抬脚之力也没有。眼见槛外僧扯住顾卿河径自离去，他急得眼前一阵发黑，摔在地上。

小来追着他们跑了几步，无望地站住，大哭道：“德顺哥，怎么办？”

园中一片静寂，只余烈火毕剥与流水潺潺之声，池水里仍有剩下的茶盘与莲花灯磕碰相撞，远远的山下喧声愈响，焚烧花灯法船的仪式已近尾声，天上地下灰炭如蝶，团团飞舞不散。

半晌，小雀爹爹哑声道：“娃儿，来给几位救命恩人磕头。”他本是憨厚少言之人，不会说什么感激的话，只推了推小雀。

小雀被吓得不轻，抱着爹爹的腿不肯撒开。姬兰微笑招呼小雀过来，摘下鬓边一只小小的圈金牙梳插在小雀发间。“大难不死必有后福，你是个幸运的小女娃。”

姬兰眼中泪光微闪，小雀抬手要给她擦去眼泪，她却捏捏小雀的脸蛋放开了手。无妄茶在她身上发作得甚是厉害，让她想起从前许多刻意回避的细节，再看小雀便如看着当年的自己。“你们快走罢。无论如何……”她看着小雀爹爹，声音微哽，“别再丢了她。”

小雀爹爹点头应允，对他们俯身三拜，牵着女儿的手转身离开。

园中只剩下德顺三人。姬兰突然道：“你知不知道，顾卿河明知素行有古怪，为何还任大家喝下无妄茶？”

德顺茫然抬头，不知她为何有此一问。

“此时我倒明白了，他是想问你笛子上那两句诗。”她看着德顺，“他宁可冒险让大家都做食人恶魔的阶下囚，也要问出你的心意——你这朋友只怕你丢下他呢。”

德顺一怔，心中猛翻起一阵乱七八糟的情绪，也不知是生气、好笑、感动还是莫名其妙，而这些又立时被伤心淹没。他看着顾卿河身影消失的黑暗之处，深吸一口气，低低笑道：“他不通世事，连糖葫芦都不会吃，害怕被丢下有什么奇怪。”

德顺摇晃着站起：“我不会丢下他。”

尾声

园中草木半死，亭榭焦木余烟袅袅，碎砖乱瓦遍地，堵塞的池水四处乱淌。

多冈靴尖踢起一片白色碎瓷，他俯身拾起，递给身边的中年女子。那女子接过，凑近鼻前微微一嗅。

“天仙子。”她断然道，“生于川藏之地，藏人叫它唐充。提炼后服食少许，可令人镇静麻痹，呼吸加快。”

多冈一惊：“毒药？”

“不，从瓷片上看药量不会致死。这药有种特性，可令人卸下心防，不由自主地说出真话。下药之人只是想套出什么话来。”

多冈略放下心，皱眉四顾。雪峰寺这场火甚是奇怪，只烧了后山的园子，前面密集的木头殿宇竟一座也没事。寺中僧侣本就因为素行法师在盂兰盆会上蹈火而死惊骇莫名，多冈手下对他们一个不落审问一通，软硬兼施，竟也没问出什么。只知道素行平时深居简出，日常起居都由两个师弟打理，而此时他们三人都已死了。

郡主到底去了何处？

他心中忧急，不由拿出那枚春水玉佩，手指拂过上面的天鹅与海东青。郡主既然能在马贩子那里给自己留下玉佩指明他们的去向，也应该在这里留下些什么。他默然思忖，眼光再次扫过这残破园林。池水边坐席凌乱，翻倒的茶桌碗碟之下，似有什么微微一闪。

多冈上前推开杂物，露出下面的一盏紫铜地灯，灯杆已被大火熏得发黑，上面细如蚁行的线条隐约可见，那该是灵羽针尖划出的痕迹。他擦了擦那线条。

“槛。”

他心中怦怦直跳，抚摸着那个字，想象她纤细手指反复划过这根冰冷金属。她总是会留下什么给他，他知道的。

多冈头也不回地吩咐：“传令下去，搜寻槛外僧！”

（未完待续）

敬请关注《无衣·金错刀》。

同闯江湖的经历，使顾卿河与高德顺生出惺惺相惜的知己之心。但身为神秘的天罚令使，让顾卿河并不能逍遥于世间。南方群起的各股抗清势力日渐涣散，分崩离析，置身其中的高德顺又该何去何从……以少年炽热胸怀、如火拳风，能否冲破江湖恩义、复国大计与身世命运纠缠的羁绊？或只是少年子弟江湖老，一别经年，唯见暮云春树，夜雨秋灯。